Jet

PLAZA & JANES

MALICIA
Danielle Steel

Traducción de
Gemma Moral Bartolomé

Título Original: Malice
Diseño de la portada: Método, S.L.
Fotografía del autor: © Charles Bush

Primera edición: noviembre, 1996

© 1996, Danielle Steel
© de la traducción, Gemma Moral Bartolomé
© 1996, Plaza & Janés Editores, S.A.
Enric Granados, 86-88. 08008 Barcelona

ISBN: 0-553-06055-4

Impreso en México / Printed in Mexico

Distribuited in the U.S.A. by Bantam Doubleday Dell

A mis extraordinarios y queridos hijos,
Beatrix, Trevor, Todd, Nick,
Samantha, Victoria, Vanessa, Max y Zara.
Vosotros habéis hecho que mi vida merezca la pena.
Sois mi vida y mi corazón.
Todo mi agradecimiento, mi amor
y mis disculpas por el dolor que haya podido
causaros con esa perversidad llamada «fama».
Os quiero mucho.

D. S.

1

La música de órgano se elevaba hacia el cielo azul de Wedg-wood en aquella perezosa mañana estival. En los árboles trinaban los pájaros, y se oían voces de niños. Dentro de la iglesia sonaban con fuerza las voces cantando los himnos familiares que Grace co-nocía desde la infancia. Aquella mañana, sin embargo, no podía cantar. Apenas podía moverse mientras permanecía de pie miran-do fijamente el féretro de su madre.

Todo el mundo sabía que Ellen Adams había sido una buena madre y esposa, y una ciudadana respetada hasta el día de su muer-te. Le hubiera gustado tener más hijos, además de Grace, pero no habían llegado. Su salud siempre había sido frágil y a los treinta y ocho años había enfermado de cáncer de útero. Tras una histerec-tomía, había seguido un tratamiento de quimioterapia y radiación, pero el cáncer se había extendido a los pulmones, los nódulos lin-fáticos y, finalmente, a los huesos. Moría a los cuarenta y dos años de edad después de cuatro largos años de lucha.

Había muerto en casa atendida por Grace en todo momento, pese a que en los dos últimos meses su padre se había visto obli-gado a contratar a dos enfermeras para ayudarla. Aun así, Grace seguía haciéndole compañía junto a su lecho durante horas al vol-ver de la escuela. Por la noche, era Grace quien acudía a su llama-da de dolor, la ayudaba a acomodarse, la acompañaba al cuarto de baño o le daba su medicación. Su padre no quería tener a las en-fermeras en casa de noche y todos comprendieron que le resulta-ba muy difícil de aceptar la extrema gravedad de su mujer. Ahora se hallaba en el banco de la iglesia junto a Grace, llorando como un niño.

John Adams era un hombre apuesto. Tenía cuarenta y seis años y era uno de los mejores abogados de Watseka, sin duda el más apreciado. Había estudiado en la Universidad de Illinois después de combatir en la Segunda Guerra Mundial, para volver luego a su ciudad natal, ciento sesenta kilómetros al sur de Chicago. Era una ciudad pequeña y pulcra, llena de personas íntegras. Él atendía sus necesidades legales y escuchaba sus problemas. Padeció sus divorcios con ellos, y también sus pequeñas batallas sobre propiedades, llevando la paz a los miembros de las familias en litigio. Siempre era justo y a todos gustaba por ello. Se ocupaba de solventar los casos por injurias personales y las reclamaciones contra el Estado, redactaba testamentos y ayudaba en las adopciones. Junto con el médico de cabecera más popular de la ciudad, de quien era amigo, era uno de los hombres más apreciados y respetados en Watseka.

En su juventud John Adams había sido la estrella de fútbol americano de la ciudad y luego de la universidad. Sus padres murieron en un accidente de coche cuando él tenía dieciséis años y las respectivas familias llegaron a disputarse el darle alojamiento y cuidados hasta que terminara el instituto, ya que todos sus abuelos habían fallecido. Finalmente dividió su tiempo entre las dos familias y en ambas fue muy querido.

Prácticamente conocía a todos en la ciudad por su nombre y más de una divorciada o viuda joven había puesto los ojos en él desde que Ellen contrajera la enfermedad, pero él jamás les hizo caso, salvo para saludarlas y preguntarles por los niños. Nunca había sido un mujeriego, otra cualidad que apreciaban sus conciudadanos. «Y Dios sabe que tiene derecho a serlo –solía decir uno de los ancianos que lo conocía bien–, ahora que su esposa está tan enferma, cualquiera pensaría en buscarse otra, pero John no. Ése sí es un marido bueno y decente.» También era un profesional de éxito. Los casos de que se ocupaba no eran importantes, pero tenía una elevada clientela. Su socio, Frank Wills, le hacía bromas de vez en cuando, preguntándole por qué todos querían que le atendiese John antes que Frank.

«¿Qué les das, comestibles gratis a mis espaldas?», solía bromear Frank. No era tan buen abogado como John, pero sí un buen investigador que prestaba atención a los mínimos detalles, cualidad muy útil para ocuparse de revisar los contratos con lupa. Sin embargo, era John quien se llevaba toda la gloria y de quien habían oído hablar en otras ciudades. Frank era un hombre menudo que carecía del encanto y el atractivo físico de John, pero trabajaban bien juntos y se conocían desde la época de la universidad. En aquel momento se hallaba también en la iglesia, varios bancos más atrás que John, sintiendo pena por él y su hija.

Frank sabía que el tiempo lo curaría todo, que John volvería a poner los pies en la tierra, como siempre hacía, y estaba convencido de que volvería a casarse. Era Grace la que parecía absolutamente destrozada mientras miraba fijamente las hileras de flores al pie del altar. Era una chica bonita, o lo sería si ella quisiera. Con diecisiete años era alta y esbelta, de hombros gráciles, brazos delgados y hermosas y largas piernas, cintura estrecha y senos pronunciados. Pero acostumbraba ocultar su figura bajo ropas anchas y suéters largos y holgados que compraba en el Ejército de Salvación. John Adams no era rico, pero podía comprarle cosas mejores si ella se lo pedía. Sin embargo, al contrario que las chicas de su edad, Grace no se interesaba por la ropa ni por los chicos. No se maquillaba y llevaba sueltos los largos cabellos de color caoba con un flequillo que ocultaba sus grandes ojos azules. Nunca miraba directamente a los ojos ni se mostraba dispuesta a trabar conversación con nadie. A la mayoría de la gente le sorprendía comprobar lo guapa que era cuando se fijaban en ella. El día del funeral llevaba un viejo y soso vestido negro de su madre que le colgaba como un saco, y aparentaba treinta años con los cabellos peinados en un apretado moño y el rostro mortalmente pálido.

–Pobre chiquilla –susurró la secretaria de Frank cuando Grace salió por el pasillo central, caminando lentamente junto a su padre detrás del féretro. Pobre John... pobre Ellen... pobre familia; todos habían sufrido mucho.

A veces la gente comentaba lo tímida y poco comunicativa que era Grace. Pocos años antes se había rumoreado que quizá era retrasada, pero cualquiera que hubiera ido al colegio con ella sabía que no era así. En realidad era más brillante que muchos alumnos, pero también era un alma solitaria. Pocas veces se la veía hablar con alguien o reír por un pasillo, y aun en esos momentos se alejaba rápidamente, como si tuviera miedo de estar entre sus compañeros. Resultaba extraño, teniendo en cuenta que sus padres eran muy sociables. Grace había sido siempre una niña solitaria y en más de una ocasión había tenido que volver de la escuela a casa con una aguda crisis de asma.

John y Grace permanecieron en la puerta de la iglesia al sol del mediodía durante un rato, estrechando la mano a los amigos, agradeciéndoles su presencia, abrazándolos. Grace parecía más sosa que nunca, como si sólo su cuerpo estuviera allí, patético con aquel vestido demasiado grande.

De camino hacia el cementerio su padre criticó su aspecto. Incluso los zapatos estaban pasados de moda; eran de su madre, que sin duda los había llevado bastante antes de caer enferma. Grace parecía querer estar más cerca de su madre en la hora de su muerte llevando sus prendas como un símbolo, pero no le sentaban nada bien a una chica de su edad. En realidad se parecía mucho a su madre, pero ésta era más robusta antes de su enfermedad.

–¿No podrías haberte puesto algo decente para variar? –preguntó su padre, mirándola con irritación, mientras se dirigían hacia el cementerio de St. Mary en las afueras de la ciudad seguidos por tres docenas de coches. Tenía una reputación que cuidar y no era habitual que un hombre como él tuviera una hija que vestía como una huérfana.

–Mamá no me dejaba ir de negro, pero he pensado... he pensado que debía...

Miró a su padre con expresión indefensa, sintiéndose muy desgraciada, acurrucada en un extremo del asiento de la vieja limusina Cadillac que la funeraria les había proporcionado para el entierro. Era la misma que algunos de sus compañeros habían alquilado dos meses atrás para el baile de fin de curso al que Grace no había querido asistir, aparte de que nadie se lo había pedido. Estando su madre tan enferma ni siquiera le apetecía ir al acto de graduación, pero había ido, claro está, y al llegar a casa le había enseñado el diploma a su madre. La habían admitido en la Universidad de Illinois, pero había tenido que aplazar su marcha para seguir cuidándola. Su padre creía que Ellen prefería los amorosos cuidados de Grace a las enfermeras y le había dicho que esperaba que se quedase en casa. Grace no había puesto objeciones. Sabía que no tenía sentido discutir con él, porque su padre estaba acostumbrado a conseguir siempre lo que quería. Había tenido éxito durante demasiado tiempo, y esperaba que las cosas siguieran tal como estaban, sobre todo en el seno de la familia, cosa que tanto Grace como Ellen sabían muy bien.

–¿Está todo preparado en casa? –preguntó su padre, mirándola.

Grace asintió.

A pesar de su timidez, llevaba la casa de un modo admirable desde que tenía trece años. Lo había dispuesto todo sobre el aparador antes de salir de casa. También había varias bandejas grandes en la nevera. Grace había preparado pavo y asado la víspera. La señora Johnson les había llevado un jamón y había ensaladas, guisos, embutidos, dos platos de entremeses, verduras frescas y abundancia de pastas y pasteles. Su cocina parecía el puesto de dulces de la feria. Grace estaba segura de que habrían de recibir a más de un centenar de personas, tal vez más, por respeto a John y a lo que significaba para los ciudadanos de Watseka.

La amabilidad de la gente era asombrosa. Jamás se habían visto tantas coronas en la funeraria. «Es como la realeza», había dicho el viejo señor Peabody al entregar a John el libro de visitas lleno de firmas. «Era una mujer excepcional», había replicado John.

Ahora, pensando en ella, miró a su hija. Era muy guapa, pero parecía no querer demostrarlo. Así era y así lo había aceptado él, porque resultaba más fácil no discutir. Era buena en otras cosas y un regalo de Dios durante los años de la enfermedad de su madre. Sería extraña la vida sin Ellen, pero en cierto sentido tenía que admitir que también sería más fácil ahora que su mujer había dejado de sufrir.

John miró por la ventanilla y luego volvió a mirar a su única hija.

–Estaba pensando en que vivir sin mamá será muy raro... pero quizá... –No sabía cómo decirlo sin inquietar a su hija–. Quizá sea más fácil para nosotros dos. Sufría tanto la pobrecita –dijo y suspiró.

Grace no dijo nada. Conocía los sufrimientos de su madre mejor que nadie, mejor incluso que su padre.

La ceremonia en el cementerio fue breve. El pastor dijo unas palabras sobre Ellen y su familia, leyó unos versículos de *Proverbios* y *Salmos* al pie de la tumba, y luego todos se dirigieron al hogar de los Adams. Ciento cincuenta amigos se apretujaban en la casa pequeña y pulcra, pintada de blanco con postigos verde oscuro y rodeada por una valla de estacas. En el jardín de delante había arbustos de margaritas y bajo las ventanas de la cocina crecían los pequeños rosales que tanto quería la madre de Grace.

El murmullo de las conversaciones parecía el de una fiesta. En la sala de estar rodeaban a Frank Wills, mientras que John permanecía fuera bajo el ardiente sol de julio con otros amigos. Grace sirvió limonada y té frío, que se añadieron al vino que había sacado su padre, pero ni siquiera tan ingente multitud consiguió acabar con todas las provisiones. Eran las cuatro cuando se fueron los últimos asistentes y Grace recorrió la casa con una bandeja para recoger los platos dispersos.

—Tenemos buenos amigos —dijo su padre con una sonrisa radiante.

Estaba orgulloso de que la gente a la que tanto había ayudado a lo largo de los años se preocupara por ellos en la hora de la desgracia. Contempló a Grace moverse por la sala de estar silenciosamente y tomó conciencia de lo solos que se habían quedado. Sin embargo, no era hombre que se regodeara en la desgracia.

—Voy a ver si ha quedado algún vaso fuera —dijo.

Volvió media hora después con una bandeja llena de platos y vasos, la chaqueta en el brazo y la corbata aflojada. De fijarse ella en tales cosas, Grace hubiera visto que su padre estaba más atractivo que nunca. John había adelgazado en las últimas semanas, lo que era comprensible, y parecía más joven. A la luz del sol, además, era difícil distinguir si tenía los cabellos grises o rubios, y tenía los ojos del mismo tono azul que su hija.

—Debes de estar cansada —le dijo.

Ella se encogió de hombros mientras seguía metiendo vasos y platos en el lavavajillas. Grace tenía un nudo en la garganta e intentaba no llorar. Había sido un día horrible para ella... un año horrible... cuatro años horribles... A veces deseaba que se la tragara la tierra, pero no, siempre había un día más, un año más, una nueva tarea que realizar. Mientras miraba con tristeza los platos sucios que colocaba mecánicamente, notó que su padre se había acercado.

–¿Quieres que te ayude? –le preguntó.

–Estoy bien –respondió ella–. ¿Quieres cenar algo, papá?

–No podría tragar ni un canapé. Has tenido un día muy ajetreado. ¿Por qué no descansas un rato?

Ella asintió y siguió cargando el lavavajillas. John se marchó a su dormitorio. Una hora más tarde, Grace había terminado y la cocina y la sala de estar ofrecían un aspecto impecable. Grace enderezó cuadros y colocó bien los muebles, intentando borrar rastros de todo lo ocurrido.

Cuando se fue a su habitación, la puerta de su padre estaba cerrada y le pareció oírle hablar por teléfono. Al cerrar su puerta se preguntó si pensaría salir. Luego se tumbó en la cama sin desvestirse. El vestido negro se le había manchado de comida y se había salpicado de agua y jabón. Le parecía que tenía cerdas en lugar de cabellos, notaba la boca como de algodón y el corazón de plomo. Cerró los ojos sintiéndose muy desgraciada y dos hilos de lágrimas fluyeron de sus ojos y le resbalaron por las sienes.

–¿Por qué, mamá? ¿Por qué... por qué me has dejado?

Era la traición final, el abandono definitivo. ¿Qué iba a hacer ella ahora? ¿Quién la ayudaría? Lo único bueno era que podía marcharse a la universidad en septiembre; si aún la aceptaban y si su padre se lo permitía. En realidad ya no había motivo para que se quedara y sí para marcharse, que era lo que ella deseaba.

Oyó a su padre abrir la puerta y salir al pasillo llamándola, pero no le contestó. Estaba demasiado cansada para hablar con nadie, ni siquiera con él. Luego oyó que la puerta se volvía a cerrar y pasó un rato antes de que por fin se levantara y se metiera en su cuarto de baño, su único lujo, que su madre le había dejado pintar de rosa. La pequeña casa de la que tan orgullosa se sentía Ellen tenía tres dormitorios. El tercero estaba destinado al hijo varón que pensaban tener, pero el niño no había llegado y su madre lo usaba como cuarto de costura.

Grace llenó la bañera de agua caliente casi hasta el borde y cerró con llave la puerta del dormitorio antes de quitarse el viejo vestido, que dejó caer al suelo alrededor de sus pies, y los zapatos.

Se metió lentamente en la bañera y cerró los ojos. No era consciente de su hermosura; no veía sus largas piernas, ni sus caderas gráciles, ni sus pechos apetecibles. Se sumergió en el agua dejando vagar sus pensamientos. No deseaba imaginar nada, ni lo que quería hacer ni ser, sólo quería permanecer perdida en el espacio y no pensar.

Supo que había transcurrido largo rato al notar el agua fría, y oír a su padre llamar a la puerta de su dormitorio.

–¿Qué haces, Gracie? ¿Te pasa algo?

–¡Estoy bien! –gritó ella desde la bañera, saliendo de su trance. Ya era de noche y ni siquiera había encendido las luces.

–Ven fuera. Ahí te sentirás sola.

–Estoy bien –repitió como un sonsonete. Su mirada distante alejaba a todos del lugar en que vivía: en lo más profundo de su alma, donde nadie podía hallarla ni hacerle daño.

Su padre seguía junto a la puerta instándola a salir y hablar con él, y ella contestó que tardaría un rato. Se secó, se puso una camiseta y unos vaqueros y encima, a pesar del calor, uno de sus holgados suéters. Abrió la puerta y se dirigió a la cocina para sacar los cacharros del lavavajillas. Su padre estaba allí, mirando las rosas de su madre por la ventana. Se volvió cuando entró Grace y sonrió.

–¿Quieres que salgamos y nos sentemos un rato en el porche? Hace buena noche. Deja eso para más tarde.

–No importa, así ya queda hecho.

Su padre se encogió de hombros, se sirvió una cerveza y salió a sentarse en los peldaños de la puerta de la cocina para mirar las luciérnagas. Grace sabía que la noche era hermosa, pero no quería contemplarla, no quería recordar aquella noche, de igual modo que no quería recordar el día en que murió su madre y sus patéticas súplicas de que fuera buena con su padre. Eso era lo único que le importaba a Ellen: él... y sólo se había preocupado de hacerle feliz a él.

Después de guardar los platos, Grace volvió a su dormitorio y se tendió en la cama sin encender la luz. Aún no se había acostumbrado al silencio. Seguía esperando oír la voz de su madre, como si estuviera dormida y fuera a despertarse por el dolor en cualquier momento. Pero ya no había más dolor para Ellen Adams. Por fin había encontrado la paz y todo lo que dejaba era silencio.

Grace se puso el camisón a las diez de la noche, dejando la ropa en un montón en el suelo. Cerró su puerta con llave y se acostó. No quería leer ni ver la televisión, había realizado todas sus tareas domésticas y no tenía que ocuparse de nadie. Quería dormir y olvidar todo lo ocurrido: el funeral, las cosas que había dicho la gente, el olor de las flores, las palabras del pastor al pie de la tumba... Nadie conocía a su madre, ni a su padre ni a ella, y a nadie le importaba en realidad. Todo lo que querían y conocían era la idea que tenían de ellos.

–Gracie... –Oyó a su padre llamar suavemente a su puerta–. Gracie, cariño, ¿estás despierta?

Ella no contestó. ¿Qué quedaba por decir? ¿Que la echaban mucho de menos? ¿Lo mucho que significaba para ellos? ¿Para qué? Con eso no conseguirían que volviera a la vida. Grace permaneció en silencio y en la oscuridad, tumbada con su viejo camisón rosa de nailon.

Oyó que su padre probaba a girar el pomo y no se movió. Grace siempre cerraba con llave. En el colegio las otras chicas se burlaban de que siempre cerrara todas las puertas. Así se aseguraba de que nadie interrumpiría su soledad.

–¿Gracie? –Su padre seguía allí, resuelto a no dejarla sufrir sola, mientras ella miraba fijamente la puerta, negándose a responder–. Vamos, cariño... déjame entrar y hablaremos... Los dos estamos abatidos... Cariño, déjame ayudarte... –Grace no se movió y su padre accionó el pomo de la puerta–. Cariño, no me obligues a forzar la puerta, sabes que puedo hacerlo. Déjame entrar.

–No puedo, estoy enferma –mintió ella. Estaba hermosa y pálida a la luz de la luna; su rostro y sus brazos parecían de mármol.

–No estás enferma. –Mientras hablaba, John se desabrochó la camisa. También él estaba cansado, pero no quería que su hija se encerrara sola en su dormitorio con su pena. Para eso estaba él–. ¡Gracie!

Grace se incorporó sin dejar de mirar la puerta, casi como si pudiera ver a su padre a través de ella; parecía asustada.

–No entres, papá. –Le temblaba la voz. Era como si supiera que su padre era todopoderoso, y le temía–. Papá, no lo hagas.

Él intentaba forzar la puerta cuando ella puso los pies en el suelo y se sentó en el borde de la cama esperando con ansiedad, pero luego le oyó alejarse y se quedó temblando. Conocía demasiado bien a su padre y sabía que no se daba por vencido con facilidad.

Instantes después había vuelto y Grace le oyó forzar la cerradura con alguna herramienta. Al poco entraba en su habitación a pecho descubierto, descalzo, sólo con los pantalones y expresión de fastidio.

–No es necesario que hagas esto. Ahora sólo estamos tú y yo. Sabes que no voy a hacerte daño.

–Lo sé... yo... yo... no he podido evitarlo... Lo siento, papá.

–Eso está mejor. –John se acercó a la cama y miró a su hija con gravedad–. No sirve de nada que te encierres aquí a llorar. ¿Por qué no vienes a mi habitación y hablamos un rato? –Tenía una expresión paternal, pero decepcionada por la reticencia de Grace, y cuando ella alzó los ojos, advirtió que estaba temblando.

–No puedo... yo... tengo dolor de cabeza.

–Vamos. –John se inclinó, la cogió por el brazo y la obligó a ponerse en pie–. Hablaremos en mi habitación.

–No quiero... yo... ¡no! –exclamó Grace, desasiéndose–. ¡No puedo! –gritó.

Su padre la miró con furia. No pensaba tolerar más juegos, ni aquella noche ni nunca. No tenía sentido y no había necesidad alguna. Grace ya sabía lo que le había dicho su madre.

–Sí puedes, y vas a venir, maldita sea. Te he dicho que vengas a mi habitación.

–Papá, por favor... –gimió. Su padre la obligó a seguirlo–. Por favor... –Empezaba a notar una opresión en el pecho y que se quedaba sin resuello.

–Ya oíste lo que te dijo tu madre al morir –espetó él airado–. Recuerda sus palabras...

–Me da igual. –Era la primera vez en su vida que lo desafiaba. En el pasado lloraba y gimoteaba, pero jamás se había resistido de aquel modo; había rogado, pero nunca discutido. Aquello disgustó a su padre–. Mamá ya no está aquí –añadió Grace, temblando de pies a cabeza, mirando a su padre e intentando extraer del alma misma lo que nunca antes había tenido: el valor para luchar contra su padre.

–No, ya no está, ¿verdad? –John sonrió–. Ésa es la cuestión, Grace. Tú y yo ya no tenemos que ocultarnos, podemos hacer cuanto queramos. Ahora es nuestra vida... nuestro momento... y nadie lo sabrá nunca... –Grace retrocedió, pero él la cogió por ambos brazos con ojos brillantes y, con un solo movimiento, le rasgó el camisón por la mitad–. Eso es... así está mejor, ¿verdad? Ya no necesitamos esto... no necesitamos nada... Todo lo que yo necesito eres tú, mi pequeña Gracie... sólo necesito a mi niña que tanto me quiere y a la que tanto quiero... –Con una sola mano dejó caer los pantalones y los calzoncillos al suelo y se quedó desnudo y con el miembro erecto ante ella.

–Papá... por favor. –Grace emitió un largo y triste gemido de pena y de vergüenza, y volvió la cara para no ver lo que para ella era ya familiar–. Papá, no puedo...

Las lágrimas le corrían por las mejillas. Su padre no lo comprendía. Grace lo había hecho antes porque su madre se lo había suplicado. Lo había hecho desde los trece años, desde que su madre había enfermado y la habían operado por primera vez. Antes su padre pegaba a Ellen y Grace lo oía noche tras noche desde su dormitorio, donde permanecía escuchándolos y sollozando en la oscuridad. Por la mañana, su madre intentaba justificar los moretones afirmando que se había caído o golpeado contra la puerta del cuarto de baño, o sencillamente que había resbalado. Pero era inútil. Nadie hubiera creído a John Adams capaz de una cosa así, pero lo era, y de cosas peores. También hubiera pegado a Grace, pero Ellen no se lo permitía. Ella se ofrecía en su lugar una y otra vez y le decía a Grace que se encerrara en su habitación.

Ellen había tenido dos abortos a causa de las palizas, el último a los seis meses de embarazo, y después ya no pudo tener más hijos. Las palizas eran brutales, pero calculadas para que los moretones pudieran ocultarse, o explicarse, siempre que Ellen estuviera dispuesta a hacerlo, como siempre ocurría. Ellen amaba a su marido desde que iban juntos al instituto; John era el chico más guapo de la ciudad y ella se consideraba muy afortunada. También ella era guapa, pero sabía que sin él no sería nada en el mundo, ya que sus padres eran muy pobres y ni siquiera había podido graduarse en el instituto. Eso era lo que John le decía y ella se lo había creído.

Su propio padre también le pegaba y al principio no le había parecido tan raro ni tan horrible que John lo hiciera. Sin embargo, con los años había ido empeorando, y a veces la amenazaba con dejarla porque no valía nada. Así la obligaba a satisfacer todos sus instintos. A medida que Grace crecía más hermosa cada día, se hizo evidente que su padre la deseaba. Cuando Ellen enfermó y la radiación y la quimioterapia cambiaron su aspecto penosamente, el acto sexual ya no fue posible y John le dijo abiertamente que habría de idear el modo de hacerle feliz si esperaba seguir casada con él. Grace, con sus encantadores trece años, fue la ofrenda.

Ellen se lo explicó a su hija para que no se asustara. Era algo que haría por sus padres, como un regalo, como si se consustanciara realmente con ellos, y su papá la querría aún más. Al principio Grace no lo entendió, pero luego lloró. ¿Qué pensarían sus amigos si se enteraban? ¿Cómo podía hacer eso con su padre? Pero su madre insistió en que tenía que ayudarles, que se lo debía, que ella moriría si no la ayudaba alguien, que quizá él las abandonaría a su suerte. Describió el futuro con tintes negros y cargó la responsabilidad sobre los hombros de Grace, que se tambaleó bajo su peso y el horror de lo que se esperaba de ella. Sin embargo, sus padres no aguardaron respuesta de su parte. Esa misma noche entraron en la habitación de Grace y su madre la sujetó y le canturreó y le dijo que era una buena chica y que la querían muchísimo. Después, cuando volvieron a su dormitorio, John abrazó a Ellen en la cama y le dio las gracias.

La vida se volvió solitaria para Grace después de aquella noche. Su padre iba a visitarla casi todas las noches. Algunas veces Grace pensaba que se moriría de vergüenza y otras él le hacía verdadero daño, pero nunca se lo contó a nadie. Finalmente su madre dejó de ir a la habitación con él. Grace sabía que no tenía más remedio que aceptarlo, pero si alguna vez intentaba oponerse, su padre la golpeaba brutalmente. Grace lo hacía por su madre, no por él. Se sometía para que no le diera más palizas y no las abandonara. Cuando Grace no cooperaba o no hacía todo lo que su padre le pedía, John volvía a su dormitorio y pegaba a su madre sin importarle que estuviera enferma ni que sufriera terribles dolores. Era un mensaje que Grace comprendía siempre y que le hacía ir corriendo al dormitorio de sus padres, jurando a gritos que haría todo lo que él quisiera. Así, una y otra vez, tuvo que demostrárselo y durante cuatro años se convirtió en su esclava sexual. Lo único que Ellen hizo por proteger a su hija fue procurarle píldoras anticonceptivas para que no quedara embarazada.

Si antes de que su padre empezara a acostarse con ella, Grace tenía pocos amigos porque temía que alguien se enterara de que él pegaba a su madre, después no tuvo ninguno en absoluto. Le resultaba imposible hablar con sus compañeros del instituto y con sus profesores, convencida de que lo descubrirían, de que verían algo en su rostro o en su cuerpo, un signo de una malignidad que, al contrario que su madre, ella dejaría traslucir. Su padre era el malvado, pero Grace no había acabado de comprenderlo hasta ese momento. Una vez muerta su madre sabía que no tenía por qué seguir haciéndolo. Sencillamente no podía continuar, y menos aún en el dormitorio de sus padres. Hasta entonces su padre siempre iba a la habitación de Grace, pero ahora era como si esperase que ella ocupara el lugar de su madre. Incluso el modo en que le hablaba había cambiado. En realidad lo que esperaba era que se convirtiese en su mujer.

Mientras tanto, él contemplaba su cuerpo tembloroso e incitante, y sus súplicas desesperadas sólo servían para excitarlo aún más. Con expresión implacable y ominosa, la arrojó sobre la cama, la misma en que su esposa inválida había yacido apenas dos días antes y durante todos los vacíos años de su matrimonio.

Sin embargo, esta vez Grace se resistió y le hizo frente, decidida por fin a no someterse de nuevo, y mientras intentaba rechazar a su padre comprendió que había sido una locura creer que podría vivir con él bajo el mismo techo sin que la pesadilla continuase. Tendría que huir, pero primero habría de escapar de aquel dormitorio, porque no podía volver a hacerlo nunca más. Pero mientras agitaba los brazos con impotencia, él la sujetaba contra la cama con sus fuertes manos y el peso de su cuerpo, y le abría las piernas con las suyas para penetrarla con una violencia que Grace no conocía ni imaginaba hasta entonces. Sus embestidas eran feroces, como si quisiera demostrarle que era su amo y señor. Por un instante le resultó tan insoportable que Grace creyó desmayarse, pues la habitación le daba vueltas. Su padre la penetraba una y otra vez, arañándole los pechos y mordiéndole los labios, hasta que Grace cayó en un estado de semiinconsciencia en el que deseó morir.

Sin embargo, mientras la violaba, una voz interior le decía a Grace que no podía consentirlo, que estaba cerca de traspasar un punto de no retorno, que debía defender con uñas y dientes su supervivencia. De repente, sin saber cómo, advirtió que se habían acercado a la mesita de noche de su madre, donde habían reposado durante años pulcras hileras de frascos de pastillas, un vaso y una jarra de agua. Podría haberle echado el agua encima o haberle golpeado con la jarra, pero ya no había nada que tomar ni quien lo tomara. No obstante, inconscientemente, Grace pasó la mano por la mesita mientras su padre seguía forzándola, jadeando y gruñendo. John la había abofeteado varias veces, pero ahora sólo quería humillarla mediante su brutalidad sexual; oprimía sus pechos con las manos y la aplastaba contra la cama. Grace casi no podía respirar y tenía la visión borrosa, pero consiguió abrir el cajón de la mesita de noche y palpar en su interior hasta tocar el frío acero de la pistola que su madre guardaba allí por miedo a los ladrones. Ellen jamás se hubiera atrevido a usarla contra su marido, ni a amenazarle con ella, porque le amaba a pesar de todo lo que les había hecho a las dos.

Grace recorrió la fría superficie del arma con los dedos, la aferró y la blandió por encima de su padre, pensando en golpearle para detenerlo porque, aunque estaba terminando, Grace comprendía que esa noche no era más que una muestra de lo que él pretendía hacer de su vida futura. No la dejaría marcharse a la universidad ni a ninguna parte. Grace no tendría más vida que la de servirle, y ella no podría soportarlo. Mientras empuñaba la pistola con mano temblorosa, su padre alcanzó el orgasmo con un jadeo y un estremecimiento animal que a ella le provocó dolor, angustia y repugnancia. Odió a su padre con toda su alma y le apuntó con la pistola, pero en ese momento él alzó la vista y la vio.

–¡Zorra! –gritó, estremeciéndose aún por la violencia de su orgasmo.

Ninguna otra mujer le había excitado jamás como Grace. Quería penetrarla, desgarrarla, despedazarla, devorarla... La excitación que le producía su propia carne era como un perverso e incontenible instinto primario. Se enfureció al ver que Grace seguía debatiéndose contra él. Intentó quitarle la pistola y ella comprendió que volvería a pegarle, lo que solía excitarlo aún más. Grace no podía permitirlo. Aún dentro de ella, su padre intentaba apoderarse de la pistola y ella, presa del pánico, apretó el gatillo. Cuando la pistola se disparó con un estampido terrorífico, John la miró atónito, luego se le desorbitaron los ojos y cayó inerte sobre ella. La bala le había traspasado la garganta y sangraba profusamente, pero no se movía. Grace intentó liberarse, pero no pudo; era demasiado pesado y ella apenas podía respirar, con la cara llena de sangre de la herida. Finalmente hizo acopio de fuerzas y consiguió apartar el cuerpo, que cayó de espaldas sobre la cama y emitió un espantoso sonido de borboteo. Su padre tenía los ojos abiertos y la miraba, pero seguía inmóvil.

–Oh, Dios mío... –gimió Grace, jadeando todavía.

Sentía el sabor de la sangre en la lengua. Ella y la cama estaban cubiertas de sangre, pero todo lo que podía pensar era en las palabras de su madre: «Sé buena con papá, Grace... cuida de él... cuida siempre de tu padre...» Lo había hecho, le había disparado. Los ojos de su padre se movían, pero el resto de su cuerpo estaba inerte mientras miraba a su hija con terror. Grace retrocedió y lo miró. Notó de pronto una violenta náusea y vomitó sobre la alfombra. Cuando se recuperó un poco, cogió el teléfono y llamó a la operadora.

–Necesito... una ambulancia... mi padre ha recibido un tiro... he disparado a mi padre... –Respirando entrecortadamente Grace dio la dirección y luego colgó.

Se quedó de pie mirando a su padre fijamente. John no se había movido y su miembro estaba flácido. Aquella cosa que tanto la había aterrorizado y torturado durante tanto tiempo, parecía de repente pequeña e inofensiva. Su padre tenía un aspecto terrible y patético; le manaba sangre de la garganta y gemía sordamente. Grace sabía que había hecho algo horrible, pero ya no podía evitarlo.

Aún empuñaba el arma y estaba desnuda y acurrucada en un rincón cuando llegó la policía. El asma apenas si la dejaba respirar.

–Dios mío... –dijo en voz baja el policía que entró en la habitación. Vio a Grace y le quitó el arma mientras entraban otros policías.

El más joven la envolvió en una manta, pero antes vio las marcas y la sangre que tenía por todo el cuerpo y su mirada extraviada.

El padre de Grace seguía vivo cuando llegó la ambulancia, pero su vida pendía de un hilo. El disparo le había partido la médula espinal y los asistentes de la ambulancia sospechaban que la bala se había alojado en el pulmón. Estaba completamente paralizado y no podía hablar. Se lo llevaron con los ojos cerrados y respirando por una mascarilla de oxígeno.

–¿Se salvará? –preguntó el oficial al mando cuando los asistentes sanitarios lo metían en la ambulancia.

–Es difícil decirlo –respondieron, y en voz baja añadieron–: No es probable.

La ambulancia partió con el ulular de su sirena y el oficial meneó la cabeza. Conocía a John Adams desde que éste iba al instituto. John le había tramitado el divorcio. Era un tipo estupendo. ¿Por qué demonios le había pegado un tiro su hija? También él había visto al llegar que los dos estaban desnudos, pero eso no quería decir nada. Seguramente se habían acostado ya, cada uno en su propia habitación, y John dormía desnudo. La cuestión de por qué la chica estaba desnuda era diferente. Se la veía desequilibrada; tal vez la muerte de su madre había sido más de lo que podía soportar. En cualquier caso ya se aclararía durante la investigación.

–¿Cómo está? –preguntó a O'Byrne, un joven policía.

En aquel momento había ya una docena de policías en la escena del crimen. Era lo más grave que había ocurrido en Watseka desde que el hijo del pastor había tomado LSD y se había suicidado diez años atrás. Aquello había sido una tragedia, esto sería un escándalo. A la ciudad entera le iba a costar encajar que a John Adams lo hubiera matado su propia hija.

–¿Está drogada? –preguntó mientras el fotógrafo de la policía hacía fotos del dormitorio. La pistola se encontraba ya dentro de una bolsa de plástico en un coche patrulla.

–No lo parece –contestó O'Byrne–. Al menos a simple vista. Está muy asustada. Tiene asma y respira con dificultad.

El oficial recorrió la sala de estar con la mirada. Apenas unas horas antes se encontraba allí mismo, después del funeral. Todo aquello le parecía increíble. Quizá la chica estaba loca.

–Su padre tiene un problema más grave que el asma –dijo.

–¿Cree que se salvará? –El joven policía parecía preocupado.

–No lo parece. Creo que la chica ha hecho un buen trabajo con su padre. Le ha dado en la médula espinal, tal vez incluso en el pulmón. Sólo Dios sabe por qué.

–¿Cree que lo estaba haciendo con ella? –preguntó el agente, intrigado por la situación.

–¿John Adams? –exclamó el oficial con repentina indignación–. ¿Estás loco? ¿Sabes quién es? Es el mejor abogado de la ciudad y el tipo más decente que puedas encontrar. ¿Crees que un hombre como él se tiraría a su propia hija? Estás tan loco como ella y no tienes mucho futuro como policía si llegas a conclusiones como ésas.

–No lo sé... Al menos eso parecía. Los dos estaban desnudos y ella está aterrorizada... Le está saliendo un moretón en el brazo y... –El joven vaciló, pero no podía obviar la evidencia, fuera quien fuera aquel tipo–. Había semen en las sábanas...

–Me importa un bledo lo que hubiese, O'Byrne. Hay muchas maneras de manchar las sábanas de semen. Su mujer acababa de morir, quizá se sentía solo, quizá se estaba masturbando cuando su hija entró con la pistola, quizá ella no comprendió qué estaba haciendo y se asustó. Pero, demonios, no vayas diciendo por ahí que John Adams se estaba tirando a su hija. Olvídalo.

–Lo siento, señor.

Los otros agentes se ocupaban de enrollar las sábanas y meterlas en bolsas de plástico, y uno de ellos hablaba con Grace en su habitación. La chica estaba sentada en el borde de la cama, cubierta aún con la manta. Había usado su inhalador y respiraba con mayor fluidez, pero estaba mortalmente pálida y el agente que la interrogaba no estaba seguro de que fuera consciente de lo ocurrido ni de que comprendiera sus preguntas. Grace afirmaba no recordar cómo había encontrado la pistola, sólo que de pronto se hallaba en su mano y se había disparado. Recordaba la detonación y que su padre sangraba sobre ella, eso era todo.

–¿Cómo que sangraba sobre ti? ¿Dónde estabas tú? –El agente tenía la misma impresión que O'Byrne, aunque le pareciera inconcebible.

–No me acuerdo –respondió ella con la mirada vacía. Hablaba como un autómata, respiraba en jadeos cortos y temblaba un poco por efecto de los sedantes que le habían administrado.

–¿No recuerdas dónde estabas al disparar a tu padre?

–No lo sé. –Grace miró al policía como si no lo viera–. En la puerta –mintió. Quería proteger a John por su madre.

–¿Le has disparado desde la puerta? –Aquello era imposible–. ¿Crees que le ha disparado otra persona? –sugirió el agente, pensando en que tal vez ella quería achacar la culpa a un intruso, pero eso era aún más inverosímil que la historia de la puerta.

–No. Yo le he disparado. Desde la puerta.

El policía sabía que a John Adams le habían disparado a bocajarro, posiblemente a menos de cinco centímetros, una persona que se hallaba justo delante de él, y sin duda esa persona era su hija, pero ¿dónde estaban en ese momento y qué estaban haciendo?

–¿Estabas en la cama con él? –preguntó a bocajarro, pero ella no respondió. Grace siguió mirando al vacío y emitió un leve suspiro–. ¿Estabas en la cama con él? –repitió.

–No estoy segura –contestó al cabo de un largo silencio–. Creo que no.

–¿Qué tal va por aquí? –preguntó el oficial al mando, asomándose por la puerta. Eran las tres de la madrugada y ya se había hecho todo lo necesario en la escena del crimen.

El agente que interrogaba a Grace se encogió de hombros. No había llegado a nada con la chica, que seguía temblando espasmódicamente y parecía ausente.

–Vamos a llevarte a comisaría, Grace. –Dijo el oficial–. Necesitamos hablar contigo un poco más sobre lo sucedido. –Grace asintió sin decir nada, cubierta de sangre y envuelta en la manta–. Quizá quieras limpiarte un poco y vestirte. –Hizo una señal al agente que estaba junto a Grace, pero ella no se movió–. Vamos a llevarte a comisaría, Grace, para interrogarte –repitió, y temió por la cordura de la chica. John nunca había dicho nada, pero no era el tipo de cosas que se comentan con los clientes.

»Vamos a retenerte setenta y dos horas mientras se investiga lo sucedido.

¿Había sido premeditado? ¿Quería matarle? ¿Había sido un accidente? ¿Cuáles eran los motivos? El policía se preguntaba también si Grace tomaba drogas y quería que le hicieran unos análisis.

Grace no preguntó si la arrestaban. No preguntó nada. Ni tampoco se vistió. Parecía totalmente desorientada, lo que reafirmó al agente encargado de la investigación en su creencia de que estaba loca. Finalmente llamaron a una agente femenina para que les ayudara. La mujer policía vistió a Grace como si fuera una niña pequeña y observó las marcas y moretones que tenía por todo el cuerpo. Le dijo que se lavara y Grace se mostró sorprendentemente sumisa. Hacía cuanto le pedían, pero no decía nada.

–¿Te has peleado con tu padre? –preguntó la mujer mientras ponía a Grace sus viejos tejanos y su camiseta. Grace, que seguía temblando como si estuviera en el polo, no contestó–. ¿Te has enfadado con él?

Silencio. Grace no se mostraba hostil, ni de ninguna otra manera. Caminó hacia la sala de estar como en trance. No preguntó por su padre, no se interesó por saber adónde lo habían llevado o qué le había ocurrido. Se detuvo un instante ante la fotografía de su madre enmarcada en plata. También aparecía ella, cuando tenía dos o tres años de edad, y ambas sonreían. Contempló la foto durante largo rato, recordando lo guapa que era su madre y todo lo que esperaba de su hija; demasiado. Le hubiera gustado decirle que lo sentía, que no podía soportarlo más. No había cuidado de su padre y ahora él se había ido. No recordaba adónde, pero ya no estaba allí.

–Realmente está conmocionada –comentó la mujer policía mientras Grace miraba la foto. Grace quería recordar a su madre, tenía la impresión de que no volvería a ver su foto nunca más, pero no sabía por qué–. ¿Va a llamar a un psiquiatra?

–Sí, quizá –contestó el oficial al mando. Aunque estaba casi convencido de que Grace era retrasada, dudaba aún. Quizá fuera todo comedia. Sólo Dios sabía qué había pasado por su cabeza.

Cuando Grace salió al aire libre de la noche, en el jardín había un enjambre de policías. Había siete coches patrulla, la mayoría de los cuales habían acudido únicamente por curiosidad. El joven policía llamado O'Byrne ayudó a Grace a subir al asiento posterior de un coche. La mujer policía se sentó junto a ella y no se mostró particularmente amistosa. Había visto a otras chicas, drogadictas o farsantes que fingían estar locas para salir bien libradas. Había visto a una chica de quince años que había matado a toda su familia y luego había afirmado que unas voces de la televisión la habían obligado a hacerlo. En lo que a ella concernía, Grace no era más que una zorra muy lista fingiéndose loca. Sin embargo, había una mínima posibilidad de que no fingiera, y además no dejaba de jadear, como si le faltara el aliento. Pero había matado a su padre y eso bastaba para desequilibrar a cualquiera. En cualquier caso no era cosa suya decidir si estaba cuerda.

El trayecto hasta comisaría fue corto, sobre todo a aquella hora. Grace tenía peor aspecto que nunca al llegar. Bajo las luces fluorescentes su tez era casi verdosa cuando la metieron en una celda, donde aguardó hasta que un fornido agente entró y le echó una ojeada.

−¿Eres Grace Adams? −preguntó ásperamente.

Grace se limitó a asentir, sintiéndose a punto de desmayar o de vomitar otra vez. Quizá muriera. Eso era lo que deseaba. Su vida era una pesadilla.

−¿Sí o no? −exclamó el agente.

−Sí.

−Tu padre acaba de morir en el hospital. Estás arrestada por asesinato. −Le leyó sus derechos, entregó unos documentos a una mujer policía que había entrado después de él y salió sin más, cerrando la pesada puerta metálica con un fuerte ruido.

Hubo un momento de silencio y luego la agente le ordenó que se desnudara completamente. A Grace le parecía todo como una película muy mala.

−¿Por qué? −preguntó con voz ronca.

−Para registrarte a fondo −explicó la mujer.

Grace se desvistió lentamente con dedos temblorosos. Todo el proceso fue humillante. Después le tomaron las huellas dactilares y le hicieron fotos de prontuario.

−Delito mayor −comentó fríamente otra mujer policía, tendiéndole un pañuelo de papel para que se limpiara la tinta de los dedos–. ¿Cuántos años tienes?

Grace la miró con incredulidad, pues aún no había asimilado el hecho de que había matado a su padre.

–Diecisiete.

–Mala suerte. En Illinois pueden juzgarte como adulta a partir de los trece años. Si te declaran culpable te echarán catorce o quince años como mínimo. O te condenarán a muerte. Esto es el mundo real ahora, pequeña.

A Grace nada de todo aquello le parecía real cuando le esposaron las manos a la espalda y la sacaron de la habitación. Cinco minutos después se hallaba en una celda con otras cuatro mujeres y un váter que apestaba a orines y defecaciones. El recinto era pequeño y sucio. Las otras mujeres estaban tumbadas sobre colchones desnudos, cubiertas por mantas. Dos estaban despiertas, pero ninguna dijo nada cuando a Grace le quitaron las esposas, le entregaron una manta y fue a sentarse en el único catre desocupado de la pequeña celda.

Grace miró en torno a la celda con incredulidad. Había acabado en el infierno, pero había tenido que hacerlo. No lo había planeado, no era su intención, pero estaba hecho y no se arrepentía. Era su vida o la de su padre. Le hubiera dado igual que fuera ella la muerta, pero no había sido así. Sin otra alternativa, había matado a su padre.

2

Grace permaneció tumbada sobre el delgado colchón, sin notar apenas los punzantes muelles en la espalda. No sentía nada. Ya no temblaba, se limitaba a permanecer inmóvil, pensando. No le quedaba familia, ni tampoco tenía amigos. ¿Qué le pasaría? ¿La declararían culpable de asesinato? ¿La condenarían a muerte? No olvidaba las palabras de aquella agente, pero estaba dispuesta a pagar ese precio por impedir que su padre volviera a tocarla. Sus cuatro años de verdadero infierno habían terminado.

–¿Grace Adams? –llamó una voz unos minutos después de las siete de la mañana.

Llevaba tres horas en el calabozo y no había dormido en toda la noche, pero no se sentía tan extraña a todo como antes. Recordaba haber disparado a su padre. Sabía que él había muerto y por qué, y no lo lamentaba.

La llevaron a una pequeña y sucia habitación y la encerraron allí sin darle explicaciones. Había una mesa, cuatro sillas y una luz desnuda en el techo. Grace no se sentó. Cinco minutos después se abrió la otra puerta y entró una mujer alta y rubia que la miró fríamente. No dijo nada, se limitó a observarla durante largo rato. Grace tampoco habló y permaneció inmóvil en el otro lado de la habitación con el aspecto de una liebre a punto de echar a correr. Estaba en una jaula, así que aguardó, quieta pero asustada. A pesar de los tejanos y la camiseta, su porte era digno, como el de quien ha sufrido mucho por su libertad y ha pagado un alto precio por ella. No era ira lo que traslucían sus ojos, sino una especie de resignación por lo que había tenido que vivir a su corta edad. Molly York lo percibió en cuanto la miró, y le conmovió su dolor.

–Me llamo Molly York –dijo finalmente–. Soy psiquiatra. ¿Sabes por qué estoy aquí?

Grace meneó la cabeza.

–¿Recuerdas lo que ocurrió anoche?

Grace asintió.

–¿Por qué no te sientas? –Señaló las sillas.

Se sentaron en lados opuestos de la mesa. Grace no estaba segura de que aquella mujer le tuviera mucha simpatía, puesto que no se mostraba amistosa y sin duda formaba parte de la investigación policial, es decir que teóricamente era alguien que buscaría su ruina. Sin embargo, no pensaba mentir. Le diría la verdad siempre que no preguntara mucho sobre su padre, al que no quería descubrir. ¿De qué serviría ahora? Había muerto. En ningún momento se le ocurrió pedir un abogado ni intentar salvarse. Sencillamente no le importaba.

–¿Qué recuerdas de anoche? –preguntó la psiquiatra, observando cada movimiento y expresión de Grace.

–Disparé a mi padre.

–¿Recuerdas por qué?

Grace vaciló y guardó silencio.

–¿Estabas enfadada con él? ¿Hacía tiempo que pensabas en pegarle un tiro?

Grace negó con la cabeza rápidamente.

–Jamás lo había pensado. De repente me encontré con la pistola en la mano. Ni siquiera sé cómo ocurrió. Mi madre la guardaba en su mesita de noche. Estuvo enferma mucho tiempo y a veces tenía miedo cuando se quedaba sola, así que prefería tenerla cerca, pero nunca la usó. –Parecía muy joven e inocente mientras se explicaba.

La psiquiatra no creyó que estuviera loca ni que fuera retrasada, como habían sugerido los policías que la habían arrestado. Tampoco parecía peligrosa, sino cortés y educada, y extrañamente dueña de sí misma teniendo en cuenta la traumática experiencia que acababa de sufrir, que no había dormido en toda la noche y que estaba metida en un buen lío.

−¿Empuñaba tu padre la pistola? ¿Luchasteis por ella? ¿Intentabas arrebatársela?

−No. La empuñaba yo. Recuerdo que la noté en la mano. Y... −No quería mencionar que su padre la había golpeado−. Y entonces le disparé. −Se miró las manos.

−¿Sabes por qué? ¿Te hizo algo que te puso furiosa? ¿Os peleasteis?

−No... bueno... más o menos... Yo... no fue nada importante.

−Debió de serlo −repuso la psiquiatra incisivamente−. Lo bastante para pegarle un tiro, Grace. Lo bastante para matar a tu padre. Sé sincera. ¿Habías disparado antes un arma?

Grace sacudió la cabeza con expresión triste y cansina. Tal vez debería haberlo hecho mucho antes, pero le hubiera destrozado el corazón a su madre, que a su triste modo le amaba.

−No, nunca había disparado un arma.

−¿Qué ocurrió anoche para que lo hicieras?

−Mi madre murió hace dos días... tres. Ayer fue el funeral.

Molly York la contempló. Sin duda la chica debía tener los nervios destrozados, pero ¿por qué se habían peleado su padre y ella? Ocultaba algo, y Molly no estaba segura de si era algo que perjudicaría a su padre o a ella, pero su trabajo no incluía descubrir si era inocente o culpable, sino determinar si estaba cuerda o no, si sabía lo que hacía. ¿Y qué había hecho su padre para provocar que su hija le disparara?

−¿Os peleasteis a causa de tu madre? ¿Le dejó a él dinero o algo que tú quisieras?

Grace sonrió con una expresión que le hacía parecer mayor y desde luego nada retrasada.

−No creo que tuviera nada que dejar a nadie. Nunca trabajó y no poseía nada. Mi padre ganaba el dinero. Es abogado... o lo era...

−¿Te dejará algo?

−No lo sé... quizá, supongo... −Grace ignoraba que el autor de un asesinato no puede heredar de su víctima si lo declaran culpable.

−Entonces, ¿por qué os peleabais? −Molly era obstinada.

Grace no se fiaba de ella. Parecía demasiado insistente, demasiado implacable, y sus ojos expresaban una aguda inteligencia. La psiquiatra comprendía demasiado, pero no tenía derecho a saber los pormenores de su caso. No era asunto de nadie lo que su padre le había hecho todos esos años y Grace no quería que nadie lo supiera, aunque ello le costara la vida. No quería que toda la ciudad se enterara. ¿Qué pensarían de ellos... de ella? Ni siquiera podía imaginarlo.

–No nos peleamos.

–Sí lo hicisteis –replicó Molly York con calma–. No me creo que entraras en su habitación sin más y le pegaras un tiro... ¿o sí? –Grace negó con la cabeza–. Le disparaste desde pocos centímetros de distancia. ¿En qué pensabas en ese momento?

–No lo sé. En nada. Sólo trataba de... yo... no importa.

–Sí importa. –Molly se inclinó con expresión seria–. Grace, te acusan de asesinato. Si tu padre te hizo algo o te hirió de algún modo, será defensa propia u homicidio involuntario en lugar de asesinato. Aunque creas que es una traición, debes decírmelo.

–¿Por qué? ¿Por qué he de decírselo a nadie? –protestó con el tono de una niña pequeña.

–Porque si no lo haces, podrías pasarte un montón de años en prisión, y eso no sería justo si sólo intentabas defenderte. ¿Qué te hizo, Grace, para que le dispararas?

–No lo sé. Quizá estaba nerviosa por lo de mi madre. –Grace se removía en el asiento y miró hacia otro lado al contestar.

–¿Te violó?

Grace puso los ojos como platos y miró a Molly. Pareció faltarle el aliento cuando contestó:

–No.

–¿Alguna vez tuvo relaciones sexuales contigo?

Grace la miró horrorizada. Odiaba a aquella mujer que empezaba a adivinar la verdad. ¿Qué pretendía? ¿Empeorar las cosas? ¿Deshonrar a su familia?

–No. ¡Claro que no! –contestó con creciente nerviosismo.

–¿Estás segura?

Las dos mujeres se miraron a los ojos durante largo rato hasta que Grace sacudió la cabeza y dijo:

–Sí, estoy segura.

–¿Estabais manteniendo relaciones sexuales anoche cuando le

disparaste? –Molly la observaba con ojos penetrantes y advirtió la agitación de Grace.

–¿Por qué me hace estas preguntas? –preguntó la chica con tono desdichado y resollando a causa del asma.

–Porque quiero saber la verdad. Quiero saber si te hizo daño, si tenías un motivo para dispararle. –Grace negó de nuevo–. ¿Erais amantes tú y tu padre? ¿Te gustaba acostarte con él?

Esta vez Grace la miró y su respuesta fue totalmente sincera.

–No –dijo, y pensó que lo odiaba.

–¿Tienes novio? –Grace meneó la cabeza–. ¿Alguna vez has tenido relaciones sexuales con un chico?

Grace suspiró, sabiendo que jamás podría tenerlas. ¿Cómo iba a poder?

–No.

–¿Eres virgen? –Hubo un silencio–. Te he preguntado si eres virgen.

Molly volvía a presionarla y a Grace no le gustó.

–No lo sé. Supongo que sí.

–¿Qué quieres decir? ¿Que has tonteado?

–Quizá. –Volvía a parecer muy niña.

Molly sonrió. No se podía perder la virginidad sólo por besarse y toquetearse.

–¿Has tenido novio alguna vez? A tu edad seguro que sí. –Volvió a sonreír, pero Grace negó de nuevo con la cabeza–. ¿Hay algo que quieras decirme sobre lo de anoche, Grace? ¿Recuerdas cómo te sentías antes de disparar a tu padre, qué te impulsó a hacerlo?

–No lo recuerdo.

Molly sabía que Grace no estaba diciendo la verdad. Por muy trastornada que estuviera tras disparar a su padre, ahora había recobrado la serenidad. Estaba muy alerta y dispuesta a no revelar la verdad. Molly, que era una alta y atractiva rubia, miró a Grace durante largo rato y luego cerró despacio su bloc de notas y descruzó las piernas.

–Ojalá fueras sincera conmigo, Grace. Podría ayudarte, de verdad. –Si ella llegaba a la convicción de que era un caso de defensa personal o que existían circunstancias atenuantes, todo sería más fácil para Grace, pero la chica no quería cooperar. Y lo extraño era que, a pesar de todo, a Molly le caía bien. Grace era una joven hermosa, de grandes ojos y mirada sincera. Molly veía un gran dolor en su mirada, pero seguía sin saber cómo ayudarla.

–Le he dicho todo lo que recuerdo.

–No es cierto –replicó Molly–. Pero quizá lo hagas más adelante. –Le tendió su tarjeta–. Si quieres verme, llámame. De todas formas volveré por aquí. Tú y yo tendremos que pasar cierto tiempo juntas para que pueda redactar mi informe.

–¿Sobre qué? –Grace pareció preocupada. La doctora York le daba miedo; era demasiado inteligente y hacía demasiadas preguntas.

–Sobre tu estado mental. Sobre las circunstancias de la muerte de tu padre tal como yo lo entiendo. De momento no me has dado mucha información.

–No hay más que decir. De repente tenía el arma en la mano y le disparé.

–¿Así porque sí?

–Eso es. –Intentaba convencerse a sí misma, pero a Molly no la engañaba.

–No te creo, Grace –dijo Molly, mirándola a los ojos.

–Bueno, pues eso fue lo que ocurrió, tanto si se lo cree como si no.

–¿Y ahora? ¿Qué sientes ahora sobre la muerte de tu padre?

–Estoy triste por mi padre... y por mi madre. Pero mi madre estaba muy enferma y sufría mucho, así que quizá sea mejor para ella.

«¿Y tú? –se preguntó Molly–. ¿Cuánto has sufrido tú?» No era una de esas malas hijas que sencillamente liquidaban a su padre por una nimiedad. Era una chica despierta e inteligente que fingía no tener idea de por qué lo había matado. Era irritante oírselo repetir una y otra vez.

–¿Qué me dices de tu padre? ¿También es mejor para él?

–¿Mi padre? –Grace pareció sorprendida–. No... él no sufría... Supongo que no es mejor para él –añadió sin mirar a Molly.

–¿Y tú? ¿Estás mejor así? ¿Prefieres estar sola?

–Quizá. –Volvía a ser sincera por un momento.

–¿Por qué? ¿Por qué prefieres estar sola?

–Sencillamente es más fácil –replicó Grace sintiéndose como si tuviera cien años, y lo parecía.

–No lo creo, Grace. El mundo es muy complicado. No es fácil para nadie estar solo, sobre todo para una chica de diecisiete años. Tu casa debía de ser un lugar bastante difícil para que quieras estar sola. ¿Cómo te sentías en casa?

–Bien.

–¿Se llevaban bien tus padres? Antes de que tu madre enfermara, quiero decir.

–Se llevaban bien.

Molly tampoco la creyó esta vez, pero no dijo nada.

–¿Eran felices?

–Claro. –Siempre que ella se ocupara de su padre tal como quería su madre.

–¿Lo eras tú?

–Claro. –Las lágrimas asomaron a sus ojos cuando lo dijo. Aquella psiquiatra hacía demasiadas preguntas dolorosas–. Era muy feliz... Quería mucho a mis padres.

–¿Lo suficiente para mentir por ellos? ¿Para protegerlos? ¿Lo bastante para no revelar por qué mataste a tu padre?

–No hay nada que decir.

–Muy bien. –Molly se levantó–. Por cierto, hoy te enviaré al hospital.

–¿Para qué? –El pánico se apoderó de ella, cosa que interesó a Molly sobremanera–. ¿Por qué me envía allí?

–Es parte del procedimiento. Para asegurarnos de que estás sana. Pura rutina.

–No quiero ir. –Grace parecía aterrorizada.

–¿Por qué? –quiso saber Molly, observándola con atención.

–¿Para qué tengo que ir?

–No tienes muchas alternativas ahora mismo, Grace. Estás metida en un aprieto muy grave y las autoridades son las que mandan. ¿Has llamado a un abogado?

Grace enmudeció ante aquella pregunta. Alguien le había dicho que podía hacerlo, pero no sabía a quién recurrir, salvo que llamara a Frank Wills, el socio de su padre, y ni siquiera estaba segura de querer un abogado. ¿Qué le iba a decir?

–No tengo abogado.

–¿No tenía socios tu padre?

–Sí, pero... sería embarazoso llamarles... llamarle, sólo tenía un socio.

–Creo que deberías hacerlo, Grace –dijo Molly con firmeza–. Necesitas un abogado. Puedes pedir que te asignen uno de oficio, pero sería mejor que fuera alguien que te conociese.

–Supongo que sí. –Asintió con expresión abrumada. Le ocurrían demasiadas cosas y todas difíciles. ¿Por qué no se limitaban a fusilarla o a colgarla, o lo que fuese, sin hacerle hablar ni obligarla a ir al hospital? Le aterrorizaba pensar lo que descubrirían allí.

–Vendré a verte más tarde o mañana –dijo Molly. Le gustaba Grace y sentía lástima por ella. Lo que había hecho era terrible, pero Molly creía que existía un motivo, algo inconfesable que la había impulsado, y haría cuanto estuviera en su mano para descubrir qué era.

Dejó a Grace y fue a hablar con Stan Dooley, el oficial a cargo de la investigación. Era un veterano detective al que pocas cosas conseguían ya sorprender, pero aquélla sí. Había tenido ocasión de hablar con John Adams unas cuantas veces a lo largo de los años y lo consideraba un hombre honrado y cabal. Se había quedado estupefacto al enterarse de que su propia hija lo había matado.

–¿Está loca o es una drogata? –preguntó el detective Dooley a Molly en cuanto ésta se acercó a su mesa a las ocho de la mañana, dispuesta a averiguar algunas cosas.

–Nada de eso. Está asustada y conmocionada, pero muy lúcida. Demasiado. Quiero que la trasladen al hospital ahora mismo para un reconocimiento completo.

–¿Para qué? ¿Un análisis de sangre para detectar droga?

–No creo que se trate de eso. Quiero que la examine un ginecólogo.

–¿Para qué? –preguntó él, sorprendido–. ¿Qué pretende con eso? –Conocía a la doctora York y sabía que era una mujer sensata, aunque de vez en cuando se dejaba llevar por su simpatía hacia algún paciente.

–Tengo un par de teorías. Quiero saber si se estaba defendiendo. Las chicas de diecisiete años no suelen ir por ahí matando a sus padres, al menos en familias como la suya.

–Eso son tonterías, y usted lo sabe, York –replicó él–. ¿Qué me dice de la chica de catorce años del año pasado que se cargó a toda su familia, incluyendo la abuela y cuatro hermanas pequeñas? ¿Me va a decir que eso también fue defensa propia?

–Eso fue diferente, Stan. He leído los informes. John Adams estaba desnudo y también su hija, y había semen en las sábanas. No negará que existe una posibilidad de que fuera en defensa propia.

–Conocía a Adams. Era un hombre íntegro donde los haya y una persona muy agradable. A usted sin duda le habría gustado...

Miró a Molly con intención, pero ella no le hizo caso. Al detective le gustaba gastarle bromas. Era una mujer muy atractiva y procedía de una distinguida familia de Chicago. A Dooley le encantaba acusarla de «visitar demasiado los barrios bajos», pero sabía que era toda una profesional. También sabía que salía con un médico. En cualquier caso tomarle un poco el pelo distendía el ambiente y la difícil tarea que estaban obligados a cumplir. Molly era una persona afable con la que se podía trabajar, e inteligente, y Dooley la respetaba por ello.

–Déjeme decirle algo, doctora: ese hombre no hubiera follado con su hija. Él no. Créame. Quizá se estaba masturbando. ¡Qué sé yo!

–No lo mató por eso –repuso Molly York fríamente.

–Quizá le dijo que no podía coger el coche; mis hijos se ponen como energúmenos cuando no se lo dejo. O quizá no le gustaba su novio. Créame, no fue como usted piensa. No fue defensa propia. Lo asesinó.

–Ya veremos, Stan. Ahora llévela al Mercy General de inmediato. Le escribo la orden.

–Es usted terrible. De acuerdo, la llevaremos al Mercy. ¿Satisfecha?

–Emocionada. Es usted un gran profesional. –Sonrió.

–Dígaselo al jefe –dijo él, devolviéndole la sonrisa. La psiquiatra le caía bien, pero no creía una sola palabra de su teoría. Quería agarrarse a un clavo ardiendo. John Adams no era de esa clase de hombres. Nadie en Watseka se lo iba a creer, por mucho que dijera ella o descubrieran en el hospital.

Dos mujeres policía fueron a buscar a Grace media hora más tarde, la esposaron y la condujeron al Mercy General en una pequeña furgoneta con barrotes en las ventanillas. Ni siquiera le hablaron, se limitaron a charlar entre ellas sobre las presas que habían trasladado el día anterior, la película que pensaban ver esa noche y las vacaciones en Colorado para las que una de ellas estaba ahorrando. A Grace le daba igual. De todas formas no tenía nada que decirles. Se preguntaba qué le harían en el hospital.

En el hospital Mercy había un pabellón cerrado al que llevaron a Grace en un ascensor que subía directamente desde el aparcamiento. Cuando llegaron allí le quitaron las esposas y la dejaron con un médico y una ayudante, los cuales le hicieron saber que si no se comportaba como era debido volverían a esposarla y llamarían a un guardia.

—¿Lo has entendido? —preguntó la ayudante ásperamente.

Grace asintió.

No se molestaron en explicarle nada más e iniciaron la lista de pruebas que había ordenado la doctora York. Primero le tomaron la temperatura y la tensión, luego le examinaron ojos, oídos y garganta y la auscultaron.

Siguieron con análisis de orina y de sangre en busca de posibles enfermedades y también drogas. Luego le dijeron que se desnudara completamente y la examinaron con detenimiento en busca de moretones. Tenía un par en los pechos, varios en los brazos y uno en las nalgas, y a pesar de los esfuerzos de Grace por ocultarlo descubrieron otro en la cara interna del muslo, donde su padre la había aferrado. Estaba bastante cerca de la entrepierna y llevaba a otro más arriba, que sorprendió a los examinadores. Los fotografiaron todos, incluyendo las lesiones que tenía en la entrepierna, a pesar de sus protestas, y tomaron pormenorizadas notas. Grace se había echado a llorar y ponía objeciones a todo.

—¿Por qué hacen esto? No es necesario. Ya he admitido que le disparé. ¿Por qué toman fotos?

Le contestaron que si no cooperaba la atarían para hacerle las fotos. Fue una experiencia humillante.

Tras las fotos, el médico le ordenó que se subiera a una mesa con estribos para las piernas. Hasta entonces apenas había hablado con ella. La mayoría de las instrucciones se las había dado la ayudante, una mujer muy desagradable. Ninguno de los dos le prestaba atención y hablaban de su cuerpo como si estuviera expuesto en una carnicería y ella no fuera un ser humano.

El médico se puso guantes de goma y se untó los dedos con gel. Señaló los estribos de la mesa y ofreció a Grace una sábana de papel para cubrirse. Grace la aceptó pero no se subió a la mesa.

–¿Qué va a hacer? –preguntó aterrorizada.

–¿Nunca te han hecho un examen ginecológico? –le preguntó, sorprendido. La chica tenía diecisiete años y era muy guapa. Le costaba creer que fuera virgen.

–No, yo...

Su madre le compraba la píldora y ella nunca había ido al ginecólogo. No sabía con seguridad si era virgen o no, y no veía la necesidad de que nadie lo supiera. ¿Qué derecho tenían a hacerle pasar por todo aquello? Se sentía como un animal y rompió a llorar nuevamente, cubriéndose con la sábana de papel. La ayudante la amenazó con atarla, así que no tuvo más remedio que obedecer. Se subió a la mesa y colocó las piernas en los estribos.

El médico tomó notas e introdujo los dedos en su vagina varias veces, iluminándola con un foco tan de cerca que Grace notaba su calor en las nalgas. Luego insertó un instrumento y tomó una muestra de flujo que colocó cuidadosamente sobre una bandeja, sin comentar nada.

–Muy bien –dijo a Grace con tono indiferente–, ya puedes vestirte.

El médico no había dicho nada sobre si era virgen o no, pero Grace era aún lo bastante inocente para no saber si el médico podría descubrirlo.

Cinco minutos después estaba vestida y dispuesta a marcharse. Dos agentes, esta vez hombres, la llevaron a comisaría y la devolvieron al calabozo, donde la dejaron con las demás detenidas hasta la hora de cenar. Dos de las mujeres, acusadas de vender droga y de prostitución, habían salido bajo fianza pagada por su chulo, y de las otras dos, una estaba acusada de robar coches y la otra de posesión de cocaína. Grace era la única acusada de asesinato y las otras la dejaron tranquila, como sabiendo que necesitaba estar a solas consigo misma.

Acababa de tomar una hamburguesa pequeña, quemada y sobre un lecho de espinacas, cuando apareció un agente, abrió la puerta de la celda y la condujo a la habitación donde se había entrevistado con Molly por la mañana.

La joven psiquiatra había vuelto, con tejanos aún, después de una larga jornada en el hospital y en su consulta. Habían pasado doce horas.

–Hola –saludó Grace con recelo. Era agradable ver un rostro conocido, pero seguía intuyendo que la psiquiatra representaba un peligro para ella.

–¿Qué tal el día? –Grace se encogió de hombros y sonrió levemente–. ¿Has llamado al socio de tu padre?

–Todavía no –respondió la chica con tono apenas audible–. No sé qué decirle. Mi padre y él eran muy buenos amigos.

–¿No crees que querrá ayudarte?

–No lo sé.

Molly la miró con ojos penetrantes al hacerle la siguiente pregunta.

–¿Tienes algún amigo? ¿Alguien a quien puedas recurrir? –Molly sabía, aun sin recibir respuesta, que Grace estaba sola. De haber tenido algún amigo, tal vez todo aquello no hubiera ocurrido. Sólo tenía a sus padres, y bastante habían hecho para arruinar su vida, al menos él, si lo que sospechaba era cierto–. Bien. ¿Tenían tus padres algún amigo en quien puedas confiar?

–No –respondió Grace con aire pensativo. En realidad sus padres no tenían ningún amigo íntimo; no querían que nadie pudiese adivinar su oscuro secreto–. Mi padre conocía a todo el mundo, pero mi madre era bastante tímida... –En realidad no quería que nadie supiese que su marido le pegaba–. Todo el mundo estimaba a mi padre, pero no tenía amigos íntimos.

A Molly le pareció muy significativo.

–¿Y tú? –insistió–. ¿No tienes amigos de verdad en el instituto? –Grace meneó la cabeza–. ¿Por qué?

–No lo sé. Supongo que me faltaba tiempo. Tenía que volver a casa para ocuparme de mamá cada día.

–¿Es ésa la razón? ¿O era que tenías un secreto?

–Claro que no.

Molly no pensaba cejar en su empeño. Su voz arrancó a Grace de su apatía.

–Te violó esa noche, ¿verdad? –Grace abrió los ojos de golpe y miró a la psiquiatra esperando que no notara su temblor.

–No... por supuesto que no... –Empezaba a faltarle el aliento y rezó para que no le diera un acceso de asma–. ¿Cómo puede decir una cosa así? –Intentó parecer escandalizada, pero sólo dejaba traslucir terror. ¿Y si la psiquiatra lo sabía? Entonces todo el mundo conocería su secreto inconfesable. Aun después de muertos sus padres, Grace se creía en la obligación de protegerlos. También había sido culpa suya. ¿Qué diría la gente de ella si llegaba a saberse?

–Tienes contusiones y heridas en toda la vagina –dijo Molly–. Eso no ocurre en una relación sexual normal. El médico que te ha examinado dice que te han violado media docena de hombres, o uno muy violento. Te hizo mucho daño. Por eso le disparaste, ¿verdad? –Grace no respondió–. ¿Fue ésa la primera vez, después del funeral de tu madre? –preguntó mirándola fijamente.

Los ojos de Grace se llenaron de lágrimas que resbalaron por sus mejillas a pesar de sus esfuerzos por contenerlas.

–No... él no haría una cosa así... todo el mundo quería a mi padre... –Lo había matado, así que todo lo que podía hacer por él era defender su memoria.

–¿Te quería tu padre, Grace? ¿O simplemente te usaba?

–Pues claro que me quería –contestó, furiosa consigo misma por llorar.

–Te violó esa noche, ¿verdad? –repitió Molly, y esta vez Grace ni siquiera lo negó–. ¿Cuántas veces lo había hecho antes? Tienes que decírmelo.

–No, no es cierto. No voy a decirle nada y usted no puede demostrarlo –replicó Grace airadamente.

–¿Por qué le defiendes? –quiso saber Molly–. ¿No comprendes lo que va a ocurrir? Te han acusado de asesinarlo, incluso podrían juzgarte por asesinato en primer grado. Tienes que luchar por salvarte. No te pido que mientas, Grace, sino que digas la verdad. Si te violó, te hizo daño o te maltrató, existirán circunstancias atenuantes y los cargos podrían reducirse a homicidio involuntario o incluso defensa propia, y eso lo cambiaría todo. ¿De verdad quieres pasarte los próximos veinte años en la cárcel para proteger la reputación del hombre que te hizo eso? Piénsalo.

Pero Grace sabía que su madre jamás le hubiera perdonado que mancillara la memoria de su padre. Lo quería tan ciegamente que le había entregado a su propia hija para conseguir su amor.

–No puedo decirle nada –replicó Grace, inflexible.

–¿Por qué? Está muerto. No le hará daño que cuentes la verdad, sólo te lo hará a ti. –Alargó el brazo por encima de la mesa para tocarle la mano, para intentar que comprendiera–. Quiero que lo pienses esta noche. Volveré mañana. Te prometo que lo que me cuentes no se lo diré a nadie, pero quiero que seas sincera conmigo. ¿Lo pensarás?

Grace permaneció inmóvil unos momentos y luego asintió. Lo pensaría, pero no le diría nada.

Molly se marchó apesadumbrada. Sabía exactamente de qué se trataba, pero no hallaba el modo de traspasar el muro con que se protegía Grace. Hacía años que trabajaba con niñas que sufrían abusos y esposas maltratadas, y siempre se mostraban leales hacia el agresor. A Molly le costaba ímprobos esfuerzos romper ese vínculo, pero solía conseguirlo. Con Grace, en cambio, de momento no tenía éxito.

Molly entró en el despacho del detective para volver a mirar el informe del hospital y las fotos, y sintió asco al verlas. Stan Dooley entró mientras leía el informe y se sorprendió de verla trabajando aún.

–¿No tiene nada mejor que hacer por las noches? –le dijo afablemente–. Una chica como usted debería salir con algún tipo o ir de copas en busca de su futuro.

–Ya, claro –dijo ella sonriendo, echando la rubia cabellera hacia atrás de manera tentadora–. Igual que usted, ¿eh, Stan? Estaba aquí a la misma hora que yo esta mañana.

–Es mi obligación, pero no la suya. Quiero retirarme dentro de diez años. Usted puede ser psiquiatra hasta los cien.

–Gracias por el voto de confianza. –Molly cerró el expediente y lo dejó sobre la mesa con un suspiro–. ¿Ha visto el informe de la chica Adams?

–Sí. ¿Y bien? –dijo Dooley, impasible.

–Oh, vamos, no me diga que no imagina lo que pasó –dijo ella, molesta por la indiferencia con que el detective encogía los hombros.

–¿Qué hay que imaginar? Tuvo relaciones sexuales, nadie dice que la violaran. ¿Y quién puede asegurar que fue su padre?

–Tonterías. ¿Con quién cree que tuvo relaciones sexuales? ¿Con tres gorilas del zoo? ¿No ha visto las contusiones ni ha leído lo que el médico ha encontrado internamente?

–Bueno, pues será que le va el sexo con violencia. Mire, ella no se ha quejado. No ha dicho que la violaran. ¿Qué puedo hacer?

–Un poco de sentido común, por favor –replicó Molly–. Ella es una chica de diecisiete años y él era su padre. Intenta protegerlo, o tiene la idea equivocada de que debe proteger su reputación. Pero una cosa es segura: esa chica se estaba defendiendo. Y usted lo sabe.

–¿Protegiéndolo? Lo ha dejado seco de un tiro. ¿Qué clase de protección es ésa? Su teoría es muy bonita, doctora, pero no se sostiene. Todo lo que sabemos es que quizá tuvo una relación sexual un poco fuerte, pero nada demuestra que haya sido con su padre o que él le pegara. Y aunque fuera así, Dios no lo quiera, que follaba con su padre, no es motivo para que lo matara. No hay pruebas de que John Adams le hiciera daño, ni siquiera ella lo dice. Es usted la que está empeñada.

–¿Cómo demonios sabe lo que hizo él? –repuso Molly, pero él permaneció impasible–. ¿Es eso lo que ella le ha dicho, o son suposiciones suyas? Yo me baso en la evidencia, y en una chica de diecisiete años tan sola y ensimismada que prácticamente vive en otro planeta.

–Deje que le diga un pequeño secreto, doctora York: no es una marciana, es una asesina. Así de sencillo. ¿Y quiere saber lo que pienso de todos sus exámenes y teorías? Creo que seguramente la chica se fue por ahí y se acostó con alguien la noche del funeral de su madre, y que su padre no lo encontró nada bien. Así que cuando ella volvió a casa y su padre la puso en su sitio, a ella no le gustó, perdió los estribos y lo mató. Y el hecho de que él se estuviera masturbando en la cama es pura coincidencia. Toda la comunidad

45

sabe que era un tipo decente, así que usted no va a convencer a nadie de que violó a su hija y ésta le disparó en defensa propia. De hecho, hoy he hablado con su socio y es de la misma opinión que yo. Sin decirle nada de las pruebas que tenemos, le he preguntado qué pensaba de lo ocurrido. La idea de que John Adams hubiera hecho daño a su hija, y eso sin mencionarle lo que usted cree que ocurrió, le ha horrorizado. Dice que Adams adoraba a su esposa y su hija, que vivía para ellas, que jamás engañó a su mujer, que pasaba todas las noches con ella y le fue fiel hasta el día de su muerte. Dice que la hija siempre ha sido un poco rara, hosca y reservada, y que no tenía amigos. Y que no parecía apegada a su padre.

—Eso echa por tierra su teoría de que había estado con el novio.

—No tenía por qué haber un novio para que saliera y follara con alguien, ¿no cree?

—No lo entiende, ¿verdad? —replicó Molly airadamente. ¿Cómo podía ser tan ciego y obstinado? Aceptaba la reputación de aquel hombre sin mirar lo que había detrás.

—¿Qué se supone que debo entender, Molly? Tenemos a una adolescente de diecisiete años que ha matado a su padre. Tal vez fue un arrebato de locura, tal vez le tenía miedo, qué sé yo. Pero lo cierto es que lo ha matado. Ella no dice que él la haya violado, no dice nada.

—Está asustada, tiene miedo de que alguien descubra su secreto. —Molly había visto casos parecidos decenas de veces.

—¿No se le ha ocurrido que quizá no tenga ningún secreto? Tal vez se lo haya inventado todo usted porque le da lástima y quiere que salga bien librada, qué sé yo.

—No mucho, por lo que parece —respondió ella con sarcasmo—. Yo no me he inventado el informe, ni las fotografías de las contusiones en los muslos y las nalgas.

—Tal vez se cayó por las escaleras. Todo lo que sé es que usted está empeñada en que hubo violación y con eso no basta tratándose de un tipo como Adams. Sencillamente no convencerá a nadie.

—¿Y el socio? ¿Va a defenderla?

—Lo dudo. Me ha preguntado por la fianza y le he dicho que no es probable que la concedan, a menos que reduzcan los cargos a homicidio involuntario, pero lo dudo. Me ha dicho que da igual, porque de todas formas la chica no tiene a donde ir. No tiene parientes y él no quiere hacerse cargo de ella. Es soltero y no está dispuesto a meterla en su casa. Dice que no considera correcto que él la defienda, que le busquemos un abogado de oficio. No le culpo. Es evidente que la muerte de su socio ha sido un duro golpe para él.

–¿Por qué no usa los fondos del padre para pagar un abogado? –Grace había adivinado que Frank Willis no la ayudaría, para decepción de Molly, que deseaba un buen abogado para ella.

–No se ha ofrecido a buscarle abogado –explicó Stan Dooley–. Dice que John Adams era su mejor amigo, pero al parecer le debía mucho dinero. La larga enfermedad de su mujer les había dejado prácticamente en la ruina. Todo lo que le quedaba era su parte del bufete y la casa, que está hipotecada hasta los cimientos. Wills no cree que quede mucho de los bienes de Adams, y desde luego no está dispuesto a pagar de su propio bolsillo los honorarios de un abogado. Llamaré a la oficina del defensor público mañana por la mañana.

Molly asintió, consternada al constatar nuevamente lo sola que estaba Grace. No era extraño en gente tan joven acusada de algún crimen, pero en su caso debería ser diferente. Procedía de una buena familia de clase media, su padre era un ciudadano respetado, tenían una bonita casa y eran conocidos en la comunidad. A la joven psiquiatra le parecía inconcebible que Grace se encontrara completamente abandonada. Por esa razón, y aunque era algo insólito, decidió llamar a Frank Wills esa misma noche.

–¿Por dónde anda nuestro doctor Kildare particular últimamente? –bromeó Dooley cuando Molly se disponía a salir, refiriéndose a su novio.

–Está ocupado salvando vidas. Trabaja aún más horas que yo. –Molly sonrió a su pesar. Algunas veces Dooley la sacaba de quicio, pero era un hombre de buen corazón.

–Una lástima. La mantendría apartada de muchos líos si se ocupara de usted de vez en cuando.

–Sí, lo sé. –Molly volvió a sonreír y salió echándose su chaqueta de mezclilla sobre el hombro.

Más tarde, cuando llamó a Frank Wills desde su casa, le sorprendió la insensibilidad del abogado. En lo que a él concernía, Grace Adams merecía la horca.

—Era el tipo más decente del mundo —dijo Wills, que parecía profundamente conmovido. Sin embargo, no consiguió convencer a Molly—. Pregúnteselo a cualquiera. No hay una sola persona en la ciudad que no le apreciara... excepto ella... Aún me cuesta creer que lo matara. —Se había pasado la mañana preparando el funeral. La ciudad entera estaría presente, todos menos Grace. Pero en esta ocasión no se reunirían en su casa, ni habría familiares que le lloraran. Todo lo que John tenía era a su mujer y su hija. A Wills se le quebró la voz al decirlo.

—¿Cree que Grace tenía algún motivo para matar a su padre, señor Wills? —preguntó Molly cuando él hubo recobrado la compostura.

—El dinero, seguramente. Supongo que pensaba que se lo dejaría todo a ella. Lo que no sabía, claro está, era que legalmente no podría heredar de él si lo mataba.

—¿Es importante la herencia? —preguntó Molly con tono inocente, sin referirse a lo que le había contado el detective Dooley—. Supongo que su parte del bufete ha de tener un gran valor. Usted y él son abogados muy respetados. —Sabía que a Wills le halagaría aquello y, en efecto, se animó y habló más de la cuenta.

—Considerable, pero de todas formas la mayor parte me la debía a mí. Siempre me dijo que me legaría su parte del bufete. Claro que no pensaba morir tan pronto, pobre diablo.

—¿Lo dejó por escrito?

—No lo sé, pero era un acuerdo entre los dos, y yo le prestaba dinero de vez en cuando para los gastos de Ellen.

—¿Y la casa?

—Está hipotecada. Es una bonita casa, pero no lo suficiente para que a uno lo asesinen por ella.

—¿Cree realmente que una chica de su edad mataría a su padre por una casa, señor Wills? Me parece un poco rebuscado, ¿no?

—Tal vez no. Tal vez ella pensaba que bastaría para pagar una universidad cara en el Este.

—¿Era eso lo que quería hacer? —preguntó Molly, sorprendida. Grace no le había parecido tan ambiciosa, sino más bien apegada a su hogar.

–No sé qué quería hacer, doctora. Sólo sé que mató a su padre y que ha de pagar por ello. Tan seguro como que hay Dios que no debería sacar provecho de su crimen; la ley no se equivoca a ese respecto. No verá un céntimo del dinero de su padre, ni del bufete ni de la casa, de nada.

A Molly le sorprendió el rencor de aquellas palabras, y se preguntó si sus motivos eran totalmente desinteresados o si, de hecho, tenía sus propias razones para alegrarse de que Grace no se interpusiera ya en su camino.

–¿Y quién lo heredará todo? ¿Hay algún otro pariente? ¿Tenía él familia en alguna parte?

–No, sólo la hija, pero a mí me debía mucho dinero. Ya se lo he dicho, le ayudaba siempre que podía, y fuimos socios durante veinte años. No se puede borrar eso de un plumazo.

–Por supuesto que no. Le comprendo perfectamente –dijo Molly. Comprendía mucho más de lo que él pensaba. Molly le agradeció las molestias y colgó.

Cuando su novio volvió del hospital en que trabajaba, Molly se lo contó todo. Richard estaba exhausto tras veinte horas de trabajo en la sala de urgencias, que había sido un continuo desfile de heridas de bala y accidentes de coche, pero la escuchó.

Molly York y Richard Haverson llevaban dos años conviviendo y en ocasiones hablaban de casarse, aunque aún no lo habían hecho. No obstante, eran felices juntos y compartían las alegrías y los sinsabores del trabajo. Richard era alto, rubio y atractivo como ella.

–Si quieres saber mi opinión, creo que esa chica está metida en un buen lío. No hay nadie de su parte y el socio de su padre está deseando librarse de ella. Si ella no quiere admitir que su padre la violaba, ¿qué más puedes hacer? –dijo él con voz de cansancio, mientras ella bebía un sorbo de café y lo miraba con frustración.

–Aún no estoy segura. Si consiguiera que me dijera lo que realmente ocurrió... Porque no puede ser que se levantara en medio de la noche, se encontrara con una pistola en la mano y decidiera pegarle un tiro. Encontraron su camisón rasgado en dos en el suelo, pero eso tampoco quiere explicarlo. Todas las pruebas están ahí, por el amor de Dios, pero ella no quiere que las utilicemos.

—Al final lo conseguirás —le aseguró él, pero Molly no estaba tan convencida.

Nunca le había costado tanto que se sinceraran con ella. La chica estaba completamente sumida en un estado de autodestrucción. Sus padres habían estado a punto de destruirla, pero ella no quería perjudicarles. Era asombroso.

—No te he visto aún perder a nadie —dijo Richard y le acarició la melena rubia al dirigirse a la cocina para coger una cerveza.

A las seis de la mañana del día siguiente, cuando se levantaron, Molly seguía pensando en Grace. De camino al trabajo, miró el reloj y pensó en hacerle una visita, pero primero se dirigió a su despacho, tomó unas notas para el expediente y a las ocho y media fue a la oficina del turno de oficio.

—¿Ha llegado David Glass? —preguntó a la recepcionista.

Se refería al abogado más joven del equipo, con el que había trabajado en dos casos y del que tenía una elevada opinión. Era un abogado poco ortodoxo, duro e inteligente, un chico de las calles de Nueva York que se había abierto camino desde el gueto del sur del Bronx. Al mismo tiempo, tenía un corazón de oro y peleaba como un león por sus clientes. Era exactamente lo que necesitaba Grace Adams.

—Creo que está por ahí —dijo la recepcionista, que conocía a Molly de otros casos, haciendo un gesto en dirección al interior de la oficina.

Molly recorrió los pasillos buscándolo durante unos minutos, hasta que lo encontró en la biblioteca sentado con un montón de libros y una taza de café. David alzó la vista y le dedicó una sonrisa.

—Hola, doctora. ¿Cómo te va?

—Como de costumbre. ¿Y a ti?

—Sigo trabajando para salvar a los asesinos más recientes. Ya sabes, lo de siempre.

—¿Te interesa un caso?

—¿Ahora los asignas tú? —preguntó, divertido. Era más bajo que Molly, y resultaba bastante atractivo con sus rizados cabellos y los ojos negros, pero sobre todo destacaba su personalidad. Por el modo en que la miraba, era evidente que Molly le gustaba—. ¿Desde cuándo lo haces?

–Sólo quería saber si estabas dispuesto a aceptar uno en el que estoy trabajando. Hoy le van a asignar un abogado de oficio y me gustaría que colaboraras conmigo.

–Me siento halagado. ¿En qué situación está?

–Muy mala. Posiblemente el cargo sea asesinato en primer grado. Podrían pedir incluso la pena de muerte. Una chica de diecisiete años que disparó a su padre.

–Qué bien, me encantan esos casos. ¿Cómo lo hizo? ¿Le voló la cabeza con una escopeta o hizo que se lo cargara su novio por ella?

–Nada tan pintoresco. –Le miró con ceño pensando en Grace–. Es más complejo. ¿Podemos hablar en otra parte?

–Claro –contestó él–. Si estás dispuesta a sentarte encima de mis hombros podemos ir a mi cubículo.

Su despacho era apenas mayor que su mesa, pero al menos tenía una puerta que le daba cierta privacidad. David se dirigió allí haciendo malabares con los libros y el café, seguido de Molly.

–Bien, ¿cuál es la historia? –quiso saber cuando ella se sentó en la otra silla con un suspiro, deseando que David aceptara el caso.

–Le disparó a menos de cinco centímetros con una pistola que, según dice, «se encontró en la mano» y se disparó por ningún motivo en particular. Se trataba de una familia feliz, salvo por el hecho de que acababan de enterrar a su madre ese mismo día.

–¿Está cuerda?

David parecía interesado. Le gustaban los niños y adolescentes, motivo por el que Molly quería que aceptara el caso. Sin su ayuda Grace estaría perdida. Molly quería salvarla. No estaba segura de por qué; quizá porque le había parecido destrozada e indefensa, porque había abandonado toda esperanza.

–Está cuerda –confirmó–, muy deprimida y con ciertas neurosis, pero creo que con motivo. Al parecer su padre abusaba de ella sexualmente y la maltrataba. –Molly describió las heridas y las contusiones que habían encontrado y su estado mental cuando la vio por primera vez–. Ella jura que jamás la tocó, pero no la creo. Seguramente la violó esa noche y muchas otras, y quizá al perder a su madre perdió su única protección y sintió pánico. Él debía de estar justo encima, violándola, para que ella le disparara desde tan cerca.

–¿Ha pensado alguien más en eso? –David estaba muy intrigado–. ¿Qué opina la poli?

–Ése es el problema. No quieren saber nada. Su padre era el señor perfecto, abogado de la comunidad apreciado por todos. Nadie quiere creer que ese tipo pudiera acostarse con su hija, y mucho menos forzarla. Tal vez fuera él quien sostuviera la pistola y ella se la arrebató. El caso es que ella no quiere contarme nada, pero algo terrible ha ocurrido en su vida. No tiene amigos ni vida fuera del colegio. Nadie parece saber mucho de ella. Estudiaba y cuidaba a su madre moribunda. Ahora que sus padres han muerto, no tiene parientes ni amigos, sólo una ciudad entera convencida de que su padre era el hombre más decente de la comunidad.

–¿Y tú no les crees? ¿Por qué no?

–Porque no quiere contarme nada y sé que miente. Está aterrorizada y defiende a su padre como si fuera a levantarse de la tumba para reprenderla.

–¿No quiere decir nada?

–No. Está paralizada por el dolor. Algo terrible le ha ocurrido, pero no quiere revelarlo.

–Aún no –sonrió David–, pero lo hará. Te conozco, aún es pronto.

–Gracias por tu confianza, pero no tenemos mucho tiempo. Hoy se formula la acusación y esta mañana le asignarán el abogado de oficio.

–¿No tiene abogado de la familia o algún socio de su padre que la defienda? Debería tener a alguien. –Se sorprendió al ver que la psiquiatra meneaba la cabeza.

–El socio de su padre afirma que estaba demasiado unido a él para aceptar defenderla, teniendo en cuenta que ella es la asesina. También dice que no queda dinero a causa de la enfermedad de la madre, sólo la casa y el bufete, y quizá él lo herede todo, puesto que ella no puede. Afirma además que el padre le debía mucho dinero. Por eso he venido a verte. No me gusta ese tipo, y no le creo. Según él, el difunto era un santo y afirma que jamás perdonará a la hija por lo que hizo. Cree que deberían condenarla a muerte.

–¿Con diecisiete años? Qué simpático. ¿Y qué dice nuestra chica de todo eso? ¿Sabe que ese tipo no va ayudarla y que incluso podría quedarse con toda la herencia a cambio de sus supuestas deudas?

—En realidad no, pero parece dispuesta a afrontarlo todo con tal que no se descubra nada. Creo que se engaña a sí misma con la idea de que se lo debe a sus padres.

—Al parecer necesita tanto a un psiquiatra como a un abogado. —Sonrió. Le gustaba la idea de trabajar con Molly en otro caso. Acariciaba la vaga esperanza de que algún día surgiera el romance entre ellos, aunque en el fondo sabía que no ocurriría. De todas formas, su imaginación no se interponía en su trabajo.

—¿Y bien? —preguntó Molly con expresión preocupada.

—Creo que está metida en un buen aprieto. ¿Cuál es la acusación concretamente?

—Aún no estoy segura. Hablaban de asesinato en primer grado, pero creo que les costará probarlo. No hay herencia que justifique la premeditación, aparte de la casa hipotecada y el bufete que, de todos modos, el socio asegura que el padre le prometió dejarle a él.

—Ya, pero ella podía no saberlo. Como tampoco tenía por qué saber que no podría heredar de su padre si lo mataba.

—Si ella negara toda intención de matarlo tal vez se conformaran con asesinato en segundo grado —dijo Molly, esperanzada—. La condenarían a quince años en prisión. Tendría casi cuarenta años cuando saliera, pero al menos no sería la pena de muerte. Si ella nos contara lo que ocurrió, tal vez podrías reducirlo incluso a homicidio involuntario.

—Menudo regalito me has traído.

—¿Puedes conseguir que te asignen el caso?

—Quizá. Seguramente pensarán que es un caso perdido. Siendo su padre un personaje tan prominente de la comunidad, jamás conseguirá un juicio justo aquí. Casi sería mejor pedir que la causa se remita a otro tribunal. En realidad me gustaría intentarlo.

—¿Quieres conocerla primero?

—¿Bromeas? —Soltó una carcajada—. ¿Has visto lo que tengo que defender aquí? No necesito presentaciones. Sólo me gustaría saber si tengo alguna posibilidad de éxito. Sería importante que nos contara lo que pasó, si no quiere acabar con cadena perpetua o algo peor —dijo con expresión seria.

Molly asintió.

—Tal vez lo haga si confía en ti —dijo—. Pensaba ir a verla esta tarde. Aún tengo que terminar el informe para el departamento en cuanto a su capacidad para ser juzgada, aunque está muy claro. Me he entretenido un poco porque quería volver a verla. Creo que necesita un poco de contacto humano.

—Iré contigo si me dan el caso. Primero déjame ver qué puedo hacer. Llámame a la hora de comer. —Apuntó el nombre de Grace y el número de su caso.

Molly le dio las gracias, aliviada al pensar que podría ser el abogado de Grace.

Molly no tuvo ocasión de llamarle hasta después de las dos, y ya no lo encontró en la oficina. No pudo intentarlo de nuevo hasta las cuatro, debido a su ingente trabajo de visitas, exámenes para los tribunales y el caso de un chico de quince años que había intentado suicidarse y se había quedado tetrapléjico. Había saltado desde un puente pero la fortaleza de la juventud le había jugado una mala pasada. Incluso Molly se preguntaba si habría sido mejor morir que pasarse los sesenta años siguientes agitando apenas la nariz y las orejas y sin poder casi hablar. Llamó a David al final de la jornada y se disculpó por el retraso.

—Yo también acabo de llegar —explicó él.

—¿Qué te han dicho?

—Me lo han asignado. Para ellos el caso no ofrece dudas. La chica quería el dinero de su padre. No sabía que la enfermedad de su madre había consumido todos sus ahorros ni que no podría heredar si lo mataba. Sostienen la teoría de la premeditación o, como mucho, que se pelearon, ella se puso furiosa y lo mató. Asesinato en segundo grado en el mejor de los casos. Le caerán de veinte años a cadena perpetua. O la pena de muerte si se les acaba la paciencia.

—Es sólo una niña... —Molly tenía lágrimas en los ojos. Se reprochó haberse involucrado demasiado en el caso, pero no podía evitarlo—. ¿Y lo de defensa propia?

—No lo sé. No hay pruebas de que él la atacara ni de que pusiera en peligro su vida, a menos que tu teoría de la violación sea correcta. Dame una oportunidad, cariño. Hace sólo dos horas que me han asignado el caso y aún no he hablado con ella. Por lo menos han pospuesto la acusación hasta que lo haga. Será a las nueve mañana por la mañana. He pensado que podría ir ahora, a las cinco, a verla, si es que consigo salir de aquí. ¿Quieres venir? Podría acelerar las cosas y romper el hielo, puesto que ya te conoce.

–Pero no estoy segura de gustarle. La he presionado para que hable de su padre y eso no le agrada.

–La pena de muerte aún le agradará menos. Propongo que nos encontremos allí a las cinco y media. ¿De acuerdo?

–Allí estaré. David...

–¿Sí?

–Gracias por hacerte cargo.

–Haremos todo lo posible. Nos vemos a las cinco y media en la comisaría.

Molly colgó, convencida de que no sólo tendrían que esforzarse al máximo, sino rezar para que ocurriera un milagro si querían salvar a Grace.

3

Molly York y David Glass se encontraron en la puerta de la comisaría a las cinco y media y subieron a los calabozos a ver a Grace. David tenía ya todos los informes de la policía y Molly llevaba sus notas y las del hospital para mostrárselas. David las ojeó mientras subían por las escaleras y enarcó las cejas al ver las fotografías.

–Parece como si la hubieran golpeado con un bate de béisbol –comentó.

–Ella dice que no ocurrió nada. –Molly sacudió la cabeza y rogó que Grace se confiara a David.

Les condujeron a la habitación destinada a los abogados. Allí era donde Molly había hablado con ella y al menos le resultaría familiar.

Se sentaron mientras aguardaban a que llegara Grace. David encendió un cigarrillo y ofreció otro a Molly, pero ésta lo rechazó. Cinco minutos después un guardia abrió la pesada puerta y luego entró Grace mirándolos con aire vacilante. Llevaba la misma camiseta y los mismos tejanos. No tenía a nadie que le llevara ropa limpia.

David la observó detenidamente y comprobó que, a pesar de su juventud, en sus ojos había tristeza y derrota. Grace no sabía qué pensar de su visita. Se había pasado cuatro horas con la policía, respondiendo preguntas, y estaba exhausta. Le habían advertido qué tenía derecho a que estuviera presente su abogado durante el interrogatorio, pero ella ya había admitido su culpabilidad y no creía que le perjudicara contestar más preguntas.

Le habían dicho que David Glass iba a ser su abogado. No sabía nada de Frank Wills ni le había llamado. Había leído los periódicos; la primera página y varios artículos estaban dedicados al asesinato y a la admirable vida de su padre. Se decía poco sobre ella, sólo que tenía diecisiete años, que estudiaba en el Jefferson High y que lo había matado. Se ofrecían varias hipótesis sobre lo ocurrido, pero ninguna se acercaba a la verdad.

–Grace, éste es David Glass –dijo Molly, rompiendo el silencio–. Es el abogado de oficio y va a representarte.

–Hola, Grace –dijo él, sin dejar de mirarla.

A pesar del miedo que se traslucía en su expresión, Grace estrechó la mano de David. El abogado notó que le temblaba la mano tan pronto como tocó sus dedos, y cuando Grace habló como si le faltara el aliento, recordó el comentario de Molly sobre su asma.

–Tenemos que ponernos a trabajar –dijo él. Grace se limitó a asentir–. He leído tu expediente esta tarde. Por el momento no tiene buena pinta. Lo que necesito de ti es información. Qué ocurrió y por qué, todo lo que recuerdes. Después, un investigador se encargará de comprobarlo. Haremos cuanto sea necesario. –Intentaba animarla.

–No hay nada que comprobar –replicó Grace con calma, sentada muy erguida–. Yo maté a mi padre –dijo mirando a David a los ojos.

–Ya lo sé –repuso él, poco impresionado por la admisión. Comprendía ya lo que Molly había visto en ella. Parecía una buena chica a la que alguien hubiera arrancado la vida a golpes, muy distante, casi inalcanzable, más una aparición que una persona real–. ¿Recuerdas lo que ocurrió?

–La mayor parte –admitió ella. Algunas cosas seguían siendo vagas, como el modo exacto en que había sacado la pistola de la mesita de noche, pero recordaba haberla notado en su mano y que luego había apretado el gatillo–. Yo le disparé.

–¿De dónde sacaste la pistola? –Sus preguntas parecían atenerse estrictamente a los hechos y resultaban muy poco amenazadoras. David tenía una gran soltura, que Molly agradeció mientras escuchaba.

—Estaba en la mesita de noche de mi madre.

—¿Cómo la cogiste? ¿Metiste la mano y la sacaste?

—Más o menos. Creo que sencillamente la saqué.

—¿Se sorprendió tu padre cuando la vio? —preguntó con el tono más casual del mundo, y ella asintió.

—Al principio no la veía, pero al verla se sorprendió... y luego intentó cogerla y se disparó. —Los ojos se le nublaron al recordarlo.

—Debías estar muy cerca de él, ¿no? ¿Más o menos así? —Indicó el metro de distancia que los separaba. David sabía que estaban más cerca, pero quería oír su respuesta.

—No... un poco más... cerca...

David asintió como si la respuesta fuera de lo más corriente, y Molly trató de fingir desinterés, pero estaba fascinada por la astucia con que el abogado había conseguido que Grace confiara en él.

—¿A qué distancia crees tú? ¿Treinta centímetros quizá? ¿Tal vez más cerca?

—Muy cerca... más cerca... —musitó ella, y luego apartó la mirada, consciente de lo que debía estar pensando él y de que seguramente Molly le habría comunicado sus sospechas—. Muy cerca.

—¿Cómo es eso? ¿Qué estabais haciendo?

—Estábamos hablando —contestó Grace con voz ronca.

David supo que mentía.

—¿De qué estabais hablando?

La rapidez de la pregunta y su sencillez la tomaron por sorpresa y Grace vaciló.

—Yo... bueno... creo que de mi madre.

David asintió como si fuera la cosa más natural del mundo y luego se recostó en la silla y miró el techo pensativamente. Se dirigió entonces a Grace sin mirarla.

—¿Sabía tu madre lo que él te estaba haciendo? —Lo dijo con tanta amabilidad que provocó las lágrimas de Molly. Lentamente David miró a Grace y vio que también ella tenía lágrimas en los ojos—. A mí puedes decírmelo. Nadie se enterará excepto nosotros, pero tengo que saber la verdad para poder ayudarte. ¿Lo sabía tu madre?

Grace lo miró fijamente deseando negarlo de nuevo, pero no

pudo más. Asintió y las lágrimas se desbordaron y corrieron por sus mejillas. David le tomó la mano y se la apretó con afecto.

—Está bien, Grace, está bien. Tú no pudiste hacer nada para impedirlo.

Grace volvió a asentir y un sollozo de angustia escapó de su garganta. Quería tener el valor de no contar nada, pero todos la acosaban, la policía, la psiquiatra, y ahora él. Sin saber por qué, confiaba en David. También le gustaba Molly, pero era con él con quien quería hablar.

—Lo sabía —dijo.

Fueron las palabras más tristes que David había escuchado en su vida y, sin conocer a John Adams, sintió deseos de matarlo.

—¿Se enfadaba mucho con él? ¿Se enfadaba contigo?

Grace los dejó atónitos al negar con la cabeza.

—Ella quería que lo hiciese... decía que tenía que... —se atragantó y tuvo que luchar con su asma— tenía que cuidar de él, ser buena con él... y ella quería que lo hiciese —repitió, rezando para que la creyeran, cosa que hicieron, compadeciéndola de todo corazón.

—¿Cuánto tiempo llevaba haciéndolo? —preguntó David.

—Mucho tiempo. —Parecía extenuada, tan frágil que David se preguntó si conseguiría superar todo aquello—. Cuatro años... ella me obligó a hacerlo la primera vez.

—¿Qué cambió la otra noche?

—No lo sé... ya no podía aguantarlo más... y ella ya no estaba. Ya no tenía que hacerlo por ella... él quería que lo hiciéramos en su cama... nunca lo habíamos hecho allí... y él me golpeó... y me hizo otras cosas. —No tenía que explicárselo, puesto que David había visto las fotos—. Me acordé de la pistola... Sólo quería quitármelo de encima... yo no pretendía dispararle... no sé. Sólo quería que parara. No sabía que lo mataría. —Después de contarlo todo se sintió aliviada, pues no era lo mismo que decírselo a la policía, porque David y Molly la creían. Los policías conocían a su padre por su profesión, y algunos de ellos incluso habían jugado a golf con él.

—Eres una chica muy valiente —dijo David en voz baja—, y me alegro de que me lo hayas contado.

Se sentía enfermo sólo de pensar lo que había tenido que soportar Grace desde los trece años. Aquel tipo era un auténtico cabrón depravado que merecía morir, pero la cuestión era si podría convencer a un jurado de que Grace había actuado en defensa propia tras un infierno de cuatro años. Molly no había conseguido convencer a la policía por culpa de la imagen pública de John Adams, y David no pudo evitar preguntarse si al jurado le ocurriría lo mismo.

–¿Le dirías a la policía lo que me has dicho a mí? –preguntó con calma, pero Grace se apresuró a menear la cabeza.

–¿Por qué no?

–No me creerían y... y no puedo hacerles eso a mis padres.

–Tus padres han muerto, Grace –repuso él con firmeza–. Tenemos que hablar más de esto. Tienes que contárselo a alguien más.

–No puedo. ¿Qué pensarán de mí? Es horrible. –Rompió a llorar.

Molly se levantó y la rodeó con sus brazos.

–Lo horrible es lo que te hicieron ellos, Grace. Tú eres la víctima. No puedes pagar por sus pecados guardando silencio. David tiene razón.

Siguieron hablando durante largo rato y Grace aceptó pensarlo, pero seguía sin admitir que contar toda la verdad era la mejor solución. Cuando finalmente se marcharon, Molly seguía asombrada por la rapidez con que David había conseguido hacer hablar a Grace.

–Tal vez deberíamos intercambiar nuestros trabajos, pero yo tampoco podría hacer el tuyo –comentó Molly con expresión agria. Se sentía fracasada.

–No seas tan dura contigo misma. La única razón por la que ha hablado conmigo es que tú la habías ablandado antes. Necesitaba desahogarse después de cuatro años reconcomiéndose. Ha debido de ser un gran alivio. –Molly asintió y David meneó la cabeza–. Desde luego matarlo también debió de serlo. Es una pena que no lo hiciera antes. Menudo hijo de puta pervertido. ¡Y toda la ciudad cree que es un santo, el marido y padre perfecto! Es para vomitar, ¿no crees? Es increíble que la chica conserve la cordura. –David no quería pensar en lo que supondrían para ella veinte años en prisión.

A la mañana siguiente, cuando David fue a verla antes de la lectura de la acusación, Grace seguía negándose a contarle la verdad a la policía. Sólo pudo convencerla de que se declarara no culpable.

El juez rechazó la fianza, lo que en realidad no importaba, puesto que no hubiera habido nadie para pagarla, y David se convirtió en su abogado defensor.

Durante los días siguientes, David hizo cuanto pudo para persuadirla de que hablara, pero ella no se avino a razones. Finalmente, tras dos semanas terriblemente frustrantes, amenazó con tirar la toalla. Molly seguía visitándola con frecuencia por su cuenta, ya que había terminado el informe para el tribunal, por el que consideraba a Grace completamente cuerda y capaz de ser sometida a juicio.

David la acompañó durante la vista preliminar y puso a trabajar en el caso a su único investigador, haciéndole hablar con todo el mundo con la esperanza de que alguien hubiera sospechado lo que John Adams le hacía a su hija. La reacción de la gente osciló entre una sorpresa moderada y la más absoluta indignación por la sugerencia. Nadie le consideraba capaz de tal cosa y todos opinaron que era una absurda teoría inventada por la defensa para justificar lo que muchos de ellos calificaban de asesinato a sangre fría.

El propio David fue a hablar con los profesores de Grace, pero tampoco ellos habían percibido nada. Describían a Grace como una chica tímida y muy reservada, hasta el punto de mostrarse huraña y carecer de amigos. La encontraban un poco rara y habían notado que la enfermedad de su madre la había afectado mucho, lo que era cierto, aunque no tanto como las exigencias sexuales de su padre. Algunos mencionaron el asma que había empezado a padecer al principio de la enfermedad de su madre. Extrañamente no les sorprendía lo que había hecho, pues para ellos era obvio que había «estallado» al morir su madre.

A todos les resultaba imposible creer nada malo de John Adams, pero por escasa que fuera la evidencia que corroborara las palabras de Grace, David no dudó de ella. Durante el verano trabajó en preparar su defensa. Grace accedió finalmente a contar su historia a la policía, pero no la creyeron. La consideraron una defensa inteligente ideada por su abogado, quien no consiguió llegar a un trato favorable con la fiscalía. En un momento de desesperación, David fue a ver al fiscal para proponer la aceptación de una condena menor, temiendo que la condenaran a la pena capital, pero el fiscal no aceptó la propuesta. Nada quedaba por hacer más que presentar la historia ante el jurado. El juicio se señaló para la primera semana de septiembre.

Grace cumplió los dieciocho años en los calabozos de comisaría. Se hallaba entonces en una celda individual. Durante todo el verano la habían acosado los periodistas. Aparecían pidiendo entrevistarla, y de vez en cuando los guardias les dejaban entrar para hacerle una foto a cambio de un par de billetes. En una ocasión la fotografiaron incluso en el retrete. Grace sentía que se había traicionado a sí misma y a sus padres al contar su historia, y además no le había servido de nada. Se había resignado ya a la cadena perpetua, o incluso a la muerte. Era una posibilidad que David tuvo que admitir, pero estaba seguro de que podría convencer a un jurado de la verdad. Era joven, hermosa y vulnerable, y se notaba que no mentía.

El primer golpe serio llegó cuando rechazaron remitir la causa a otro tribunal. David lo había solicitado alegando que no podría haber juicio justo en Watseka, donde todos estaban predispuestos en su contra. Los periódicos habían tratado el tema durante semanas, adornando la historia e inventando cosas nuevas. En septiembre Grace había acabado siendo una ninfómana adolescente, un monstruo que se había pasado meses planeando la muerte de su padre para conseguir su herencia. El hecho de que no hubiera prácticamente nada que heredar parecía haber escapado a la atención de todos. También daban a entender que le hubiese gustado acostarse con su padre y que lo había matado en un ataque de celos. En definitiva, todo ello perjudicaba a Grace, y David no podía imaginar cómo iban a conseguir un juicio imparcial.

La selección del jurado les llevó toda una semana y, debido a la seriedad del caso y a una vehemente petición de David, el juez aceptó confinar al jurado. El juez era un viejo malhumorado que hablaba a gritos desde el estrado y que había jugado a menudo a golf con John Adams, pero se negó a inhibirse afirmando que no eran amigos íntimos y que estaba seguro de su imparcialidad. Lo único que animaba a David era que, si no obtenían un juicio justo o un veredicto favorable, podía intentar que declararan el juicio nulo o ganar en la apelación.

El fiscal presentó su alegato, que parecía irrecusable. Según éste, Grace había planeado matar a su padre la noche del funeral de su madre para heredar antes de que él volviera a casarse. Ignoraba que no podría heredar de su víctima. Se presentaron fotografías como prueba de que su padre era un hombre atractivo y el fiscal sugirió repetidas veces que Grace estaba enamorada de él, tanto que no sólo había intentado seducirlo aquella noche, presentándose desnuda ante él después de rasgarse ella misma el camisón, sino que había llegado incluso a acusarle de violación después de matarlo. Existían pruebas de que Grace había mantenido relaciones sexuales aquella noche, explicó, pero nada que apoyara la teoría de que había sido con su padre. Él sospechaba que se había escabullido de casa para reunirse con alguien y que, al recibir la reprimenda de su padre, había intentado seducirlo y luego lo había matado por despecho.

El fiscal pidió un veredicto de asesinato en primer grado, lo que suponía una sentencia de cadena perpetua o incluso la pena de muerte. Se trataba de un crimen atroz, dijo el fiscal al jurado y a todos los presentes en la sala, entre los que se hallaba un batallón de periodistas de todo el país, por el que Grace habría de pagar hasta las últimas consecuencias.

Después desfilaron docenas de testigos que subían al estrado para alabar a John Adams. La mayoría dijo que Grace era tímida o rara, pero el peor testimonio fue el del socio de su padre. Afirmó que el día del funeral de su madre, Grace le había hecho numerosas preguntas sobre el estado financiero de su padre.

—Yo no quise asustarla explicándole cuánto se había gastado en facturas médicas ni cuánto me debía su padre. Así que me limité a decir que tenía mucho dinero. —Miró al jurado con aire triste—. Supongo que no debí haberlo dicho. Si no lo hubiera hecho, tal vez hoy él seguiría vivo —dijo, mirando a Grace con reproche, que fue palpable para todos en la sala.

Ella lo miró con asombro horrorizado.

—Nunca le dije nada —susurró Grace a David.

—Te creo —dijo David con tono lastimero.

Aquel tipo era una serpiente que sólo intentaba deshacerse de Grace. David se había enterado de que John Adams se lo dejaba todo a Frank Wills en el caso de Grace muriera o sufriera incapacidad de algún tipo, y David sospechaba que la herencia era mayor de lo que Wills quería que creyeran, porque si absolvían a Grace podría apelar y heredar quizá una parte de los bienes.

—Te creo —volvió a decir David para tranquilizarla. El problema era que nadie más lo creería.

Finalmente llegó el turno de David para aportar testimonios sobre el carácter y la conducta de su defendida, apenas unos cuantos profesores y compañeros de estudios. La mayoría dijo que era tímida y retraída, y David se encargó de explicar que ello se debía al oscuro secreto y la vida inconfesable que soportaba en casa. Luego llamó a declarar al médico que la había examinado en el Mercy General, el cual explicó pormenorizadamente las lesiones que había observado en Grace.

—¿Podría usted asegurar con toda certeza que la señorita Adams fue violada? —preguntó el fiscal cuando terminó la defensa.

—Es imposible saberlo con absoluta certeza. Uno tiene que fiarse hasta cierto punto de la información aportada por la víctima. Pero se puede decir sin lugar a dudas que mantuvo violentas relaciones sexuales durante un largo período de tiempo. Observé viejas cicatrices de antiguas heridas, aparte de las recientes.

—¿Podría darse esa violencia en el curso de un acto sexual normal, o al mantener relaciones sexuales de naturaleza pervertida? En otras palabras, si la señorita Adams fuera masoquista, o le gustara ser castigada por sus amantes, ¿se producirían los mismos resultados? —preguntó, omitiendo descaradamente el hecho de que todos cuantos la conocían afirmaban que Grace jamás había salido con ningún chico ni había tenido novio alguno.

—Sí, supongo que el sexo duro puede provocar las mismas lesiones... pero tendría que ser realmente duro —contestó el médico, y el fiscal dedicó al jurado una sonrisa maliciosa.

—Supongo que así es como le gusta hacerlo a algunas personas.

David protestó innumerables veces y realizó un trabajo heroico intentando demostrar la ausencia de premeditación. Llamó a

Molly al estrado de los testigos y finalmente a la propia Grace, que resultó sumamente conmovedora. En cualquier otra ciudad hubiera convencido hasta a las piedras, pero no en Watseka, donde su padre era un personaje estimado por todos. La historia era noticia de plena actualidad y la televisión local informaba del juicio.

El jurado deliberó durante tres días, mientras David, Molly y Grace aguardaban en la sala del tribunal. Cuando se cansaban, se paseaban por los pasillos durante horas con un guardia caminando silenciosamente tras ellos. Grace se había acostumbrado a las esposas y apenas las notaba cuando se las ponían, excepto si las apretaban demasiado a propósito, como era el caso cuando se trataba de agentes que habían conocido y estimado a su padre. A Grace le resultaba extraño pensar que si la absolvían volvería a ser libre y podría marcharse como si nada hubiera ocurrido. Sin embargo, cuanto más tiempo pasaba, menos probable parecía. David se atormentaba pensando en los obstáculos que no había sido capaz de superar, y Molly se sentaba y confortaba a Grace con palabras de ánimo y esperanza. Los tres se habían hecho muy amigos en los dos meses transcurridos y, poco a poco, Grace había llegado a quererlos y a confiar en ellos.

El juez había dado instrucciones al jurado sobre los posibles veredictos. Asesinato en primer grado, que podría suponer la pena de muerte, si creían que había planeado matar a su padre y sabía que sus actos conducirían a su muerte. Homicidio voluntario, si había querido matarlo sin planearlo por anticipado, porque creía que su padre le estaba causando algún daño irreparable; la condena en este caso podría llegar hasta los veinte años de prisión. Homicidio involuntario, si él le estaba haciendo daño y ella había querido herirle o causarle daño, pero no matarle, y su conducta temeraria había conducido a la muerte de su padre; la condena podía ser de uno a diez años de cárcel. Y defensa propia con resultado de muerte, si creían que su padre la había violado y que Grace se había defendido de un ataque que ponía en peligro su vida. David se había dirigido a ellos con gran elocuencia, pidiéndoles un veredicto de «defensa propia con uso de fuerza justificada» para una chica inocente que tanto había sufrido a manos de sus padres, como habían oído de sus propios labios.

Una tarde de finales de septiembre el jurado volvió a entrar por fin en la sala.

El portavoz se levantó solemnemente y anunció que encontraban a Grace culpable de homicidio voluntario. No creían que John Adams hubiera violado a su hija, ni entonces ni nunca, pero dos mujeres del jurado habían insistido en que a veces los hombres tenían secretos inconfesables, y pensaban que podía haberle hecho alguna clase de daño y que Grace creía justificada su acción.

Finalmente, dada su extrema juventud y el hecho de que Grace estuviera convencida de que había actuado en defensa propia, el juez la condenó a dos años de cárcel y dos de libertad condicional. Considerando las alternativas, era casi un milagro, pero a Grace le pareció toda una vida y, en ciertos aspectos, pensó que habría sido preferible la muerte.

Grace se preguntó qué le aguardaba en la prisión. En los calabozos de la comisaría había sufrido algún susto ocasional, alguna amenaza de otras detenidas, que le robaban las revistas o el dentífrico. Molly se había ocupado de llevarle ese tipo de cosas, y Frank Wills había accedido a regañadientes a entregarle unos cientos de dólares del dinero de su padre, ante la insistencia de David.

Sin embargo, allí las mujeres entraban y salían y nunca se había sentido en peligro, pues era, con mucho, la que estaba acusada del cargo más grave. La prisión, por el contrario, estaría llena de auténticas asesinas. Grace miró al juez con los ojos secos y una gran tristeza. Su vida se había arruinado hacía mucho tiempo, y lo sabía. Molly vio esa mirada y apretó su mano. Grace abandonó la sala esposada. Ya no era sólo la acusada, sino una criminal convicta.

Esa noche Molly fue a verla antes de que la trasladaran al Centro Correccional Dwight a la mañana siguiente. No tenía gran cosa que decirle, pero no quería que perdiera la esperanza. Algún día saldría en libertad y comenzaría una nueva vida. Todo lo que debía hacer era aguantar hasta entonces. David también fue a verla. Estaba decepcionado por el veredicto, del que se culpaba a sí mismo. Grace no le culpaba, así eran las cosas. David le prometió apelar y le explicó que había llamado a Frank Wills para negociar un trato insólito. Tras la insistencia de David, Wills había accedido a entregar a Grace cincuenta mil dólares del dinero de su padre a cambio de que ella no volviera jamás a Watseka, ni reclamara en modo alguno el resto de propiedades de su padre. Wills planeaba mudarse a la casa de los Adams al poco tiempo y no quería que ella lo supiera. De hecho, había tirado ya la mayor parte de las pertenencias de Grace, y no quería que después hubiera problemas con ella. David había aceptado en nombre de Grace, consciente de que necesitaría el dinero cuando volviera a estar libre.

Molly intentó animarla aquella noche.

—No puedes rendirte, Grace. Has conseguido llegar hasta aquí, ahora tienes que recorrer el resto del camino. Dos años no es mucho tiempo. Tendrás veinte años cuando salgas y todo el tiempo del mundo para iniciar una nueva vida y dejar todo esto atrás.

David le había dicho lo mismo, que tenía que ser fuerte, pero Grace había sido fuerte durante mucho tiempo, y a veces deseaba no haber sobrevivido. Le dijo a Molly que desearía haberse matado ella en lugar de disparar a su padre.

—¿Qué demonios significa eso? —La joven psiquiatra se indignó. Se paseaba por la habitación con aire nervioso y los ojos encendidos—. ¿Es que vas a rendirte ahora? De acuerdo, te han caído dos años, pero no es toda la vida. Podría haber sido peor. Sabes exactamente cuánto va a durar y cuándo acabará. Con tu padre nunca lo supiste.

—¿Cómo será? —preguntó Grace con expresión de terror y los ojos anegados en lágrimas.

Molly hubiera dado cualquier cosa por cambiar la situación, pero sólo podía ofrecerle su apoyo y su amistad. Ella y David le habían tomado aprecio a Grace. En ocasiones hablaban de ella durante horas, comentando las injusticias que había sufrido y la que aún le quedaba por sufrir. Molly la abrazó mientras lloraba y rezó para que Grace hallara la fuerza para superar el difícil trance. Molly hablaba de ella con todo el mundo, e incluso Richard se había cansado de oír siempre lo mismo, pero ella y David se sentían como si fueran sus padres.

—¿Me visitarás? —preguntó Grace con un hilo de voz.

Molly lloró al despedirse y prometió ir a Dwight el fin de semana siguiente. David pensaba tomarse un día libre para ir a verla, comentar con ella el tema de la apelación y asegurarse de que estaba lo más cómoda posible dadas las circunstancias. También él hubiera hecho cualquier cosa por cambiar la condena, pero lo cierto era que Grace lo tenía todo en contra desde el principio, y los esfuerzos de sus dos amigos no bastaban para salvarla.

–Gracias por todo –dijo Grace a David cuando el abogado acudió a despedirla a las siete de la mañana siguiente–. Hiciste todo lo posible. Gracias. –Le dio un beso en la mejilla.

David la abrazó, esperando que la misma fuerza interna que la había sostenido durante cuatro años de pesadilla, le sirviera en la prisión.

–Ojalá lo hubiera hecho mejor –dijo él con tristeza.

Mientras la miraba, se dio cuenta de algo que antes no había querido admitir: que de haber tenido Grace más de dieciocho años, se habría enamorado de ella. Poseía una belleza interior que lo atraía como un imán, pero, dada su juventud y todos sus sufrimientos, David no podía dejar que sus sentimientos se manifestaran y se obligó a sí mismo a pensar en ella como en una hermana pequeña.

–No te preocupes, David. Estaré bien –replicó Grace con una leve sonrisa. La muerte hubiera sido más sencilla porque no tenía nada por lo que vivir, pero se sentía en deuda hacia David y Molly.

Justo antes de que se la llevaran, David la contempló, y tuvo la extraña sensación de que había una especie de santidad en ella, en el modo digno en que aceptaba su destino y su rara belleza cuando se alejó esposada. Se volvió una vez para despedirse con la mano y David la miró con los ojos anegados en lágrimas, que resbalaron por sus mejillas en cuanto el furgón que la llevaba se puso en marcha.

4

A las ocho de la mañana la metieron en el autobús de Dwight encadenada de pies y manos, cumpliendo la rutina del traslado de presos. Una vez encadenada, los guardias dejaron de hablarle; para ellos dejaba de ser una persona y se convertía en un número más de una lista diaria de convictos, un rostro que pronto olvidarían. Lo único peculiar de su caso, en lo que a los guardias concernía, era que se había comentado ampliamente en los periódicos; pensaban que había tenido suerte por el veredicto de homicidio en lugar de asesinato.

El trayecto hasta Dwight duró una hora y media en el traqueteante autobús, con los tobillos y las muñecas doloridos. Fue un viaje incómodo. A una hora de su destino, recogieron a cuatro mujeres más, a una de las cuales encadenaron al asiento junto a ella. Se trataba de una chica de aspecto duro, unos cinco años mayor que Grace, que la miró con curiosidad.

−¿Has estado antes en Dwight?

Grace negó con la cabeza, poco dispuesta a entablar conversación. Imaginaba que cuanto menos hablara, mejor le iría en la prisión.

−¿Por qué te han enchironado? −Reconocía a una novata en cuanto la veía y resultaba evidente que Grace no había estado nunca en la cárcel−. ¿Cuántos años tienes, princesa?

−Diecinueve −mintió Grace. A ella diecinueve años le parecían muchos.

−Has estado jugando con las niñas mayores, ¿eh? ¿Qué hiciste? ¿Robar caramelos?

Grace se limitó a encogerse de hombros y durante un rato continuaron en silencio, pero no había nada que ver ni hacer. Las ventanillas del autobús estaban pintadas, así que no se veía el exterior y el ambiente resultaba sofocante.

–¿Has leído lo de la jodida redada de camellos en Kankakee? –preguntó la chica, midiéndola con la mirada.

El rostro de Grace permanecía impenetrable, como si se hubiera replegado sobre sí misma tras despedirse de Molly y David, y así quería seguir una vez llegara a la prisión. Con suerte, la dejarían en paz. Grace había oído historias horribles sobre violaciones y apuñalamientos mientras estaba en la celda de comisaría, pero intentaba no pensar en ello. Molly y David le habían dado esperanzas, y estaba resuelta a superarlo todo por ellos, los únicos amigos que había tenido en su vida.

–No, no he leído nada –contestó Grace.

La otra chica se encogió de hombros con fastidio. Llevaba los cabellos teñidos de rubio y a la altura de los hombros, como cortados con un cuchillo de carnicero. Tenía los ojos fríos y duros, y Grace notó los fuertes músculos de sus brazos.

–Intentaron que les diera pruebas contra los peces gordos, pero no soy ninguna chivata. Joder, tengo mi integridad, ¿comprendes? Además, no quiero que vengan a por mí en Dwight y me rebanen el cuello. ¿Sabes lo que quiero decir? –Su acento era de Nueva York y parecía malhumorada y ruda, exactamente lo que Grace esperaba encontrar en la prisión. También parecía ansiosa por charlar y se lanzó a contar que había ayudado a construir el gimnasio y que había trabajado en la lavandería durante su última estancia en prisión. Habló de dos intentos de fuga de los que había sido testigo, pero habían atrapado a las fugadas ese mismo día–. No vale una mierda –dijo–, te echan otros cinco años por cada intento. ¿Cuánto te han echado? A mí diez esta vez, pero saldré dentro de cinco. –A Grace le parecía toda una vida–. ¿Y tú qué?

–Dos años –respondió Grace.

–Eso no es nada, princesa, se te pasará en un jodido suspiro. Bueno –sonrió y Grace pudo ver que le faltaban todas las muelas–, conque eres virgen, ¿eh? –Grace la miró con nerviosismo–. Quiero decir que es la primera vez que te meten en la trena, ¿verdad? –La idea le parecía divertida. Ella, con veintitrés años, había estado tres veces en Dwight.

–Sí –dijo Grace en voz baja.

–¿Qué coño has hecho? ¿Allanamiento de morada, robo de coches, tráfico de drogas? Ésa soy yo. Esnifo cocaína desde que tenía nueve años. Empecé a trapichear en Nueva York cuando tenía once. Allí me metieron en un reformatorio. Menudo agujero de mierda. Dwight no está mal. Hay unas cuantas tías legales, y también algunas bandas, toda esa mierda de las hermanas Arias. Ten cuidado con ellas, y también con un grupo de negras cabreadas que las odian. Si no te metes en medio no tendrás problemas.

–¿Y tú? –preguntó Grace, mirándola cautelosamente pero con interés, pues para ella era una conversación que ni siquiera hubiera podido imaginar tres meses atrás–. ¿Qué haces cuando estás allí? –Grace había oído decir que se podían hacer diversos cursos, además de los de esteticista y los que enseñaban a hacer escobas y placas de matrículas. Si tenía la oportunidad, quería hacer un curso universitario por correspondencia.

–No sé lo que haré –dijo la otra chica–. Supongo que pasar el rato. No hay nada que hacer en esa mierda de trena. Tengo una amiga que está allí desde junio. Estábamos muy unidas hasta que me soltaron.

–Será estupendo volver a reunirte con ella –dijo Grace con toda su ingenuidad.

–Sí, muy estupendo –repuso la otra chica con cinismo, pero al punto se echó a reír y finalmente se presentó como Angela Fontino–. El tiempo pasa más rápido si tienes un bonito culo esperándote en la celda cuando vuelves de la lavandería.

Ésas eran las historias que Grace había oído y que tanto temía. Asintió y no prosiguió con la conversación. A Angela le encantaba bromear con las novatas y le divertía la timidez de Grace. Había estado en diversos reformatorios y cárceles a lo largo de los años y su vida sexual se había vuelto muy versátil. Incluso había momentos en que prefería a las mujeres.

–Te parece demasiado fuerte, ¿eh, princesa? –Angela sonrió, mostrando los dientes que le faltaban en toda su gloria–. Una se

73

acostumbra a todo. Espera y verás, ¡acabarás descubriendo que te gustan más las tías! –Grace no supo qué decir. Angela soltó una risotada mientras se frotaba las muñecas oprimidas por las esposas–. Oh, maldita sea, hasta puede que seas virgen de verdad, ¿no, pequeña? ¿Te has acostado alguna vez con un tío? Si no lo has hecho, puede que ni siquiera llegues a conocer una buena polla y te quedes con esto para siempre. No está nada mal. –Volvió a sonreír.

Grace notó un retortijón en el estómago. Le recordaba las tardes en que volvía del colegio sabiendo lo que le aguardaba por la noche. Hubiera hecho cualquier cosa por no volver a casa, pero debía cuidar a su madre. Lo que ocurría luego era tan inevitable como la puesta de sol. Ahora se sentía igual. ¿La violarían? ¿O sencillamente la usarían, como hacía su padre? ¿Qué oportunidades tendría de defenderse? Se le encogía el ánimo al pensarlo. ¿Y si no podía soportarlo? ¿Y si...? Miró el suelo con abatimiento. Abandonaban en ese momento la autopista para acercarse a las puertas del Centro Correccional Dwight. Sus compañeras de viaje lanzaron silbidos y abucheos y patearon el suelo, mientras Grace permanecía en silencio e intentaba no pensar en las palabras de Angela.

–Muy bien, princesa, ya hemos llegado a casa –dijo Angela con una sonrisa–. No sé dónde van a ponerte, pero ya te buscaré. Te presentaré a algunas chicas. Les vas a encantar –añadió con un guiño de picardía.

A Grace se le puso carne de gallina.

Dos minutos después las hacían bajar del autobús.

A Grace las piernas apenas la sostenían, tan entumecidas estaban.

Lo que vio frente a ella cuando bajó fue un edificio de aspecto deprimente, una torre de vigilancia y una alambrada interminable, tras la cual había una multitud de mujeres sin rostro vestidas con una especie de pijama azul de algodón. Grace supuso que era el uniforme, pero no le dio tiempo de seguir mirando, puesto que las introdujeron en el recinto de inmediato. Caminaron por un largo pasillo, atravesaron innumerables verjas y pesadas puertas, haciendo sonar sus grilletes y cojeando.

–Bienvenidas al paraíso –dijo una de las mujeres sarcásticamente cuando tres enormes celadoras negras les obligaron a cruzar otra verja a empujones y exabruptos–. Gracias, estoy encantada de haber vuelto, me alegro de verla... –añadió, y las otras mujeres rieron.

–Siempre es así cuando llegas aquí –le susurró una mujer de color a Grace–, te tratan como a una mierda los dos primeros días, pero luego te dejan en paz. Sólo quieren que sepamos quién manda.

–Ya –dijo una corpulenta chica negra–. Pues como a mí me toquen el culo llamaré a la NAACP,[1] a la Guardia Nacional y al presidente. Conozco mis derechos. Me importa un carajo si soy una convicta o no. A mí no me ponen la mano encima. –La chica medía más de metro ochenta y seguramente rondaba los noventa kilos. Grace no imaginaba que alguien pudiera molestarla, pero sonrió por su expresión al hablar.

–No le prestes atención, chica –dijo la otra negra.

A Grace le sorprendía que algunas de aquellas mujeres se mostraran amistosas, pero el ambiente seguía siendo amenazador. Las celadoras estaban armadas, había letreros por todas partes advirtiendo de sanciones o castigos por escapar, insultar a una celadora o quebrantar las normas, y las mujeres que habían llegado con ella parecían muy rudas, tanto por sus maneras como por su desaliño. Grace llevaba unos tejanos limpios y un jersey azul celeste que le había regalado Molly; esperaba que le permitieran conservarlo.

–Muy bien, chicas. –Se oyó un agudo silbato y seis celadoras de uniforme y armadas se alinearon frente a ellas como entrenadoras de un equipo de lucha femenino–. ¡Desnudaos! Todo lo que llevéis encima lo dejáis en una pila en el suelo. ¡En pelotas, señoras!

El silbato volvió a sonar para hacerlas callar y la mujer que lo llevaba se presentó como la sargento Freeman. La mitad de las celadoras eran negras y las otras blancas, en justa representación de la mezcla que se daba entre las reclusas.

Grace se quitó el jersey y lo dejó doblado en el suelo a sus pies. Una celadora les había quitado las esposas previamente y se disponía a quitarles el anillo de cuero que les rodeaba la cintura, al que estaban sujetas las cadenas, y los grilletes de los pies para que pu-

---

1. NAACP, sigla de la National Association for the Advancement of Colored People (Asociación para el Progreso de las Personas de Color). *(N. de la T.)*

dieran quitarse los pantalones. Grace se quitó los zapatos, aliviada. El silbato se oyó de nuevo. Les ordenaron que se sacaran todo lo que llevaban en el pelo. Grace se quitó la goma con la que sujetaba la coleta y sus largos cabellos caoba cayeron como una cortina de seda sobre la espalda.

—Bonito pelo —murmuró una mujer tras ella.

Grace no se volvió para mirarla. Se sentía incómoda sabiendo que la mujer la vigilaba mientras se quitaba la ropa. Minutos después la ropa se amontonaba junto con las joyas, las gafas y los accesorios para el pelo, y ellas estaban completamente desnudas. Las seis celadoras se pasearon entre ellas examinándolas, ordenándoles que separaran las piernas, levantaran los brazos y abrieran la boca. Unas manos hurgaron en el cabello de Grace para comprobar si ocultaba algo, unas manos ásperas que le tiraron del pelo y le movieron la cabeza de un lado a otro. Le metieron una espátula en la boca y hurgaron haciendo que se atragantara, y también le ordenaron que tosiera y que saltara para ver si caía algo de alguna parte. Después les hicieron poner en fila y por turnos subirse a una mesa con estribos. Con instrumentos esterilizados y un potente foco comprobaban si se ocultaba algo en la vagina. Una de las chicas, asustada, intentó negarse, pero le dijeron que si no cooperaba la atarían y luego la meterían treinta días en «el agujero», desnuda y en completa oscuridad.

—Bienvenida al país de las hadas —dijo una de las habituales—. Agradable lugar, ¿eh?

—Deja de protestar, Valentine, a ti también te tocará.

—Que te jodan, Hartman. —Eran viejas amigas.

—Me encantaría. ¿Quieres mirar cuando me toque a mí?

A Grace le palpitaba el corazón cuando se subió a la mesa, pero el examen no resultó peor que todo lo que había tenido que soportar hasta entonces, aunque era humillante ser examinada delante de todas las demás, entre las que algunas parecían mirarla con interés.

—Muy guapa... Oye, novata, saluda a mamá... Juguemos a médicos, ¿puedo mirar yo también? —Grace fingió no oírlas mientras seguía al resto de la fila hacia el otro lado de la sala y aguardaba instrucciones.

Las condujeron a las duchas y las rociaron con mangueras de

agua casi hirviendo. Les echaron insecticida en el pelo y champú para los piojos y luego volvieron a ducharlas con las mangueras. Al acabar olían a productos químicos y Grace se sentía como si la hubieran hervido en desinfectantes.

Metieron sus pertenencias en bolsas de plástico con los nombres respectivos. Todo lo que estaba prohibido llevar había de ser devuelto a expensas de las propias reclusas, o se tiraba allí mismo, como los tejanos de Grace, pero le alegró que le permitieran conservar el jersey. Les entregaron uniformes, un juego de sábanas ásperas, muchas de las cuales tenían manchas de sangre y orina, y un trozo de papel con su número y el de su celda. Después les dieron una breve orientación sobre las reglas de la prisión y les dijeron que les asignarían las correspondientes tareas a la mañana siguiente. Según el trabajo que desempeñaran, les pagarían entre dos y cuatro dólares al mes. Si un día no se presentaban a trabajar serían enviadas al agujero durante una semana. Una segunda falta supondría un mes en el agujero. Si no se mostraban dispuestas a cooperar en general, se las aislaría durante seis meses sin nada que hacer ni nadie con quien hablar.

–Procurad que las cosas sean fáciles para vosotras, chicas –dijo la celadora que les comunicaba las normas–, jugad según nuestras reglas. Es la única forma de salir adelante en Dwight.

–Gilipolleces –susurró una voz a la derecha de Grace.

En cierto sentido, todo parecía muy sencillo. Todo lo que debían hacer era ir a trabajar, y a comer, no meterse en problemas, volver a la celda a la hora y todo iría como la seda. Si se peleaban con alguien, se unían a una banda, amenazaban a alguna celadora o quebrantaban las normas, se quedarían allí para siempre. La que intentase escapar era «carne muerta colgada de la alambrada». Estaba muy claro. El problema era que las otras reclusas parecían tan duras como las celadoras, o peor, y que tenían otras ideas.

–¿Y los cursos? –preguntó una chica del fondo, y todas la abuchearon.

–¿Cuántos años tienes, ricura? –le preguntó la que estaba junto a ella.

–Quince. –Era otra menor a la que habían juzgado como adulta, por matar a su hermano, que la había violado. Había conseguido pactar un veredicto de homicidio involuntario, salvándose así de la pena de muerte. Dijo que quería estudiar y olvidar el gueto en el que había vivido.

—Ya has tenido suficiente escuela —le dijo la mujer—. ¿Para qué necesitas más?

—Podrás pedirlo cuando lleves aquí noventa días —dijo la celadora, y prosiguió explicando lo que les ocurriría si tenían la mala idea de participar en una revuelta. A Grace se le heló la sangre cuando oyó que en la última revuelta habían matado a cuarenta y dos reclusas. ¿Y si la pillaban en medio? ¿Y si la tomaban como rehén? Podían matarla aunque ella no tuviera nada que ver.

La cabeza le daba vueltas cuando por fin la condujeron a su celda. Caminaron en fila india, vigiladas por media docena de celadoras, bajo los abucheos y silbidos de las reclusas que las miraban desde las galerías superiores chillando y riendo.

—¡Eh, mirad a las novatas! ¡Ñam, ñam! —Les lanzaban besos, chillaban, e incluso arrojaron un tampax usado que fue a dar en la chica que caminaba delante de Grace, que estuvo a punto de vomitar al verlo. Era una pesadilla, un viaje al infierno del que no creía que pudiera regresar. Aún olía a insecticida, y cuando se detuvieron frente a la celda que le habían asignado notó el principio de un acceso de asma.

—Adams, Grace, B-214.

La celadora abrió la puerta, le indicó que entrara y, en cuanto Grace lo hizo, cerró la puerta y pasó la llave. Grace se encontró en un espacio de apenas dos metros cuadrados con una litera doble y las paredes cubiertas de fotografías de mujeres desnudas. Había fotos recortadas de *Playboy*, *Hustler* y otras revistas que Grace no hubiera imaginado que leyera una mujer. La litera de abajo estaba hecha, así que, con manos temblorosas, se dispuso a hacer la de arriba y puso el cepillo de dientes en una pequeña repisa con el vaso que le habían entregado. Le habían dicho que tendría que comprarse los cigarrillos y la pasta dentífrica; afortunadamente ella no fumaba.

Cuando terminó de hacerse la litera, se sentó en ella y permaneció mirando fijamente la puerta, preguntándose qué vendría a continuación y qué ocurriría cuando conociera a su compañera de celda. Las fotografías de las paredes evidenciaban sus preferencias y Grace se preparó para lo peor, pero recibió una sorpresa cuando condujeron a la celda a una mujer de cara agria y unos cuarenta años dos horas después. La mujer la contempló durante un rato sin decir nada. Sin duda Grace era hermosa, pero su compañera de celda no pareció impresionada y tardó más de media hora en saludarla y decirle que se llamaba Sally.

–No quiero malos rollos aquí –dijo secamente–. Ni visitantes de las bandas, ni porno, ni drogas. Hace siete años que estoy aquí. Tengo mis amigas y sólo me meto en mis asuntos. Haz lo mismo y nos llevaremos bien, búscame problemas y te enviaré al bloque D de una patada en tu asqueroso culo. ¿Está claro?

–Sí –asintió Grace casi sin resuello.

Cada vez se encontraba peor del asma, y cuando llegó la hora de comer apenas si podía respirar. Le habían quitado el inhalador al llegar.

«Si necesitas ayuda llama a una celadora», le habían dicho, pero no quería hacerlo a menos que fuera absolutamente necesario. Prefería morir a llamar la atención, pero cuando sonó el silbato para la comida y se bajó de la litera, Sally vio que Grace tenía problemas.

–Mierda... me han endilgado una jodida mocosa. Mira, yo odio a los críos. Nunca he tenido ninguno ni he querido tenerlo. Y ahora tampoco. Aquí tendrás que cuidarte tú solita.

Mientras Sally se ponía una camisa limpia, Grace se fijó en que tenía la espalda, el pecho y los brazos cubiertos de tatuajes.

–Estoy bien... de verdad... –dijo resollando.

–Claro, estás radiante. Tú siéntate. Por esta vez me encargaré...

Grace estaba mortalmente pálida cuando el guardia les llevó la comida. Sally le hizo una seña antes de que se fuera. Grace estaba de pie en un rincón.

–Mi novata tiene un pequeño problema –dijo en voz baja–, parece asma o algo así. ¿Puedo llevarla a la enfermería?

–Claro, si quieres, Sally. ¿Crees que finge? –Grace tenía la cara gris y estaba claro que su enfermedad era real, incluso tenía los labios levemente azulados–. Muy amable de tu parte hacerle de enfermera, Sally –se burló el guardia.

Sally tenía fama de ser una de las mujeres más duras de la prisión. La habían condenado por dos asesinatos, el de su novia y el de la mujer con quien la engañaba. «Así todo el mundo sabe cómo pienso», explicaba siempre a las mujeres con que salía, pero hacía tres años que tenía la misma amante en el bloque C y todo el mundo sabía que era como si estuvieran casadas, de modo que nadie se metía con ella.

–Vamos –le dijo a Grace por encima del hombro, y la sacó de la celda de un empujón con expresión de fastidio–. Te llevaré a la enfermería, pero no vuelvas a enredarme. Si tienes un problema te las arreglas. Yo no voy a limpiarte el culo, mocosa, sólo porque seas mi compañera de celda.

–Lo siento –dijo Grace con los ojos anegados en lágrimas. No era un gran comienzo y creía que Sally estaba enfadada con ella. Pero en realidad la compadecía, pues comprendía que aquél no era lugar para ella.

Cinco minutos después dejó a Grace con la enfermera, que le dio oxígeno y finalmente le permitió quedarse con el inhalador. Sin embargo, tuvo que medicarla porque la crisis había ido demasiado lejos. Grace sabía que sin el inhalador podía morir por asfixia, pero no estaba segura de no desearlo.

Llegó a comer media hora más tarde, temblorosa y pálida, y la mayor parte de la comida se había evaporado, sólo quedaba grasa y huesos y lo que las demás no querían. Pero no tenía demasiada hambre y el ataque de asma le había revuelto el estómago. Quería darle las gracias a Sally por haberla llevado a enfermería, pero no se atrevió a hablarle cuando la vio con un grupo de rudas mujeres de la misma edad y cubiertas de tatuajes, y Sally no dio muestras de reconocerla.

–¿Qué va a ser? ¿Filete mignon o pato asado? –preguntó una guapa chica negra desde el otro lado del mostrador, y le sonrió–. Han sobrado un par de trozos de pizza. ¿Los quieres?

–Sí, gracias. –Grace sonrió con expresión abatida.

La chica negra le entregó los trozos de pizza y la contempló alejarse en busca de una mesa.

Se sentó en una mesa con otras tres chicas. Nadie la saludó ni le prestó atención. Al otro lado del comedor vio a Angela con un grupo de mujeres, enzarzada en animada conversación. El grupo de su mesa seguía sin siquiera mirarla, y Grace comió agradecida de poder estar callada. Aún le costaba respirar.

–Vaya, qué novata tan mona tenéis en vuestra mesa hoy, chicas –dijo una voz a espaldas de Grace, cuando estaba tomando el café. Grace no se movió, pero notó que alguien la empujaba. Intentó simular que no ocurría nada, mirando fijamente hacia adelante, pero las otras chicas de la mesa parecían nerviosas–. ¿Es que aquí no habla nadie? Joder, menuda pandilla de zorras.

–Lo siento –musitó una de ellas, y se escabulló rápidamente.

De pronto Grace notó un aliento cálido en su nuca. Giró la cabeza y vio a una rubia altísima y con una figura espectacular. Parecía la versión hollywoodiense de una chica mala. Llevaba un grueso maquillaje y una camiseta de hombre muy ceñida que destacaba todas sus formas. Prácticamente era la caricatura de una reclusa sexy.

–Qué chica tan guapa –dijo la rubia, mirándola–. ¿Te sientes sola, pequeña? –ronroneó y restregó la pelvis suavemente contra Grace, quien vio que llevaba la camiseta húmeda, transparentando los pechos y los pezones–. ¿Por qué no vienes a verme alguna vez? Me llamo Brenda. Todo el mundo sabe donde vivo –dijo con una sonrisa.

–Gracias –dijo Grace, que aún no había recuperado el resuello.

–¿Cómo te llamas? ¿Marilyn Monroe? –inquirió la otra, burlándose del timbre de voz de Grace.

–Lo siento... tengo asma...

–Oh, pobrecilla... ¿Te medicas? –preguntó.

Grace no quería mostrarse grosera y que se enfadara. La rubia aparentaba unos treinta años y parecía dura y segura de sí misma.

–Sí... tengo un inhalador. –Grace lo sacó del bolsillo y se lo enseñó.

–Guárdalo bien. –La rubia soltó una risotada y le pellizcó el pezón antes de alejarse contoneando las caderas en dirección a sus colegas.

Grace se quedó temblando y mirando su café, pensando en la jungla en que estaba prisionera.

–Ten cuidado con ésa –susurró una de las chicas de la mesa, y se alejó. Brenda era peligrosa.

Grace regresó directamente a su celda. Esa noche pasaban una película, pero no tenía el menor interés en verla. Se tumbó en su litera con un suspiro de alivio. Tuvo que usar el inhalador dos veces antes de relajarse y respirar de nuevo normalmente, y seguía despierta a las diez cuando Sally volvió de la película.

Sally no dijo nada, pero Grace no se contuvo y le agradeció que la hubiera llevado a la enfermería.

–Me han devuelto el inhalador –añadió.

–No se lo enseñes a nadie –le aconsejó Sally–. Aquí fastidian a la gente por cosas así. Guárdatelo y úsalo en privado.

Eso no sería siempre posible, pero Grace pensó que era un buen consejo y asintió. Luego, cuando apagaron las luces, Sally se metió en la litera de abajo y comentó en la oscuridad:

–He visto que Brenda Evans hablaba contigo en la manduca. Ten cuidado. Es peligrosa. Tendrás que aprender a moverte muy deprisa, novata. Y vigila tu bonito culo hasta entonces. Esto no es el patio de un colegio.

–Gracias –susurró Grace.

Permaneció despierta durante mucho tiempo, mientras silenciosas lágrimas se deslizaban lentamente por sus mejillas, escuchando los ruidos y golpes que provenían del exterior, los gritos, algún chillido y, sobre todo, los apacibles ronquidos de Sally.

5

Después de dos semanas Grace sabía ya moverse por Dwight y tenía un trabajo en el almacén de suministros, donde entregaba toallas y peines y contaba los cepillos de dientes para las recién llegadas. El trabajo se lo consiguió Sally, que, aunque fingía no sentir el menor interés por Grace, siempre la vigilaba de lejos.

Molly había ido a visitarla en una ocasión y quedó consternada al ver el lugar, pero Grace insistió en que se encontraba bien. Sorprendentemente nadie la había molestado en serio. La llamaban novata siempre que podían y Brenda se había burlado de ella un par de veces durante la comida, pero no había vuelto a propasarse. Hasta entonces se sentía bastante afortunada. Su compañera de celda era taciturna, pero buena en el fondo. Nadie la había amenazado ni invitado a unirse a una banda. Parecía lo que llamaban una «condena suave» y, de seguir así, sobreviviría a los dos años de encierro. Estaba bastante animada cuando David fue a visitarla, cosa que le tranquilizó. David no soportaba que ella estuviera en aquel lugar, pero al menos no parecía correr peligro, así que durante la visita hablaron de su futuro.

Grace había decidido que se marcharía a Chicago tras los dos años en Dwight, ya que tenía que permanecer en el estado durante los dos años de libertad condicional, y los cincuenta mil dólares de su padre le servirían como apoyo. Pero primero tenía que hacer los cursos de secretariado.

David le habló de la apelación y se mostró alentador, pero no había nada seguro.

–No te preocupes. Estoy bien –dijo ella.

Cuando David la vio abandonar la sala de visitas aquella tarde, le asombró la dignidad de su porte. Estaba más delgada, pero seguía hermosa y, con pulcro aspecto, parecía increíble que fuera una reclusa en lugar de una estudiante. Nada dejaba traslucir de su historia pasada, salvo si se observaban sus ojos. David no podía olvidar lo que sabía de ella y sentía el dolor de su mirada.

Agitó la mano tristemente cuando se alejaba en el coche mientras ella le miraba desde el patio desaparecer en la distancia.

–¿Quién era ése? –preguntó una voz a su espalda. Era Brenda–. ¿Tu novio?

–No –respondió Grace con serena dignidad–. Mi abogado.

Brenda soltó una carcajada.

–No pierdas el tiempo. Todos son unos cabrones. Te dicen que van a salvarte y no hacen una mierda salvo joderte, literalmente si te descuidas, y también en los demás sentidos. No he conocido a ninguno que valiera un carajo. No he conocido a ningún hombre que lo valiera. ¿Y tú? –Lanzó a Grace una mirada penetrante. Llevaba una de sus camisetas húmedas y Grace se fijó en el tatuaje de una gran rosa roja con una serpiente debajo que llevaba en el brazo, y en unas pequeñas lágrimas tatuadas junto a los ojos–. ¿Tienes novio?

Grace sabía que era una pregunta peligrosa; fuera cual fuera la respuesta, siempre se quedaba una en una posición precaria, de modo que se encogió de hombros y echó a andar de regreso al interior del recinto.

–¿Tienes prisa por ir a algún sitio?

–No, yo... quería escribir unas cartas.

–Oh, qué mona –se mofó Brenda–. Igual que en los campamentos de verano. ¿Vas a escribirle a mamá y papá? No me has dicho si tienes novio.

–A una amiga. –Pensaba escribir a Molly para contarle la visita de David.

–No te vayas. Por aquí se lo puede una pasar muy bien. O puede ser un coñazo. Tú eliges, pequeña.

–Estoy bien –dijo Grace, buscando el modo de marcharse sin hacer enfadar a Brenda, pero no se lo estaba poniendo fácil.

–Tu compañera de celda es una auténtica capulla, y su puta novia también. ¿La conoces? –Grace negó con la cabeza. Sally era muy reservada con respecto a su vida privada–. Una zorra grande y negra. Son un auténtico coñazo. ¿Qué me dices de ti? ¿Te va la marcha? ¿Un poco de polvos mágicos, unos canutos? –Los ojos de Brenda centelleaban.

–No, gracias –dijo Grace–. Padezco asma. –Las drogas no le interesaban, pero no se atrevió a decirlo. Había oído que Brenda las vendía además de tomarlas, y cualquier día se iba a meter en un buen lío.

–¿Y qué tiene que ver el asma? Tuve una compañera de cuarto en Chicago con un solo pulmón que inhalaba humo de cocaína.

–No sé... –dijo Grace–. No lo he probado.

–Apuesto a que te faltan un montón de cosas por probar, pequeña. –Volvió a reír.

Grace se alejó con un gesto amistoso. Se apresuró a volver a su celda, casi sin aliento. Palpó el inhalador que llevaba en el bolsillo y le tranquilizó comprobar que lo tenía a mano. Algunas veces le bastaba para respirar con menos dificultad.

Esa noche volvían a pasar una película y Sally fue a verla. Aparte de las chicas de calendario, su otra debilidad parecían ser las películas; cuanto más violentas mejor. Grace no había ido a ver ninguna y le gustaba estar sola un rato en su celda después de cenar. Era un recinto pequeño y claustrofóbico, pero en ocasiones se sentía tan aliviada de estar allí, lejos de todo el mundo, que le parecía confortable.

De seis a nueve de la noche las celdas permanecían abiertas, a menos que alguien solicitara que se cerrasen. De ese modo las reclusas podían visitarse un rato o jugar a algo después de cenar. Muchas jugaban a cartas, algunas a ajedrez o al Scrable.

Grace se había tumbado en su litera para escribirle la carta a Molly cuando oyó que se abría la puerta, pero no levantó la cabeza. Supuso que era Sally, de modo que Grace no sospechó nada raro hasta que notó una presencia junto a ella y alzó la vista para encontrarse de frente con el rostro de Brenda, que se había descubierto un pecho y lo había apoyado en la litera de Grace. Detrás de ella había otra mujer.

—Hola, pequeña —dijo con voz insinuante, acariciándose el pezón.

Grace se incorporó. La otra chica no era tan alta como Brenda, pero parecía más dura.

—Ésta es Jane. Quería conocerte.

Jane no dijo nada. Se limitó a mirar a Grace mientras Brenda extendía la mano y le acariciaba un pecho. Grace intentó apartarse, pero Brenda la sujetó con fuerza por el brazo. Por un instante, le recordó a su padre y sintió una opresión en el pecho.

—¿Quieres salir a jugar? —No era una invitación, sino una orden.

—Mejor no, estoy... un poco cansada. —Grace no sabía qué decir ni era lo bastante mayor ni ducha en la vida de la prisión para saber cómo protegerse de Brenda.

—¿Por qué no vienes a mi celda a descansar un rato? Aún falta una hora para que cierren.

—No me encuentro muy bien —dijo Grace con nerviosismo, notando que la opresión del pecho aumentaba.

—Qué educada. —Brenda soltó una carcajada y le pellizcó el pezón—. ¿Quieres saber una cosa, cariñito? Me importa un carajo cómo te encuentres. Vas a venir con nosotras.

—Yo... creo que no... por favor... —Quería evitarlo, pero incluso a ella le sonó a lloriqueo. Mientras miraba a Brenda, oyó de repente un chasquido y vio a Jane acercarse a la litera. Llevaba una navaja oculta en la mano, que movió con expresión amenazadora.

—¿No es una obra de arte? —Brenda sonrió—. Es una talla de Jane. De hecho es una experta en esa clase de trabajos. Hace unas tallas realmente preciosas. —Ambas se echaron a reír. Brenda abrió la camisa de Grace y le lamió el pezón—. ¿Sabes?, no me gustaría que Jane se excitara y se pusiera a tallar aquí mismo... algunas veces comete errores y podría ensuciarlo todo. ¿Comprendes? Así que, ¿por qué no bajas de la litera y vienes con nosotras? Creo que te gustará.

Estaba ocurriendo lo que Grace tanto había temido. Una banda que pensaba violarla utilizando Dios sabe qué y quizá dejarle la cara marcada con una navaja. Ni siquiera su padre la había preparado para eso.

Se bajó de la litera sin aliento, con el bolígrafo y el papel aún en la mano. Entonces, se dio la vuelta y, al mismo tiempo que los dejaba sobre la litera de Sally, escribió una sola palabra: «Brenda.» Tal vez fuera demasiado tarde y tal vez Sally no pudiera o no quisiera ayudarla, pero tenía que intentarlo.

Le sorprendió que no la llevaran a su celda. Pasaron por delante del gimnasio y luego salieron al patio. Los guardias las miraron, pero no vieron nada raro en tres mujeres que salían a estirar las piernas antes del cierre de las celdas. Muchas mujeres salían a fumarse un cigarrillo o a relajarse antes de irse a dormir. Brenda bromeó con los guardias al pasar y Jane se mantuvo pegada a Grace. Llevaba la navaja en la mano, oculta a la vista, pero muy cerca del costado de Grace. Parecían buenas amigas y nadie se dio cuenta de que Grace estaba aterrorizada.

Una vez en el exterior, Brenda se dirigió a un pequeño cobertizo en el que Grace no había reparado hasta entonces. Los centinelas de la torre no lo vigilaban; no era más que un viejo cobertizo sin ventanas donde se guardaba el equipo de mantenimiento. Brenda tenía la llave. Dentro había cuatro mujeres más apoyadas contra las máquinas, fumando a la luz de una única linterna. Era el lugar perfecto.

–Bienvenida a nuestro pequeño club –dijo Brenda, echándose a reír–. Estaba entusiasmada por venir a jugar –dijo a las otras–. ¿No es cierto, Gracie?... Qué chica tan guapa... guapa de veras –murmuró, desabrochando los botones de la camisa de Grace, que intentó detenerla.

No querían dejar huellas, como una camisa rota, a menos que fuera preciso. Si las obligaba, podían hacerle mucho daño, pero si era lista se cuidaría mucho de denunciarlas.

Grace notó la navaja de Jane contra su cuello, mientras Brenda le bajaba el sujetador.

–Bonito y tierno cuerpo, ¿eh, chicas?

Un coro de risas festejó sus palabras. Una de las que había estado esperando le instó a darse prisa; tenían menos de una hora.

–Joder, no me gusta follar deprisa –dijo Brenda, y todas volvieron a reír.

Grace vio que dos de ellas se acercaban con cuerdas y un trapo.

–Vamos, nena, empecemos con el espectáculo –dijo una de las

mujeres mayores, cogiéndola de un brazo mientras otra le agarraba el otro.

La tiraron al suelo con tanta fuerza que se quedó sin respiración. Dos le ataron los brazos a dos máquinas, luego le arrancaron los pantalones y las bragas y otras dos le ataron las piernas. Finalmente, dos de ellas se sentaron sobre sus piernas, junto con Jane, que apretó la navaja contra su estómago. Grace era consciente de que no le serviría de nada chillar o debatirse, porque la matarían. Sin embargo, apenas podía respirar y, cuando lanzó una mirada ansiosa hacia el inhalador que se había quedado en el bolsillo de su camisa, Brenda lo recordó también. Lo buscó en la camisa, lo cogió y se lo mostró a Grace, haciéndola sufrir. Brenda lo dejó caer al suelo para que Jane lo aplastara con sus grandes botas.

–Lo siento, muñeca. –Brenda sonrió burlonamente–. Bien. ¿Conoces las reglas de este juego? –preguntó, echándose el pelo hacia atrás y poniéndose en pie para quitarse los pantalones–. Primero te lo hacemos a ti, y luego tú a nosotras... una a una... nosotras te enseñaremos cómo, cuándo y dónde nos gusta. Y a partir de hoy –gruñó, mordiéndole un pezón y frotándole el pubis–, nos perteneces. ¿Lo has entendido? Vendrás aquí siempre que queramos, con quien queramos, y harás exactamente lo que te ordenemos. ¿Lo has captado? Y si chillas, pequeña zorra, te cortaremos la lengua y las tetas. Será como una mastectomía.

Todas rieron salvo Grace, que temblaba y resollaba en el frío suelo, aterrorizada.

–¿Por qué? ¿Por qué hacéis esto?... No me necesitáis... por favor... –Era demasiado joven e ingenua para que se resistieran a la tentación. Sus súplicas les divertían.

–Vas a ser nuestro amorcito, ¿verdad, Grace? –dijo Brenda, inclinándose lentamente hacia su pubis y empezando a lamerla.

Aquélla era la parte que más le gustaba, quebrantar su espíritu, poseer a alguien a quien nadie había poseído antes, asustarla, utilizarla, demostrarle su impotencia, obligarla a hacer cuanto quisiera. Se detuvo un momento y sacó un tubo diminuto del bolsillo de la chaqueta. Lo abrió e inhaló rápidamente el polvo blanco, luego se frotó una pizca en las encías y con un dedo echó un poco en Grace y lo lamió con vigor.

–Qué bueno... –dijo Brenda, gimiendo y palpando a Grace con los dedos.

Grace hizo una mueca de dolor. Las otras mujeres empezaron a quejarse; ellas también querían participar de la fiesta. No tenían mucho tiempo.

–No es de tu propiedad exclusiva –le espetó una reclusa.

–A lo mejor sí lo es, puta de mierda –replicó Brenda–, a lo mejor me la guardo para mí solita si lo hace bien.

Grace se retorcía intentando apartarse de Brenda y del implacable movimiento de sus dedos. Quería gritar, pero no se atrevía por miedo a la navaja de Jane. No la habían amordazado; necesitaban que tuviera la boca libre para complacerlas una vez hubieran terminado con ella.

Grace cerró los ojos, intentando imaginar que no estaba allí, que aquello no estaba ocurriendo, cuando de repente oyó un fuerte portazo. Oyó el gemido ahogado de Brenda y notó que se apartaba bruscamente. Cuando abrió los ojos vio a una chica negra, muy alta y atractiva, en el umbral de la puerta. No sabía si era de la banda o no, pero las otras no parecían contentas de verla.

–Muy bien, gilipollas, desatadla –ordenó la chica negra con frialdad. El blanco de sus ojos parecía enorme a la luz de la linterna–. Tenéis cinco segundos para salir de aquí o Sally hablará con los guardianes. Si no he vuelto dentro de tres minutos, irá a buscarlos y es posible que metan vuestros coños en el agujero hasta Navidad.

–Que te jodan, Luana. Quita tu negro culo de aquí si no quieres que te demos el pasaporte –amenazó Jane, blandiendo la navaja ante ella.

Brenda estaba furiosa, pero parecía algo ausente. La cocaína había hecho su efecto y quería seguir con Grace sin interrupciones.

–¿Por qué no os vais a pelear a otra parte, gilipollas? –dijo Brenda con un gruñido.

–Os quedan dos minutos –dijo Luana con tono implacable–. He dicho que la desatéis.

Luana tenía un aspecto aterrador a la luz de la linterna. Sus músculos eran casi de hombre y tenía las piernas largas y nervudas de un corredor. Era la campeona de kárate y de boxeo de la prisión y nadie quería problemas con ella. Jane alardeaba siempre de que no la temía y en más de una ocasión había comentado que quería rehacerle la cara, pero las otras sabían que no era más que bravuconería. Luana tenía conexiones importantes.

Hubo un momento de vacilación y luego una de las mujeres desató los brazos de Grace mientras otra le desataba las piernas. Brenda gimoteó, sintiéndose frustrada.

—Zorra. La quieres para ti, ¿verdad?

—Ya tengo lo que quiero. ¿Desde cuándo tienes que follar con bebés? —preguntó Luana, aunque sabía tan bien como las otras que Grace era una belleza; tumbada allí en el suelo, desnuda, prácticamente les había hecho babear de deseo.

—Tiene edad más que suficiente —espetó Brenda—. ¿Quién te crees que eres? Vete a tomar por culo, Luana.

—Gracias.

Grace se levantó y empezó a vestirse con dificultad. Momentos después se abotonaba la camisa con dedos temblorosos. Ni siquiera se atrevía a mirar a las otras por miedo a que la mataran.

—La fiesta ha terminado, chicas —anunció Luana con una sonrisa—. Si se os ocurre volver a tocarla, os mato.

—¿Qué coño quieres decir con eso? —preguntó Brenda.

—Es mía. ¿Me oís?

—¿Tuya? —Brenda estaba atónita. Nadie se lo había dicho, y eso podía cambiar ligeramente las cosas.

—¿Y Sally? —preguntó suspicazmente.

—No tenemos por qué explicarte nada —contestó Luana fríamente y empujó a Grace hacia la puerta.

Grace resollaba y temblaba de pies a cabeza y estuvo a punto de caer. No se podía jugar con aquellas mujeres y Grace comprendió que había sido una estúpida creyendo que podría estar a salvo.

—Joder, ¿es que ahora os van los tríos? —dijo Brenda con tono quejicoso.

—Ya me habéis oído. Es mía. Manteneos alejadas de ella o tendréis problemas. ¿Entendido?

Nadie respondió, pero el mensaje era claro, y Luana era demasiado importante en la prisión para desafiarla. Una sola palabra suya y podía provocar una revuelta. Dos de sus hermanos eran los negros musulmanes más poderosos del estado, y otros dos habían organizado los motines de Attica y San Quintín.

Tras esta advertencia, Luana abrió la puerta y empujó fuera a Grace. Luego la cogió de un brazo y le ordenó que caminara tranquilamente a su lado, charlando como si nada hubiera ocurrido. Cinco minutos después entraron en el gimnasio, Grace pálida y respirando con dificultad. Allí las esperaba Sally con expresión de preocupación, pero en cuanto vio a Grace se puso furiosa.

–¿Qué demonios estabas haciendo con Brenda? –preguntó en voz baja pero airada.

–Fue a nuestra celda y me sorprendió en la litera. Jane la acompañaba con una navaja.

–Tienes mucho que aprender –dijo Sally, aunque le había impresionado que Grace fuera lo bastante lista para dejarle un mensaje en su litera–. ¿Estás bien? –preguntó, y miró a Luana en busca de respuesta.

–Está bien. Es una estúpida pero está bien. No habían llegado demasiado lejos. Brenda estaba demasiado colocada para hacerle mucho daño.

A lo largo de los años, ambas mujeres habían visto a chicas violadas con bates de béisbol y palos de escoba. Luana, sin embargo, seguía enfadada con Grace por haber estado a punto de arrastrar a Sally con ella. Luana había insistido en ir ella y dejar a Sally que hablara con los guardianes si era necesario. Luana y Sally llevaban años juntas y nadie se atrevía a molestarlas a causa de los hermanos de la primera, que la visitaban asiduamente. Dos vivían en Illinois, uno en Nueva York y el otro en California. Los cuatro estaban en libertad condicional, pero todo el mundo sabía quiénes eran y lo que podían hacer si alguien les enfadaba. Ni siquiera Brenda osaría molestar a Luana ni a Sally, y ahora Grace también estaba bajo su protección.

–¿Qué les has dicho? –preguntó Sally camino de la celda.

–Que a partir de ahora es nuestra –contestó Luana mirando a Grace con fastidio.

Le había dicho a Sally que tuviera cuidado con ella, porque estaba tan verde que era capaz de armar un buen follón, y no se ablandó cuando llegaron a la celda y Grace se echó a llorar.

—Me importa un carajo lo asustada o lo enferma que estés —le advirtió Luana con mirada asesina—. Si vuelves a poner en peligro a Sally, te la cargas. No le dejes notas, no le digas quién te ha secuestrado, no le lloriquees que necesitas medicinas o que alguien te ha pellizcado el culo en la fila del comedor. Si tienes un problema, vienes a mí. No sé qué coño has hecho para que te mandaran aquí ni quiero saberlo. Pero te diré una cosa, no te enviaron aquí por lista, y si no te espabilas pronto, te liquidarán, así de sencillo. Así que ya puedes ir despertando, y deprisa. ¿Me has oído? Mientras tanto harás todo lo que a Sally le salga del coño. Si te dice que lamas el suelo o que le limpies la letrina con las cejas, lo harás. ¿Me has entendido?

—Sí... y gracias... —Grace sabía que estaba a salvo con ellas; Sally ya se lo había demostrado. No querían nada de ella, ni sexo ni dinero, sencillamente le tenían lástima.

A partir de aquel día las cosas cambiaron. Las demás reclusas la dejaron en paz y la trataron con respeto. Nadie la molestó, ni le silbaron ni se burlaron más de ella. Era como si no existiese. Así transcurrieron los días, en una especie de embrujo, como si caminara por la jungla entre leones, serpientes y cocodrilos sin ser tocada.

Se hizo más religiosa y su asma mejoró considerablemente. Inició por fin un curso por correspondencia de una universidad local, que podría completar en dos años una vez fuera de la cárcel. También recibía clases de secretariado que la ayudarían a encontrar trabajo en Chicago cuando saliera.

David notó el cambio al cabo de un tiempo. Durante una de sus visitas, percibió en ella una tranquila confianza y una extraña paz, que le permitió aceptar con serenidad la noticia de que habían perdido la apelación y, por tanto, tendría que cumplir el año de condena que le faltaba. David estaba furioso por haber perdido de nuevo, pero ella se lo tomó con calma y tuvo que consolarle y asegurarle que no había sido culpa suya. Sólo tenía que sobrevivir un año más. David se conmovió profundamente al escucharla, pero también le apenó. Sus visitas se habían espaciado porque verla le recordaba su fracaso. Seguía obsesionado con ella. Era hermosa, joven y pura, pero había tenido mala suerte en su corta vida. Sin embargo, a pesar de lo que sentía por ella, no había conseguido mejorar su suerte, lo que le hacía sentirse impotente, inútil y furioso consigo mismo. Algunas veces se preguntaba si todo habría sido diferente de haber ganado la apelación. Tal vez entonces hubiera tenido el valor de decirle que la amaba. No la ganó, nada dijo, y Grace nunca sospechó que tuviera tales sentimientos hacia ella.

Molly se había dado cuenta desde hacía tiempo, pero nunca lo comentó. Sin embargo, la joven abogada con la que salía David sí lo comentó. Se había percatado de la obsesión de David por Grace y en más de una ocasión le señaló que hablaba de ella constantemente y que aquello no era normal. Le dijo también que tenía «complejo de héroe». En definitiva, las visitas de David se hicieron más escasas. No tenía más motivo que el de la amistad, y su novia no dejaba de decirle que debía olvidarla.

Grace le echaba de menos, pero había notado que David se sentía culpable y se preguntaba, además, si su novia estaría celosa.

Molly seguía visitándola, no tanto como hubiera querido a causa de su ajetreada vida, pero Grace siempre se alegraba de verla. Por lo demás, Grace se sentía a gusto con sus otras dos amigas, Luana y Sally, con quienes pasó su segunda Navidad en Dwight, compartiendo las galletas y chocolatinas que Molly le había enviado.

–¿Has estado en Francia alguna vez? –le preguntó Luana.

Grace meneó la cabeza con una sonrisa. A veces le hacían preguntas extrañas, como si fuera de otro planeta, y en ciertos aspectos lo era. Luana procedía de los guetos de Detroit y Sally era de Arkansas, por lo que Luana solía burlarse y llamarla «granjera».

–No, nunca he estado en Francia. –Formaban un extraño trío, pero en cierto sentido Luana y Sally eran los padres que nunca había tenido. La protegían, la reñían y le enseñaban a sobrevivir en la cárcel. A su modo peculiar, la querían. Para ellas no era más que una niña a la que le quedaba toda la vida por delante, y se sentían orgullosas cuando sacaba buenas notas. Luana no se cansaba de repetirle que algún día sería una mujer importante.

–No lo creo –decía Grace, echándose a reír.

–¿Qué vas a hacer cuando salgas de este agujero? –le preguntaba Luana, y Grace siempre contestaba lo mismo:

–Iré a Chicago y buscaré trabajo.

–¿De qué? –A Luana le encantaba oírselo contar; ella estaba condenada a cadena perpetua y a Sally le quedaban tres años–. Deberías ser una modelo como las que salen en la tele. O a lo mejor una azafata de concursos.

Grace se reía de aquellas ideas. Le interesaba la psicología y a veces pensaba que podría ayudar a chicas que hubieran pasado por lo mismo que ella o a mujeres como su madre, pero era difícil saber qué pasaría cuando aún le quedaba un año de sentencia por cumplir.

Justo después de Año Nuevo, David Glass fue a verla. Hacía tres meses que no iba y se disculpó por no haberle enviado nada por Navidad. Se le notaba incómodo y Grace se preguntó si ocurría algo malo con respecto a la fecha en que debía salir de prisión. Sin embargo, cuando lo preguntó, David se apresuró a tranquilizarla.

–Eso no va a cambiar, a menos que inicies un motín o golpees a un guardia. No, no es nada de eso. –David vaciló. Su mente empezó a fantasear de nuevo, pero luego, al mirarla, comprendió que su novia estaba en lo cierto. Su obsesión por Grace era una locura. No era más que una niña, había sido su cliente y estaba en la cárcel–. Voy a casarme –dijo al fin, casi como si le debiera una explicación, y luego se sintió estúpido por unos sentimientos que ni siquiera había expresado.

Grace se alegró por él. Había sospechado ya, por pequeños detalles de sus conversaciones anteriores, que aquella relación iba en serio.

–¿Cuándo?

–En junio. –Pero había más, y Grace lo supo al mirarle a los ojos–. Su padre nos ha pedido que nos unamos a su bufete en California. Me voy el mes que viene. Quiero instalarme en Los Ángeles. Tengo que pasar el examen para entrar en el Colegio de Abogados de California, queremos comprar una casa y hemos de hacer muchas cosas antes de casarnos.

–Oh... –exclamó Grace débilmente al darse cuenta de que seguramente no volvería a verlo, al menos en mucho tiempo. Ni siquiera después de los dos años de libertad condicional, se imaginaba viajando a California–. Supongo que allí te irá muy bien. –De repente la expresión de Grace se volvió melancólica al pensar que iba a perder un buen amigo.

David la miró y le cogió la mano.

–Siempre estaré a tu disposición si me necesitas, Grace. Te daré mi número antes de irme. Todo irá bien.

Grace asintió, pero se quedaron callados, cogidos de la mano, pensando en el pasado de ella y el futuro de él, y durante esos instantes la chica de California le pareció menos importante a David.

–Te echaré de menos –dijo ella con tanta sinceridad que a David le dio un vuelco el corazón. Hubiera deseado decirle que siempre la recordaría así, joven y hermosa, con sus grandes ojos y su cutis perfecto.

–Yo también te echaré de menos. No sé cómo me irá en California. Tracy cree que me encantará.

–Debe de ser una chica estupenda para haber conseguido que te mudaras.

David rió, pensando que abandonar Illinois no era nada, pero dejar a Grace sí.

–Llámame a Los Ángeles si necesitas algo. De todas formas, Molly seguirá viniendo a verte. –Había hablado con ella esa misma mañana.

–Lo sé. Está pensando en casarse pronto.

También a él se lo había dicho. Todos tenían que continuar con sus respectivas vidas, sus trabajos y parejas. Para Grace, salir de la cárcel sería un nuevo principio.

Aquella tarde, la visita de David duró más de lo acostumbrado. Prometió visitarla antes de irse a California, pero, cuando se despidió, Grace supo que no volvería a verlo.

Recibió noticias suyas un par de veces antes de que se fuera, y luego una carta desde Los Ángeles llena de prolijas excusas. Sin embargo, ambos sabían que no había tenido valor para despedirse, sencillamente hubiera sido demasiado doloroso. Su prometida, además, lo había querido así, aunque esto Grace no lo sabía. Ella le escribió varias cartas, pero pronto dejó de hacerlo, al comprender que su relación con David Glass pertenecía ya al pasado.

Comentó con Molly lo triste que se sentía al pensar en él. Tenía muy pocos amigos y perder a uno le resultaba muy penoso.

–Algunas veces es preciso dejar que las personas sigan su camino –le dijo Molly–. Sé que él te apreciaba mucho, Grace, y creo que se sentía culpable por no haber conseguido ganar el caso ni la apelación.

–Hizo un buen trabajo –replicó Grace lealmente. Al contrario que la mayoría de reclusas de Dwight, no culpaba a su abogado de su situación–. Pero le echaré de menos. ¿Has visto alguna vez a su novia?

–Una o dos veces. –Molly sonrió. Sabía que Grace seguía sin ser consciente de los sentimientos que había despertado en David después del juicio. Su prometida había sido inteligente; los había notado, y Molly no creía que fuera una casualidad que quisiera irse a vivir a California–. Es una mujer joven y brillante –contestó la psiquiatra, con diplomacia. No quería decirle a Grace que en realidad no le había gustado, aunque seguramente sería buena para él; además de inteligente, era dura y ambiciosa, y la gente que la conocía afirmaba que era una abogada muy buena.

–¿Y tú? ¿Cuándo os casáis Richard y tú? –bromeó Grace.

–Pronto –contestó Molly.

En abril decidieron la fecha de la boda, que se celebraría el 1 de julio. Querían pasar la luna de miel en Hawai; habían necesitado seis meses para coordinar sus vacaciones. Dos meses después, Grace quedaría libre.

Molly fue a visitar a Grace la víspera de su boda y le hizo prometer que pasaría unos días en su casa antes de marcharse a Chicago. Acordaron pasar juntos el día de Acción de Gracias y quizá incluso la Navidad. El día de la boda, Grace permaneció la mayor parte del día en la celda pensando en ellos y deseándoles lo mejor. Conocía todos los detalles. Había visto una foto del vestido y sabía quiénes eran los invitados. Incluso sabía que saldrían de Chicago a las cuatro en dirección a Honolulu para llegar a las diez, hora local, y alojarse en el Outrigger Waikiki. Grace se sentía como si hubiera asistido a la boda en persona cuando se sentó a ver las noticias con sus compañeras a las nueve de la noche.

Hablaba con Luana cuando vio algo sobre un accidente de avión con el rabillo del ojo. Hablaban de un avión de la TWA que había estallado una hora antes sobre las montañas Rocosas. Aún no se conocían los detalles, pero la compañía temía que se tratara de una bomba y no había supervivientes.

–¿Dónde ha sido eso? –preguntó Grace, volviéndose hacia la mujer de al lado.

–Sobre Denver, creo. Unos terroristas han puesto una bomba. Era un vuelo de Chicago a Honolulú vía San Francisco.

A Grace se le puso carne de gallina... pero no podía ser. Las cosas no funcionaban así... Después de tantos años, en su luna de miel, su única amiga, la única en quien podía confiar al salir de prisión... Con el semblante pálido, Grace empezó a respirar entrecortadamente y sacó el inhalador. Sally lo vio y comprendió sus temores.

–Seguramente no eran ellos. Hay docenas de vuelos a Honolulú. –Sally sabía lo de la luna de miel porque Grace la había agobiado durante semanas hablándole de la boda, y quiso tranquilizarla.

Sin embargo, una semana después, tras varias noches sin dormir y días interminables, llegó la confirmación. Grace había escrito al hospital preguntando por Molly, y recibió una triste carta explicándole que todo el hospital estaba de luto por la muerte de la doctora York y el doctor Haverson.

Grace se acostó, y tres días más tarde aún no se había levantado. Sally la encubrió lo mejor que pudo, igual que Luana. Ambas afirmaron que había vuelto a tener un ataque de asma y que ni siquiera el inhalador y las pastillas la aliviaban, pero cuando la enfermera fue a verla a la celda, comprobó que no era el asma lo que le afectaba. Grace no respondió a sus preguntas; permanecía tumbada, mirando fijamente la pared y negándose a levantar.

La enfermera le dijo que tenía que volver al trabajo al día siguiente y dejarse de tonterías. Al día siguiente, Grace no se levantó a pesar de todos los ruegos y amenazas de Sally y Luana. Deseaba morir y reunirse con Molly.

Ese día la metieron en el agujero, desnuda, sin luz y con una sola comida al día. Cuando salió, estaba delgada como un palo y muy pálida, pero Sally vio en sus ojos que, aun profundamente herida, había vuelto a la vida.

Desde entonces no volvió a mencionar a Molly ni a nadie del pasado. Sólo le interesaba el presente y, de vez en cuando, hablaba de su viaje a Chicago.

El día llegó finalmente, y Grace no estaba segura de hallarse preparada. No tenía planes definidos, ni ropa ni amigos. Tenía el diploma obtenido por correspondencia y en la prisión se había vuelto más precavida, más fuerte y paciente. También su aspecto físico había mejorado. Luana le hacía levantar pequeñas pesas y correr para tonificar sus músculos. Cuando salió en libertad, vestía una camisa blanca y unos tejanos, y estaba muy hermosa con sus cabellos caoba recogidos en una coleta. Parecía una estudiante de veinte años, pero llevaba tras de sí todo un bagaje de experiencias y a un puñado de personas en el corazón, a las que nunca olvidaría.

–Cuidaos –dijo a Sally y Luana al marcharse.

Las abrazó a las dos con fuerza, y Luana le dio un beso en la mejilla como si fuera una niña a la que mandaban a jugar.

–Ten cuidado, Grace. Sé lista. Fíjate bien en todo, confía en tu instinto... ve a algún lugar, sé alguien. Puedes hacerlo.

–Os quiero –le susurró Grace–. Os quiero mucho a las dos. No hubiera conseguido sobrevivir sin vosotras.

Dio un beso en la mejilla a Sally, que, turbada, le advirtió:

–No se te ocurra hacer ninguna estupidez.

–Os escribiré –prometió Grace, pero Sally meneó la cabeza. Tenía más experiencia y sabía que, una vez fuera de la cárcel, la amistad se esfumaba hasta la siguiente ocasión.

–No lo hagas –le dijo Luana con brusquedad–. No queremos saber nada de ti. Y será mejor para ti que nos olvides. Y olvida todo esto. Sal ahí fuera y no mires jamás atrás.

–Sois mis amigas –replicó Grace con lágrimas en los ojos, pero Luana meneó la cabeza.

–No, no lo somos. Somos fantasmas. No somos más que recuerdos. Piensa en nosotras de vez en cuando y alégrate de no estar aquí. ¡Y no vuelvas nunca!, ¿me oyes? –le advirtió, agitando el índice.

Grace rió entre las lágrimas. Luana le daba un buen consejo, pero no podía irse tal cual y olvidarlas. ¿O acaso era eso precisamente lo que debía hacer? Deseó haber podido preguntárselo a Molly.

–¡Y ahora, piérdete! –dijo Luana, dándole un leve empujón para que se fuera. Minutos después Grace traspasaba la verja de entrada en una furgoneta de camino a la terminal de autobuses de la ciudad. Luana y Sally agitaban la mano junto a la cerca y Grace se volvió y agitó la suya hasta que desaparecieron de su vista.

6

El viaje en autobús desde Dwight hasta Chicago duró dos horas. Le habían entregado cien dólares en efectivo al abandonar la prisión, y David había abierto una pequeña cuenta corriente para ella antes de marcharse a California. Tenía cinco mil dólares en ella; el resto se hallaba en una cuenta de ahorro que Grace había jurado no tocar.

Al comunicar obligatoriamente a las autoridades adónde se dirigía, le habían dado el nombre, dirección y teléfono de un agente de vigilancia en Chicago al que tenía que presentarse en un plazo de dos días, un tal Louis Márquez. Una de las chicas de Dwight le había indicado dónde encontrar hoteles baratos.

La terminal de autobuses de Chicago estaba en Randolph con Dearborn. Los hoteles de los que le habían hablado se encontraban a unas cuantas manzanas, pero el barrio no le gustó nada cuando vio el tipo de gente que se paseaba por la calle. Por la puerta del hotel que escogió rondaban las prostitutas y sobre el mostrador de recepción vio dos cucarachas cuando tocó la campanilla.

–¿Día, noche u hora? –preguntó el recepcionista, ahuyentando a las cucarachas.

Ni siquiera Dwight era tan malo; estaba mucho más limpio.

–¿Tiene precios por semana?

–Claro. Sesenta y cinco pavos por semana –dijo él sin pestañear.

A Grace le pareció caro, pero no sabía adónde ir, así que tomó una habitación individual con baño en el cuarto piso por siete días y luego salió en busca de un restaurante para comer algo. Dos vagabundos se acercaron para pedirle limosna y la prostituta de la esquina la miró de arriba a abajo, preguntándose qué hacía una mocosa como ella en aquel barrio. Poco imaginaban que esa «mocosa» acababa de salir de Dwight. A pesar de aquel sórdido ambiente, Grace era feliz de volver a ser libre, de caminar por la calle, ver el cielo, entrar en un restaurante o una tienda, comprar el periódico y una revista y coger el autobús. Incluso dio una vuelta por Chicago y le asombró lo bonita que era la ciudad. Al final, sintiéndose derrochadora, volvió en taxi al hotel.

Las prostitutas seguían por allí, y también sus clientes, pero ella no les prestó atención. Recogió la llave y se encerró en su habitación para leer los periódicos que había comprado y buscar agencias de colocación. Al día siguiente, periódico en mano, salió a la calle e inició la búsqueda de empleo.

Visitó tres agencias. A las preguntas, contestó que era de Watseka, que tenía un diploma de la universidad y que había hecho unos cursillos de mecanografía y taquigrafía. Admitió que carecía de experiencia laboral y, por tanto, también de referencias, y ellos le dijeron que en ese caso no podían proporcionarle trabajo de secretaria. Tal vez consiguiera algo como recepcionista, camarera o dependienta.

–¿Ha pensado en trabajar como modelo? –le preguntaron en la segunda agencia, y sólo por ser amable la mujer le apuntó el nombre de dos agencias–. Éstas son agencias de modelos. Quizá debería probar. Tiene el tipo que buscan. –Sonrió y prometió llamarla al hotel si surgía algún empleo para el que no exigieran experiencia, pero no le dio muchas esperanzas.

Después Grace fue a ver a su agente de vigilancia. Su encuentro fue como volver a Dwight o incluso peor, con el agravante de no tener a nadie que la protegiera.

Louis Márquez era un hombre bajo y grasiento con ojillos brillantes, calva incipiente y bigote. Cuando vio entrar a Grace, dejó lo que estaba haciendo y la miró asombrado. La mayoría de las veces tenía que vérselas con drogadictos, prostitutas y algún que otro camello. Rara vez le tocaba en suerte alguien tan joven y más aún alguien que, con los cargos que tenía Grace, tuviera su aspecto.

Grace se había comprado un par de faldas y un vestido azul marino para buscar empleo, además de un traje negro con cuello de raso rosa.

En ese momento llevaba el vestido azul marino; había pasado el día buscando empleo y tenía los pies doloridos por los tacones.

–¿En qué puedo ayudarla? –preguntó él, perplejo pero con interés. Creía que Grace se había equivocado de oficina.

–¿El señor Márquez?

–Sí. –Miró a Grace ávidamente, sin creerse su buena suerte, y se le agrandaron los ojos cuando ella metió la mano en el bolso y sacó los documentos de la libertad condicional. Les echó un breve vistazo y volvió a mirarla con incredulidad–. ¿Has estado en Dwight? –Ella asintió–. Es un lugar muy duro. ¿Cómo te las has apañado estos dos años?

–Con tranquilidad. –Grace sonrió. Parecía muy prudente para su edad, y más mayor con aquel vestido. Pero Márquez se sorprendió aún más cuando leyó las notas sobre la condena.

–Homicidio voluntario, ¿eh? ¿Te peleaste con tu novio?

A Grace no le gustó aquella pregunta, pero respondió con frialdad.

–No. Maté a mi padre.

–Entiendo. –Márquez disfrutaba–. Es mejor no meterse contigo. –Grace no replicó, mientras él la observaba con sus ojillos brillantes. Se preguntó hasta dónde podría llegar con ella–. ¿Tienes novio?

Grace no supo qué decir, ni de por qué se lo preguntaba.

–Tengo amigos. –Pensaba en Sally y Luana, sus únicas amigas en el mundo, y también en David, aunque estuviera lejos. No quería que Márquez creyera que no tenía a nadie.

–¿Tienes familia aquí?

–No.

–¿Dónde vives? –Tenía derecho a hacer esas preguntas, y ella lo sabía. Grace le dio el nombre del hotel y Márquez lo anotó–. No es un barrio para una chica como tú. Está lleno de putas. ¿No lo has notado? –Con un brillo malvado en los ojos, añadió–: Si te arrestan, pasarás dos años más en Dwight. Yo de ti me olvidaría de ideas extrañas para ganar dinero. –Grace sintió deseos de abofetearlo, pero la prisión le había enseñado a no reaccionar y a ser paciente–. ¿Estás buscando trabajo?

–He ido a tres agencias y también busco en los periódicos. Tengo algunas ideas más. Mañana continuaré, pero primero he venido aquí. –No quería que se le pasara el día fijado para evitar problemas.

–Podría darte trabajo aquí –sugirió él. Le encantaría tener a alguien como ella en su oficina. Grace le tendría miedo y haría cuanto él quisiera. Al pensar en ello, la idea le excitó, pero Grace no iba a caer en una trampa tan zafia.

–Gracias, señor Márquez –replicó–. Si mis esfuerzos no fructifican le llamaré.

–Si no encuentras trabajo puedo mandarte de vuelta a Dwight –le dijo él con tono desagradable, y ella se contuvo–. Puedo informar que has violado la libertad condicional cuando quiera, no lo olvides. Por no encontrar trabajo, por no poder ganarte la vida, por meterte en líos, por no cumplir las normas. Hay muchos motivos por los que podría enviarte de vuelta a la trena.

Siempre había alguien que la amenazaba, que la chantajeaba. Grace lo miró sintiéndose desdichada y pensando que Márquez era un cerdo. Él abrió un cajón y sacó un frasco de plástico con tapa.

–Dame una muestra. Hay un lavabo de mujeres al otro lado del pasillo, frente a mi oficina.

–¿Ahora?

–Claro. ¿Por qué no? ¿Te has estado drogando? –Su expresión era malévola.

–No –respondió ella airadamente–. Pero ¿para qué la muestra? Nunca he tenido problemas de drogas.

–Has tenido problemas con un asesinato. Has estado en el agujero. Y estás en libertad condicional. Tengo derecho a pedirte lo que crea necesario. Exijo un análisis de orina. ¿Estás de acuerdo, o vas a negarte? Podría mandarte otra vez al talego, ¿sabes?

–De acuerdo. –Grace se levantó con el frasco en la mano y se dirigió a la puerta.

–Normalmente mi secretaria tendría que vigilarte, pero hoy se ha ido pronto. La próxima vez haré que te acompañe. Pero por esta vez haré la vista gorda.

–Gracias. –Lo miró con furia apenas disimulada, pero aquel tipo tenía la sartén por el mango y ella tenía que protegerse de una rata como Louis Márquez.

Grace volvió cinco minutos después con el frasco lleno y lo depositó sobre la mesa de Márquez con la tapa mal cerrada. Esperaba que su contenido se derramase sobre los papeles.

–Vuelve dentro de una semana –dijo él, observándola de nuevo con interés–. E infórmame si te mudas o encuentras trabajo. No salgas del estado y no vayas a ninguna parte sin decírmelo.

–Bien. –Grace se levantó para marcharse y Márquez contempló con lascivia su estilizada figura.

Cuando se fue, Márquez se levantó y tiró la orina en su lavabo. No estaba interesado en la prueba de drogas, sólo quería humillarla y que comprendiera que estaba en sus manos.

Grace estaba fuera de sí cuando cogió el autobús de vuelta al hotel. Louis Márquez representaba todo contra lo que había tenido que luchar, y no pensaba rendirse ahora. Antes muerta que dejar que la enviara de nuevo a la cárcel.

Esa noche buscó todas las agencias de modelos de la ciudad en el listín telefónico. Le había gustado la sugerencia, pero no para hacer de modelo, sino para las oficinas. Anotó una larga lista.

Al día siguiente se levantó a las siete, y aún estaba en camisón cepillándose los dientes cuando oyó que llamaban a la puerta. Pensando que debía de ser una prostituta o un cliente, o tal vez alguien que se había equivocado de habitación, se puso una toalla alrededor del camisón y abrió la puerta con el cepillo de dientes aún en la mano y el pelo suelto. Era Louis Márquez.

–¿Sí? –Por un instante no lo reconoció.

–He venido a ver dónde vives. Es mi obligación como agente de vigilancia.

–Ya. Veo que madruga –dijo Grace con expresión furiosa. ¿A quién creía engañar? Le recordó a su padre y la idea le hizo temblar.

–No te importa, ¿verdad? –preguntó él con tono meloso–. Quería asegurarme de que realmente vivías aquí.

–Pues sí me importa –replicó ella con frialdad, manteniendo la puerta abierta. No pensaba invitarle a entrar ni cerrar la puerta con él dentro–. ¿Qué busca? –Lo miró sin parpadear.

–¿Qué quieres decir?

–Lo sabe perfectamente. ¿A qué ha venido? ¿A ver dónde vivo? Muy bien. Ya lo ha visto. ¿Y ahora qué? No tengo intención de servirle el desayuno.

–No te pases de lista conmigo, pequeña zorra. Puedo hacer lo que quiera contigo. No lo olvides.

Grace perdió los estribos y repuso con expresión airada:

–Al último hombre que me dijo eso e intentó llevarlo a la práctica le pegué un tiro. No lo olvide, señor Márquez. ¿Está claro?

Márquez enrojeció, pero sabía que se había quedado fuera de juego. Se había presentado en el hotel de Grace para comprobar hasta dónde podía llegar con ella, pero Grace había aprendido la lección de Luana.

–Será mejor que cuides tu lengua –replicó con tono malévolo, vacilando en el umbral de la puerta–. No voy a tolerar amenazas de una degenerada que mató a su padre. A lo mejor te crees muy dura, pero verás lo que es bueno si te mando a Dwight otros dos años, y no creas que no lo haría.

–Pues necesitará un motivo, Márquez, aparte de presentarse en mi hotel a las siete de la mañana. –Ambos sabían que Márquez se había tirado un farol y que ella no se lo había tragado. Pero Márquez estaba dispuesto a aplastarla al menor síntoma de debilidad–. ¿Puedo hacer algo más por usted? ¿Quiere que mee en un frasco? Estaré encantada. –Grace lo miró inquisitivamente.

Sin decir una sola palabra, Márquez dio media vuelta y se marchó. Aún no había terminado. Iba a tener que soportarlo durante dos años, tiempo más que suficiente para atormentarla.

Grace se puso el traje negro con cuello rosa y se peinó y maquilló con esmero, buscando un aspecto adecuado para una agencia de modelos. Quería parecer fría y segura de sí misma, pero no tan llamativa como para competir con las modelos.

Las dos primeras agencias en las que probó le dijeron que no tenían vacantes y apenas se fijaron en ella. La tercera fue Swanson's, en Lake Shore Drive. Su sala de espera estaba amueblada con lujo y llena de grandes fotografías de sus modelos, las mejores de la ciudad. Cuando la hicieron pasar al despacho de Cheryl Swanson, Grace estaba bastante nerviosa. Cheryl Swanson recibía a los empleados potenciales personalmente, al igual que su marido Bob. Observando la decoración y el estilo del despacho mientras aguardaba, Grace se alegró de haberse puesto el traje de Chanel.

Instantes después entraba con paso decidido una mujer alta y de pelo oscuro, que llevaba recogido en un moño. Con sus gafas y un elegante vestido negro tenía un aspecto muy llamativo, aun no siendo guapa.

–¿La señorita Adams? –Sonrió y rápidamente calibró a Grace como una joven asustada, pero brillante y atractiva–. Soy Cheryl Swanson.

–Gracias por recibirme. –Grace estrechó la mano de Cheryl y volvió a sentarse. Notaba la familiar opresión en el pecho y rezó para no tener un ataque de asma en ese momento.

Era terrible tener que caminar por las frías calles, pidiendo entrevistas e intentando convencer a extraños de que la contratasen, sabiendo que si no conseguía un empleo, tendría verdaderos problemas con su agente de vigilancia.

–Por lo que veo está interesada en trabajar como recepcionista –dijo Cheryl, leyendo la nota que le había pasado su secretaria–. Ese trabajo es muy importante aquí. La recepcionista es la primera cara que ven los clientes, la primera voz que oyen, su primer contacto con Swanson's. Es importante que represente lo que somos y lo que hacemos. ¿Conoce nuestra agencia? –preguntó, quitándose las gafas y observando a Grace con mayor atención. Vio su piel perfecta, sus hermosos ojos y su bonito cabello y se preguntó si lo que pretendía era empezar desde abajo para llegar a ser modelo, cosa que en realidad podía no ser necesaria–. ¿Está interesada en trabajar como modelo, señorita Adams?

Grace negó con la cabeza. Era lo último que deseaba, tipos manoseándola, considerándola una mujer fácil, o fotógrafos acosándola en traje de baño, o menos ropa aún.

–No, en absoluto. Quiero trabajar en la oficina.

–Quizá debería pensar en algo más. –Volvió a mirar la nota–. Grace... quizá debería pensar en trabajar como modelo. Levántese.

Ella obedeció con reticencia y a Cheryl le encantó comprobar que tenía estatura más que suficiente, pero Grace parecía incómoda.

–No quiero ser modelo, señora Swanson. Sólo quiero contestar al teléfono, o mecanografiar, o hacer recados, cualquier cosa menos hacer de modelo.

–¿Por qué? Las chicas se mueren de ganas de ser modelos.

–No es lo que yo quiero. Quiero algo más... más... –vaciló, buscando la palabra adecuada hasta encontrarla– sólido.

–Bueno –dijo Cheryl con pesar–, lo cierto es que tenemos una vacante, pero creo que es una verdadera lástima. ¿Qué edad tiene, por cierto?

Por un momento, Grace pensó en mentirle, pero decidió que era mejor no hacerlo.

–Veinte. Tengo un diploma universitario y mecanografía. Lo haré bien y trabajaré mucho, se lo prometo.

Cheryl no pudo evitar sonreírse. Le parecía una pena que no hiciera de modelo, pero, por otro lado, sin duda daba la imagen de lo que Swanson podía ofrecer.

–¿Cuándo puede empezar? –Cheryl la miró con una sonrisa maternal. Grace le caía bien.

–Hoy. Ahora. Cuando usted quiera. Hace poco que he llegado a Chicago.

–¿De dónde? –preguntó ella.

Grace no quiso mencionar Watseka por si acaso había oído hablar de la muerte de su padre, ni tampoco Dwight, por si sabía que allí había una prisión.

–De Taylorville –contestó. Se trataba de una ciudad pequeña a trescientos kilómetros de Chicago.

–¿Viven allí sus padres?

–Mis padres murieron cuando yo asistía al instituto. –Se parecía a la verdad y era una respuesta lo bastante vaga para no comprometerla.

–¿Tiene algún familiar en Chicago? –preguntó Cheryl.

–Pues no.

–Normalmente le pediría referencias, pero sin experiencia previa no tiene mucho sentido, ¿verdad? Todo lo que conseguiría sería una amable carta de su profesor de gimnasia del instituto y me fío más de mi instinto. Bienvenida a la familia, Grace.

Su nueva jefa se levantó y le palmeó el brazo.

—Espero que sea feliz aquí durante mucho tiempo, al menos hasta que se decida a trabajar como modelo –dijo, y rió.

Salieron del despacho y Cheryl la presentó a todos. Eran seis agentes, tres secretarias, dos contables y un par de personas que Grace no supo muy bien a qué se dedicaban. Fueron luego a un suntuoso despacho decorado en piel y ante gris que había al final del pasillo, y le presentó a su marido. Parecía mediar la cuarentena, igual que su mujer. Cheryl le había dicho ya que llevaban veinte años casados y no tenían hijos. «Las modelos son nuestras niñas», dijo.

Bob Swanson observó a Grace desde detrás de su mesa con una cálida sonrisa que la hizo sentir realmente parte de la familia, luego se levantó y le estrechó la mano. Medía alrededor del metro ochenta, su cabello era negro y los ojos azules; parecía una estrella de cine. De hecho había sido actor en Hollywood de niño y modelo, igual que Cheryl, en Nueva York.

—¿Has dicho recepcionista –preguntó a su mujer–, o nueva modelo?

—Eso mismo le he sugerido yo. –Cheryl sonrió a su marido. Era evidente que se querían y que trabajaban bien juntos–. Pero se obstina en que quiere un trabajo de oficina.

—¿Cómo es tan lista? –Rió al mirar a Grace–. A nosotros nos llevó años descubrirlo. Lo aprendimos del modo más duro.

—Sencillamente sé que nunca lo haría bien. Soy feliz en un segundo plano, haciendo que las cosas funcionen. –De ese modo había llevado la casa durante la enfermedad de su madre y el almacén de suministros de Dwight. Tenía talento como organizadora y estaba dispuesta a trabajar las horas necesarias.

—Bueno, pues bienvenida a bordo, Grace. A trabajar. –Volvió a sentarse y se despidió con la mano cuando las dos mujeres salieron. Se quedó contemplándolas mientras se alejaban por el pasillo. Había algo interesante en aquella chica, pero aún no sabía qué era. Bob Swanson se enorgullecía de tener un sexto sentido para la gente.

Cheryl pidió a dos secretarias que se ocuparan de Grace, que le enseñaran cómo funcionaba la centralita y la oficina en general. Al mediodía, Grace tenía la impresión de que había estado allí toda su vida.

La agencia se había quedado sin recepcionista la semana anterior y se las habían arreglado con empleadas temporales. Era un alivio contar con una persona eficiente que recogía las llamadas, concertaba citas y registraba las contrataciones. Las tareas no eran sencillas y en ocasiones requerían juegos malabares, pero después de una semana Grace estaba convencida de haber encontrado el trabajo perfecto.

Cuando Grace informó a Louis Márquez, éste no halló nada que objetar. Grace tenía un buen empleo, con un salario decente, llevaba una vida respetable y pensaba mudarse en cuanto encontrara un apartamento pequeño. Le hubiera gustado vivir más cerca del trabajo, pero los apartamentos en la zona de Lake Shore Drive tenían precios exorbitantes.

Una tarde se hallaba examinando el periódico en busca de anuncios, cuando cuatro modelos de la agencia llegaron a la oficina para informarse sobre un pase. Grace se sintió abrumada por su belleza y su aspecto. Tenían un pelo precioso, las uñas perfectas, su maquillaje parecía realizado por profesionales y sus ropas la ponían verde de envidia. Aun así, seguía sin desear su trabajo. No quería atraer la atención sobre sí, ni explotar su atractivo. Sabía que emocionalmente no estaba preparada. Su supervivencia había dependido hasta entonces de su capacidad para pasar desapercibida. Sin embargo, las modelos la incluían siempre en sus conversaciones. Precisamente en aquel momento hablaban de alquilar una casa en la ciudad. A Grace le pareció fabuloso, pero fuera de su alcance, puesto que se hablaba de unos mil dólares al mes. El problema era que tenía cinco dormitorios y ellas sólo necesitaban cuatro, menos quizá, ya que una de ellas pensaba casarse.

–Necesitamos a alguien más –dijo una chica llamada Divina, una brasileña de belleza espectacular–. ¿Te interesa? –preguntó a Grace.

–La verdad es que estoy buscando apartamento –respondió ella con sinceridad–, pero no creo que pueda permitirme el alquiler que vosotras pensáis pagar –añadió.

–Si lo dividimos entre cinco sólo serán doscientos dólares por cabeza –dijo Brigitte, una modelo alemana de veintidós años–. ¿Podrías pagarlo, Grace?

A Grace le encantaba su acento.

–Sí, si dejo de comer. –Doscientos dólares eran la mitad de su salario mensual, lo que no le dejaba mucho margen, y detestaba recurrir a sus ahorros. Por otro lado, tal vez merecía la pena por vivir en un buen barrio con gente decente.

Una de las dos modelos americanas se echó a reír y consultó su reloj.

–Fantástico. Tienes hasta las cuatro para decidirte. Hemos de volver a ver la casa y dar una respuesta a las cuatro y media. ¿Quieres venir?

–Me encantaría, si puedo salir a esa hora. Tengo que pedírselo a Cheryl.

No tuvo problemas. Cheryl se había horrorizado al enterarse de que Grace vivía en un sórdido hotel mientras buscaba apartamento, e incluso le había ofrecido alojamiento en su casa, en Lake Shore Drive, pero Grace no había aceptado.

–¡Gracias a Dios! –exclamó Cheryl, y prácticamente empujó a Grace para que se fuera con las otras.

Las modelos eran buenas personas y quizá, si Grace vivía con ellas, se decidiría a convertirse en modelo. Cheryl no se había rendido aún, pese a que consideraba a Grace un regalo del cielo por su sentido de la organización.

La casa resultó espectacular. Tenía cinco dormitorios grandes, tres cuartos de baño, una cocina bastante amplia, un pequeño jardín y una sala con vistas al lago. Firmaron el contrato de alquiler esa misma tarde. Grace permaneció largo rato mirándolo todo, incapaz de creer que aquél fuera su nuevo hogar. Disponían de un sofá, varias sillas y mesa para el comedor, y las otras chicas afirmaron que tenían mobiliario suficiente para llenar el resto. Todo lo que Grace tenía que hacer era comprarse los muebles de su propio dormitorio. Le parecía increíble. Tenía un empleo, una casa y amigos. Sus ojos se anegaron en lágrimas mientras contemplaba el lago, así que salió, fingiendo que iba a recorrer el jardín para que las otras no la vieran.

Marjorie, una de las modelos, la siguió. Había visto la emoción en su rostro y estaba preocupada. Las otras bromeaban diciendo que parecía una gallina clueca.

–¿Estás bien? –preguntó. Grace se volvió para mirarla con un suspiro y una sonrisa entre las lágrimas.

–Sí... es que esto es... como un sueño... es todo lo que quería, y más aún... –Lo único que faltaba para completar su felicidad era que Molly hubiera estado allí para verlo. Ella y David tenían razón, había una vida después de Dwight.

Apenas unos días antes había enviado unas postales a Luana y Sally para decirles que estaba bien y que Chicago era fantástico. Sospechaba que no le contestarían, pero quería hacerles saber que había llegado a buen puerto y que no las olvidaba.

–Parecías muy alterada ahí dentro –insistió Marjorie.

–Es que me siento muy feliz –dijo Grace, sonriendo. Lo único que no deseaba era que se conociera su pasado.

–Para mí también es como un sueño –confesó Marjorie–. Mis padres eran tan pobres que tenía que compartir mis únicos zapatos decentes con dos de mis hermanas, y ellas calzaban dos números menos, así que mi madre siempre los compraba de su número. Nunca había vivido en un lugar como éste, y ahora puedo permitírmelo gracias a los Swanson. –Sabía, no obstante, que también se lo debía a su figura. Tenía el propósito de marcharse a Nueva York cuando acabara su contrato, o incluso a París–. ¿No es gracioso?

–Es fantástico.

Siguieron charlando durante un rato. Luego Grace se marchó a su hotel e hizo la maleta. No le importaba dormir en el suelo hasta que dispusiera de muebles, porque no pensaba pasar una noche más en aquel hotel de mala muerte, espantando cucarachas y oyendo a viejos que escupían y tiraban de la cadena. Al día siguiente dejó sus cosas en la nueva casa, de camino al trabajo. A la hora de comer fue a John M. Smythe, en la avenida Michigan, a comprar una cama y algunos muebles, además de dos pequeños cuadros. Le prometieron entregarlo todo el sábado siguiente. Mientras tanto, Grace dormiría en la alfombra.

Jamás había sido tan feliz en toda su vida, pero el viernes, cuando fue a informar a Márquez, se encontró con problemas.

–Te has mudado –le reprochó Márquez, señalándola con el dedo. Llevaba días esperándola. Había vuelto al hotel y allí le habían dicho que Grace se había marchado el martes.

–Sí, ¿y qué? ¿Cuál es el problema?

–No me lo notificaste.

–Los papeles de la condicional dicen que tengo cinco días de tiempo para notificárselo. Me mudé hace tres días y se lo estoy notificando ahora. ¿Aclarado, señor Márquez?

–¿Y cuál es la dirección? –le espetó él con el bolígrafo en la mano.

Grace lo miró, comprendiendo lo que iba a ocurrir.

–¿Significa eso que me visitará de vez en cuando? –replicó.

Márquez se regodeaba viéndola incómoda; despertaba en él sus más bajos instintos.

–Puede. Tengo obligación de hacerlo, ya lo sabes. ¿Tienes algo que ocultar?

–Sí. Usted. –Lo miró a los ojos y Márquez enrojeció.

–¿Qué significa eso? –Dejó caer el bolígrafo y la miró con irritación.

–Significa que tengo cuatro compañeras que no necesitan saber dónde he pasado los últimos dos años.

–¿Quieres decir encarcelada por asesinato? –Márquez sonrió; había hallado el modo de fastidiarla: amenazando con hablar de ella a sus compañeras.

–Supongo que es eso, sí. Lo ha expresado de un modo encantador.

–Es que lo es. Estoy seguro que de que a ellas les fascinaría tu historia. Por cierto, ¿qué es eso de compañeras? Me suena a un puñado de putas.

–Son modelos.

–Eso dicen todas.

–Están empleadas en la agencia para la que trabajo.

–Necesito la dirección de todas formas... a menos que quieras que te denuncie, claro está.

–Por amor de Dios, Márquez. –Grace le dio la dirección y él enarcó una de sus pequeñas cejas.

–¿Lake Shore Drive? ¿Cómo vas a pagar eso?

–Dividido entre cinco me cuesta exactamente doscientos dólares. –No tenía intención de hablarle del dinero que le había entregado Frank Wills; no había motivo para que lo supiera; además, si economizaba un poco, podría pagárselo de su sueldo.

–Tendré que echarle un vistazo a ese lugar –gruñó Márquez, y ella se encogió de hombros.

–Lo imaginaba. ¿Quiere concertar una cita?

–Me dejaré caer cualquier día.

–Fantástico, pero hágame un favor –lo miró con aire de súplica–, no les diga quién es.

–¿Y qué les voy a decir?

–Me da igual. Dígales que va a venderme un coche, lo que sea, pero no les diga que estoy en libertad condicional.

–Será mejor que tengas cuidado con lo que haces, Grace –le dijo Márquez mirándola fijamente–, o quizá tenga que decírselo.

Grace lo miró y, sin saber por qué, aquel horrible hombrecillo le recordó a Brenda; la tenía atada de pies y manos, pero esta vez Luana no podría salvarla.

7

Las cinco chicas se llevaban estupendamente. No discutían por las facturas, todas pagaban su parte del alquiler y se mostraban amables entre ellas. Se compraban regalos mutuamente y eran generosas en todo. Grace se sentía feliz.

Las otras intentaron incluso que saliera con amigos suyos, pero ella rehusó. Una cosa era la camaradería y otra los hombres. No sentía deseos de salir con ninguno. Prefería quedarse en casa leyendo un libro o viendo la televisión. La libertad era más que suficiente para ella y no le pedía nada más a la vida. La idea misma de tener una aventura amorosa la llenaba de terror.

Al principio sus compañeras bromeaban sobre ello, pero con el tiempo supusieron que llevaba una vida secreta. Dos de ellas estaban seguras de que salía con un hombre casado, lo que creyeron confirmado cuando Grace empezó a salir de casa tres veces por semana, la noche de los lunes y jueves y todo el domingo, y con frecuencia regresaba pasada la medianoche.

Grace pensó en decirles la verdad, pero decidió que le convenía más la fantasía de que tenía una aventura. De ese modo dejaron de intentar que saliera con sus amigos.

Lo cierto era que sus citas semanales eran el alma de su existencia. Una vez instalada con las otras chicas, Grace había buscado un lugar donde poder ayudar a los demás. Era algo que siempre se había prometido, mientras yacía sobre la litera de su celda, charlando con Sally, o cuando trabajaba con Luana.

Había tardado un mes en encontrar el lugar adecuado para

ofrecer sus servicios, gracias a un programa especial de televisión sobre St. Mary's. Se trataba de un centro asistencial para mujeres y niños. El aspecto del edificio de piedra arenisca marrón le horrorizó en su primera visita. La pintura de las paredes estaba desconchada y la luz procedía de simples bombillas colgadas del techo. Había niños correteando por todas partes y docenas de mujeres. Entre éstas, la mayoría parecía de baja extracción, algunas estaban embarazadas, y todas tenían expresión desesperada. Compartían una desgracia común: todas habían sufrido abusos, algunas incluso habían estado a punto de perder la vida y tenían cicatrices, otras habían pasado por instituciones mentales.

El centro lo dirigía el doctor Paul Weinberg, un joven psicólogo que le recordó a David Glass. El mero hecho de estar allí supuso una experiencia conmovedora para Grace. El personal era voluntario en su mayor parte y los pocos que cobraban eran enfermeras o residentes que querían licenciarse en psicología. Los niños y mujeres que vivían en el centro necesitaban cuidados médicos, ayuda psicológica y afecto, además de ropas y un lugar para vivir; necesitaban una mano amiga que los sacase del abismo. Para Grace, ir a St. Mary's cada semana era como una luz en la oscuridad. Ayudando a los demás se ayudaba a sí misma. Tres turnos a la semana de siete horas cada uno eran un gran compromiso, pero allí se sentía en paz consigo misma. Las mujeres que acogía el centro habían padecido las mismas pesadillas que ella. Había niñas de catorce años embarazadas por padres, hermanos o tíos, y niñas de siete con la mirada acuosa. Había mujeres maltratadas por sus maridos, muchas de ellas víctimas de abusos en la infancia, que perpetuaban el ciclo en sus propio hijos, pero no sabían cómo romperlo, y eso era lo que los voluntarios de St. Mary's intentaban enseñarles.

Grace era infatigable. Trabajaba a veces con las mujeres, pero prefería a los niños. Los acercaba a su regazo, les contaba historias inventadas por ella misma, o les leía. Los llevaba al hospital para que los médicos les curaran las heridas, o les examinaran o les hicieran fotografías. Su vida adquiría con esta actividad un nuevo significado, pero también le dolía terriblemente, porque era todo demasiado familiar.

–Se te encoge el corazón, ¿verdad? –comentó una de las enfermeras una semana antes de Navidad.

Grace acababa de acostar a una niña de dos años que padecía trastornos mentales por culpa de su padre, al que habían metido en la cárcel. Le resultaba extraño pensar que aquel hombre estuviera en la cárcel, mientras que su padre, siendo igual de malo, había muerto como un mártir.

–Sí. Pero son afortunados. –Grace sonrió–. Están aquí. Podrían seguir fuera, siendo maltratados. –Lo que realmente le partía el corazón eran las mujeres que no podían liberarse de los hombres que les pegaban y volvían con ellos, llevándose a los niños. A algunas las herían, a otras las mataban o las dejaban desfiguradas, pero otras aprendían, iniciaban una nueva vida. Grace pasaba horas hablando con ellas sobre sus opciones, sobre la libertad que tenían al alcance de la mano. Todas estaban aterrorizadas, cegadas por su propio dolor, desorientadas. Le recordaban a sí misma tres años antes, cuando acababan de detenerla y Molly intentaba llegar hasta ella. En cierto sentido lo hacía por Molly, para devolverle una parte del amor recibido.

–¿Cómo va todo? –Paul Weinberg se detuvo a charlar con Grace una noche. Había estado trabajando codo con codo con los voluntarios y empleados en nuevas admisiones. La mayoría llegaba de noche, heridos en cuerpo y alma y asustados.

–No va mal. –Grace sonrió. No lo conocía aún demasiado bien, pero le gustaba y lo respetaba por su duro trabajo. Él mismo se había encargado de llevar a dos mujeres al hospital mientras Grace se ocupaba de los niños, cuatro de cada una–. Esta noche hay mucho ajetreo.

–Siempre ocurre antes de Navidad. Todo el mundo se vuelve loco con las fiestas. Siempre eligen estas fechas para pegar a sus mujeres e hijos.

–¿Qué pasa? ¿Es que lo anuncian? «Pegue ahora a su mujer, sólo quedan seis días para Navidad...» –Estaba cansada, pero conservaba su buen humor.

–Algo parecido. –Paul sonrió y le sirvió una taza de café–. ¿Has pensado alguna vez en hacer esto de verdad? Es decir, cobrando.

–La verdad es que no –contestó ella, pero se sintió halagada por la pregunta. Paul tenía los cabellos rizados igual que David Glass y su misma mirada bondadosa, pero era más alto y guapo–. Alguna vez había pensado en licenciarme en psicología, pero no estoy segura de servir. Me gusta lo que hago aquí. Quiero a esta gente y me gusta la idea de que realmente les ayudamos. Creo que trabajar como voluntaria es suficiente por ahora. No necesito que me paguen por hacerlo. Me encanta. –Volvió a sonreír. Paul la observaba, intrigado.

–Lo haces muy bien, Grace. Por eso te lo preguntaba. Deberías volver a pensar lo de licenciarte en psicología. –Grace le gustaba y le caía bien.

Esa noche Grace trabajó hasta las dos. Llegaron media docena de mujeres más y no las dejó hasta que se hubieron instalado. Paul se ofreció a llevarla a casa en el coche, y ella, agotada, aceptó con agradecimiento.

–Has estado fantástica esta noche –la alabó con calor. Le sorprendió ver dónde vivía Grace. La mayoría de residentes de Lake Shore Drive no se presentarían jamás voluntarios para trabajar en St. Mary's–. ¿Cuál es el secreto? –preguntó cuando se detuvieron frente a la casa–. Éste es un barrio elegante, Grace. ¿Es que eres una heredera o algo así?

Grace se echó a reír, sabía que bromeaba, aunque lo cierto era que Paul sentía curiosidad por cuanto se refería a ella.

–Comparto la casa con otras cuatro chicas. –Le hubiera invitado a entrar, pero era muy tarde–. Tienes que venir otro día, si puedes alejarte de St. Mary's.

Su tono era amistoso, pero Paul percibió que no coqueteaba, que lo trataba más bien como a un hermano. Sin embargo, su interés no era tan platónico.

–Lo consigo alguna que otra vez –dijo él con una sonrisa–. ¿Y qué me dices de ti? ¿Qué haces cuando no estás ayudando a mujeres y niños en crisis?

–Trabajo en una agencia de modelos –contestó ella.

–¿Eres modelo? –exclamó él, enarcando una ceja. No le sorprendía en realidad, pero le parecía extraño que una persona que tenía que dedicar tanto tiempo a sí misma diera tanto a los demás como él había visto hacer a Grace.

–Trabajo en la oficina –dijo Grace y sonrió–, pero mis compañeras son todas modelos. Puedes venir a conocerlas cuando quieras. –Intentaba hacerle comprender que no estaba interesada en él como hombre. Paul se preguntó si era porque tenía novio, pero no se atrevió a preguntárselo.

–Me gustaría volver para verte a ti –dijo.

Grace se ofreció para trabajar el día de Nochebuena y le pareció increíble la cantidad de mujeres que llegaron esa noche. Trabajó sin descanso y no se marchó a casa hasta las cuatro de la madrugada, pese a lo cual se las arregló para ir a casa de los Swanson al día siguiente.

Los Swanson ofrecían una fiesta de Navidad todos los años para sus fotógrafos y modelos. Grace se divirtió mucho, para su sorpresa. Lo único que le preocupó fue que Bob Swanson bailó con ella varias veces y le pareció que se acercaba demasiado. En una ocasión, incluso, hubiera jurado que le había rozado el pecho con la mano al ir a coger unos entremeses. Estaba segura de que había sido mera casualidad y de que él ni se había dado cuenta, pero después una de sus compañeras de casa hizo un comentario que la inquietó. Fue Marjorie, quien, atenta como siempre, se dio cuenta.

–¿Se ha propasado el tío Bobby esta noche? –preguntó.

–¿Qué quieres decir? –repuso Grace–. Ha sido amable, eso es todo. Estamos en Navidad.

–Oh, Dios, dulce inocencia –gimió Marjorie–. Dime que no crees lo que dices.

–No seas tonta. –Grace no quería creer que Bob engañara a Cheryl.

–Y tú no seas ingenua. No creerás que es fiel a su mujer, ¿verdad? –Divina se unió a la conversación–. El año pasado me persiguió por su despacho durante una hora. Estuve a punto de romperme la rodilla con la maldita mesita del café intentando escapar de él. Oh, sí, el tío Bobby es un chico muy travieso, y me temo que tú eres su siguiente objetivo.

–Mierda. –Grace las miró consternada–. Ya me parecía que había algo, pero luego pensé que eran imaginaciones mías. A lo mejor lo eran.

—Entonces a mí también me ha engañado. –Marjorie se echó a reír–. Pensaba que te iba a desnudar allí mismo.

Grace se preguntó con pesar si Cheryl estaría enterada. No quería verse envuelta en un enredo doméstico y mucho menos tener una aventura con Bob Swanson.

Paul Weinberg la había llamado varias veces para invitarla a cenar, pero ella había rehusado. El día de Nochevieja, sin embargo, mientras trabajaba de nuevo en St. Mary's, Paul insistió en que al menos se sentara con él diez minutos para compartir un sándwich de pavo.

—¿Por qué me evitas? –le preguntó entonces con tono acusador. Grace tenía la boca llena y tardó en contestar.

—No te evito –contestó. En realidad se limitaba a no devolverle las llamadas, pero le gustaba estar con él en St. Mary's, compartiendo su sándwich.

—Sí lo haces –insistió él–. ¿Estás comprometida?

—Sí –respondió Grace alegremente, y a él se le puso cara de póker–, con St. Mary's, con mi trabajo y mis compañeras de casa. Es más que suficiente. Apenas tengo tiempo para leer el periódico o un libro, o para ir al cine, pero me gusta.

—Tal vez necesites tomarte algo de tiempo libre. –Paul sonrió, aliviado de que Grace no tuviera novio. A sus treinta y dos años de edad era la primera vez que conocía una chica como ella, tan brillante y divertida, tan dispuesta a ayudar a los demás y, a la vez tan tímida y distante–. Al menos deberías ir al cine alguna vez. –Paul había salido con una enfermera durante un tiempo, pero no había funcionado, y le había echado el ojo a Grace en cuanto ella empezó a trabajar en St. Mary's.

—No quiero más tiempo libre. Me encanta lo que hago.

—¿Qué haces aquí en Nochevieja?

—Lo mismo podría decirte, ¿no te parece? –repuso Grace con una sonrisa.

—Yo trabajo aquí –contestó él con suficiencia.

—Yo también, aunque no me paguen.

—Sigo creyendo que deberías convertirte en profesional.

Antes de que pudieran continuar con la conversación, les llamaron a ambos en direcciones opuestas. No volvieron a verse hasta el jueves siguiente. Esa noche Paul le ofreció llevarla en coche otra vez, pero ella se fue en taxi; no quería darle alas. Finalmente, Paul se acercó un domingo en St. Mary's.

–¿Quieres comer conmigo?

–¿Ahora? –preguntó ella, sorprendida. Tenían que hablar con cuatro familias recién llegadas.

–La semana que viene. Cuando quieras. Me gustaría salir contigo –dijo con aire adolescente y cierta timidez.

–¿Por qué? –La pregunta se le escapó e hizo reír a Paul.

–¿Bromeas? ¿Te has mirado al espejo últimamente? Además, eres inteligente y divertida, y me gustaría conocerte mejor.

–No hay mucho que conocer. En realidad soy muy aburrida –dijo ella, y Paul volvió a reír.

–¿Intentas librarte de mí?

–Quizá. La verdad es que no salgo con nadie.

–¿Sólo trabajas? –preguntó él con aire divertido, y ella asintió–. Perfecto. Entonces creo que nos llevaremos bien. Yo no hago más que trabajar, pero creo que uno de los dos ha de romper el círculo.

–¿Por qué? A los dos nos va muy bien. –De repente pareció distante y algo asustada.

–Por el amor de Dios, ¿es que no puedes comer conmigo aunque sea una vez? Inténtalo. Iré a tu barrio si quieres, durante la semana. Lo que prefieras.

Grace no quería salir con él ni con ningún otro, pero no sabía cómo decírselo, de modo que al final accedió.

El sábado siguiente fueron a La Scala a comer pasta. Hacía un frío polar.

–Muy bien, ahora dime la verdad. ¿Qué te llevó a St. Mary's?

–El autobús. –Grace sonrió con un aire juvenil y juguetón.

–Muy lista. ¿Qué edad tienes, por cierto? –preguntó él de repente. Imaginaba que tendría veinticinco o veintiséis por su madurez a la hora de tratar con las mujeres y los niños del centro.

–Veinte –dijo ella orgullosamente, como si fuera un gran logro. Paul estuvo a punto de soltar un gruñido; eso explicaba muchas cosas–. Cumpliré veintiuno en verano.

–Fantástico. Me siento como si acabara de robar un bebé de la cuna. Yo cumplo los treinta y tres en agosto.

–Me recuerdas mucho a un amigo que es abogado y vive en California.

–¿Estás enamorada de él? –preguntó Paul con tono desdichado. Sabía que en la vida de Grace debía haber algo que explicara su actitud, aparte de su juventud.

–No –respondió ella entre risas–, está casado y va a tener un hijo.

–Entonces, ¿quién es el afortunado?

–¿El afortunado? –repitió Grace, desconcertada–. Ya te he dicho que no salgo con nadie.

–¿Te gustan los hombres? –A fin de cuentas, en los tiempos que corrían la pregunta no era tan rara.

–No lo sé –respondió Grace con sinceridad, mirándole a los ojos. Paul sintió un vuelco en el corazón–. Nunca he salido con nadie.

–¿Con ninguno? –dijo él, incrédulo.

–No, con ninguno.

–Eso es todo un récord a los veinte. –También era todo un reto–. ¿Por alguna razón en particular?

Los platos de pasta ya habían llegado y comían mientras charlaban.

–Oh, unas cuantas. Sobre todo, supongo que es porque no quiero.

–Grace, eso es una locura.

–¿En serio? –dijo ella con cautela–. Quizá no. Quizá sea así como necesito vivir mi vida. Nadie más puede juzgar lo que es bueno para mí.

Mientras la miraba, Paul lo comprendió de repente, se dio cuenta de que había sido un estúpido. Por eso había ido a St. Mary's, para ayudar a otros como ella.

–¿Tuviste una mala experiencia? –preguntó.

–Podría decirse así –respondió Grace. Confiaba en él, pero sólo hasta cierto punto–. Bastante mala, pero no peor de lo que se ve cada día en St. Mary's. Supongo que deja secuelas.

–No necesariamente. Puedes superarlo. ¿Estás viendo a alguien? A un profesional, quiero decir.

–Antes, sí. Éramos buenas amigas, pero murió en accidente el verano pasado. –Paul sintió oírlo; Grace parecía muy sola.

—¿Y tu familia? ¿Te ha ayudado?

Grace sonrió. Paul quería ayudarla, pero sólo el tiempo podía borrar las heridas.

—No tengo familia, pero no es tan malo como parece. Tengo amigos y un buen trabajo. Y toda la gente buena de St. Mary's.

—Me gustaría ayudarte, si quieres.

Grace sabía que la aconsejaría como psicólogo, si ella así lo deseaba, pero que en realidad quería salir con ella, y no estaba preparada para eso.

—Te llamaré si necesito ayuda. —Sonrió y pidieron el café.

Pasaron una tarde encantadora, paseando por el lago y charlando.

Paul comprendió que no podía insistir, que por el mero hecho de saber lo que él sentía, Grace se había puesto a la defensiva.

—Grace —le dijo cuando la llevó a su casa—, quiero que sepas que me tendrás a tu lado siempre que necesites un amigo. —Sonrió con un aire adolescente que le hizo más atractivo—. No me importaría que hubiera algo más, pero no quiero presionarte.

—Gracias. Me lo he pasado muy bien —dijo ella, y no mentía.

Después de aquel día comieron unas cuantas veces más. Paul no quería rendirse del todo y ella disfrutaba con su compañía, pero no pasó de una cordial amistad. En algunos aspectos Paul pasó a ocupar el lugar de David en su vida, si no el de Molly.

La vida discurrió apaciblemente hasta la primavera, cuando Lou Márquez volvió a causarle problemas. Grace no lo sabía, pero Márquez había dejado a su novia y tenía ganas de parranda. Empezó a presentarse de improviso en casa de Grace. Las modelos se chanceaban de Grace a cuenta de Márquez, quien nunca explicó quién era. Grace se limitó a decir que era un amigo de su padre. Siempre que aparecía por allí hacía preguntas a las chicas. ¿Tomaban drogas? ¿Les gustaba trabajar de modelos? ¿Conocían a muchos tipos en su trabajo? En una ocasión llegó a pedirle a Brigitte que saliera con él, pero Grace le recriminó sin contemplaciones.

—No tiene derecho a hacerme esto. No tiene derecho a presentarse en mi casa y acosar a mis amigas.

—Puedo acosar a quien me dé la gana. Y además, me había estado echando miraditas media hora. Sé lo que quieren las chicas como ésa. No te engañes, nena. No es virgen.

–No, pero tampoco está ciega –le espetó Grace. El descarado comportamiento de Márquez le daba valor.

–Agradece que no les haya dicho que estuviste en la cárcel y que soy tu agente de vigilancia –dijo él con acidez.

–Si lo hace le denunciaré. Le pondré un pleito por humillarme en mi propia casa y con compañeras de trabajo.

–Tonterías. No vas a ponerle un pleito a nadie.

Era cierto, pero Grace tenía que hacerse valer. Sabía que Márquez se acobardaría si le presionaba, y, en efecto, después de aquello dejó de presentarse en su casa con tanta frecuencia.

En mayo, Brigitte fue a trabajar tres meses a Tokio y le buscaron una sustituta. Fue Mireille, una chica francesa, de Niza, de diecinueve años. Era una fanática de todo lo americano, sobre todo de las palomitas de maíz y de los *hot dogs*, y le encantaban los chicos americanos, aunque no tanto como ella a ellos. Salió todas las noches desde el momento en que se instaló en la casa.

El Cuatro de julio los Swanson ofrecieron una fiesta en su casa de campo de Barrington Hills. Grace invitó a Paul y éste se lo pasó en grande contemplando a todas las modelos. Las compañeras de Grace lo encontraron muy agradable y quisieron saber si él era el hombre con el que pasaba tanto tiempo.

–Más o menos –respondió tímidamente, y a ellas les encantó.

Más tarde fueron sus compañeras las que le ofrecieron una fiesta sorpresa por su veintiún cumpleaños. Invitaron a todos los de la agencia y a Paul, por supuesto. Grace se sentó un rato en el jardín con Paul, y pensó en el giro que había experimentado su vida durante ese año. Le daba vértigo recordar sus dos cumpleaños anteriores en prisión, y pensó en Luana y Sally, en David y Molly. Se entristeció al comprobar que estaba haciendo exactamente lo que Luana había dicho: los había convertido a todos en recuerdos que aparecían fugazmente. Todos habían desaparecido de su vida para siempre. No sabía nada de David desde el nacimiento de su hijo en marzo, y había dejado de escribir a Luana y Sally, quienes jamás respondían sus cartas.

Alzó la mirada y vio una estrella fugaz. Cerró los ojos y, pensando en sus antiguos amigos, deseó que un día todo lo pasado se borrara definitivamente. Por el momento pendía aún la amenaza de Lou Márquez, pero esperaba librarse de él con el tiempo y, por primera vez en su vida, no tener que temer a nadie.

–¿Qué has deseado? –preguntó Paul, contemplándola. Aunque sin forzar su amistad, seguía esperando que algún día Grace accediera a salir con él. Su deseo, de haber visto una estrella fugaz, habría sido que ella le amara.

–Estaba pensando en viejos amigos –sonrió tristemente–, con la esperanza de que algún día los malos tiempos no sean más que un recuerdo lejano.

–¿No lo son ya? –dijo él, conmovido. No había querido indagar en la vida de Grace para que no se sintiese agobiada–. ¿No han pasado ya?

–Casi... –Volvió a sonreír, contenta de tenerlo por amigo–. Quizá el año que viene.

8

Los Swanson persistieron en su empeño de convencer a Grace de que hiciera de modelo, pero en lugar de eso consiguió un aumento de sueldo y se convirtió en secretaria de Cheryl. Los Swanson acabaron comentando que era Grace quien dirigía la agencia. Todos estaban encantados con ella. En casa hubo bastante movimiento. Brigitte volvió de Tokio, pero se fue a vivir con un fotógrafo. Allyson se marchó a rodar una película en Los Ángeles y Divina tenía trabajo en París. Sólo quedaban Marjorie y Grace, además de Mireille, que amenazaba con irse a vivir con su último novio. Dos modelos nuevas sustituyeron a las que se habían ido. En Navidad Marjorie anunció su compromiso. Sin embargo, Grace no tenía problemas para hallar nuevas compañeras. Constantemente llegaban jóvenes a Chicago para trabajar como modelos, y siempre necesitaban un sitio donde vivir.

Louis Márquez se presentaba en su casa regularmente y obligaba a Grace a hacerse un análisis de orina mensual, pero nunca encontraba rastros de droga. Márquez se sentía frustrado, pues le hubiera gustado poder arrestarla por pura maldad.

–Menudo cerdo –comentó Marjorie, cuando Márquez apareció de nuevo por casa después de Navidad para comprobar quiénes eran las nuevas compañeras–. Desde luego tu padre tenía unos amigos deplorables –dijo, molesta porque Márquez había vuelto a rozarle el trasero, simulando que quería coger un cenicero–. Márquez olía a tabaco y sudor y toda su ropa era de poliéster–. ¿Por qué no le dices sencillamente que no quieres volver a verle? –preguntó. Cada vez que lo veía le daban ganas de darse una ducha.

Nada le hubiera gustado más a Grace que poder mandarle al cuerno, pero aún le faltaban nueve meses de libertad condicional; después la pesadilla habría terminado.

En marzo los Swanson la invitaron a ir a Nueva York con ellos. Grace le pidió permiso a Márquez pero él se lo negó tajantemente, de modo que se vio obligada a decirles que tenía un compromiso previo. Le decepcionó no poder ir, pero supo mantenerse ocupada. Seguía viendo a Paul Weinberg en St. Mary's y le tenía un gran aprecio, pero sabía que había dejado de esperarla y mantenía una relación seria con una enfermera.

Cheryl Swanson intentaba concertarle citas de vez en cuando, pero a Grace seguía asustándole la idea de salir con un hombre, porque le recordaba la horrible experiencia vivida con su padre.

Hasta que en junio Marcus Anders entró en la agencia para entrevistarse con Cheryl. Era uno de los hombres más atractivos que Grace había visto en su vida, con abundante cabello rubio, pecas y una sonrisa juvenil. Al principio Grace creyó que se trataba de un modelo.

En realidad acababa de llegar de Detroit y su currículum era impresionante. Había realizado muchos trabajos de fotografía publicitaria y quería llegar a lo más alto, pero de manera escalonada, lo que demostraba su inteligencia. Era un hombre frío y seguro de sí mismo, pero con un agudo sentido del humor. Habló con Grace sobre apartamentos y dónde encontrar uno. Grace le recomendó varias agencias de alquiler de viviendas y le presentó a las modelos que llegaban. Marcus no parecía demasiado interesado en ellas; en su trabajo veía modelos a todas horas. Fue Grace quien despertó su interés y, antes de marcharse, le pidió que le dejara fotografiarla, sólo por diversión. Grace rió y meneó la cabeza. Le habían hecho ofertas similares en ocasiones anteriores y no le interesaba.

–No, gracias. Me mantengo alejada de las cámaras.

–¿A qué viene eso? ¿Te busca la policía? ¿Tienes algo que ocultar?

–Desde luego. Me busca el FBI –repuso Grace con una sonrisa. Era divertido hablar con él, pero no dejaría que la fotografiara. Muchos fotógrafos usaban la cámara para atraer a las mujeres—. Sencillamente no me gusta que me hagan fotos.

—Chica lista. —Se sentó frente a Grace y ella comprobó que era un hombre increíblemente atractivo—. Pero serías muy fotogénica. Tienes unos huesos perfectos y unos ojos maravillosos. —Al mirarlos, Marcus vio en ellos un antiguo y profundo dolor que intentaba ocultar al mundo. Grace desvió la mirada con una risita y un encogimiento de hombros, percibiendo que se estaba acercando demasiado a ella—. ¿Por qué no hacemos algunas fotos y vemos qué sale? Podrías dejar sin trabajo a todas estas chicas. —Marcus era fotógrafo por vocación y su cámara era lo que más le importaba.

—No quiero asustarlas —bromeó Grace, volviendo a mirarlo. Llevaba una falda ceñida negra y un suéter del mismo color. Había aprendido a vestir con cierta sofisticación tras casi dos años trabajando con los Swanson.

—Piénsatelo. —Marcus sonrió y se levantó del sofá de cuero negro del despacho de Grace—. Volveré el lunes.

Sin embargo, volvió al día siguiente para charlar con ella acerca de los apartamentos que había estado mirando. Según dijo, todos eran horribles y él se sentía muy solo. Grace rió y fingió compadecerlo, y luego él la invitó a cenar.

—Lo siento, no puedo —respondió ella lacónicamente—. Esta noche tengo un compromiso. —Lo decía siempre como si saliera con alguien.

—¿Mañana entonces?

—Tengo que trabajar hasta tarde. Estamos rodando un anuncio importante con nueve chicas y Cheryl quiere que esté allí.

—No importa. Iré yo también. Vamos, anímate. —Parecía un niño pidiendo un caramelo, y Grace se ablandó un poco—. Soy nuevo en la ciudad y no conozco a nadie. Estoy solo.

—Vamos, Marcus, pareces un niño majadero.

—Es que lo soy —dijo él, y se echaron a reír.

Al final consiguió que Grace dejara que la acompañara al rodaje del anuncio. Había tanta gente en el plató que no se dieron cuenta. A las modelos les gustaba mucho Marcus. Era brillante, divertido y presuntuoso, como la mayoría de fotógrafos.

Después de aquello se presentó en la agencia cada día durante una semana, hasta que Grace se rindió y aceptó ir a cenar con él.

Cuando le dijo que tenía veintiún años él se asombró; la encontraba muy madura para esa edad. Grace seguía llevando el pelo recogido en un moño y vestía el tipo de prendas que usaban las modelos, siempre que podía pagárselas. Marcus, no obstante, estaba acostumbrado a las chicas jóvenes que parecían mayores. En un par de ocasiones incluso había salido con modelos quinceañeras sin darse cuenta.

—¿Y qué haces cuando no estás trabajando? —preguntó mientras cenaban en Gordon, después de contarle que había encontrado un ático sensacional.

—Pues muchas cosas. —Grace había empezado a pasear en bicicleta y una de sus nuevas compañeras le estaba enseñando a jugar a tenis. Hasta entonces el único deporte que había hecho era levantar pesas pequeñas y correr en prisión, pero de eso no pensaba hablarle a él ni a nadie.

—¿Tienes muchos amigos? —insistió él, intuyendo que bajo su reserva había una gran mujer.

—Los suficientes —mintió ella con una sonrisa.

Marcus había oído que ella no salía jamás con hombres, que era muy tímida y que hacía algún tipo de trabajo voluntario. Le preguntó por esto último mientras tomaban el café y ella le habló brevemente de St. Mary's.

—¿Y a qué viene ese interés por las mujeres maltratadas?

—Necesitan ayuda —contestó ella, muy seria—. Las mujeres en esa situación creen que no tienen salida ni alternativas. Están en el tejado de un edificio ardiendo y tienes que obligarlas a saltar.

—¿Por qué te preocupan tanto, Grace? —Sentía una gran curiosidad, sobre todo por la cautela con que se comportaba ella.

—Sencillamente deseo ayudarlas. Para mi significa mucho, sobre todo ayudar a los niños. Están tan desvalidas y han sufrido tanto... No sé, supongo que se me da bien. A veces pienso en estudiar psicología, pero nunca tengo tiempo, con el trabajo y todo lo demás... Tal vez algún día lo haga.

—No necesitas estudiar —dijo él, sonriente, y Grace empezó a sentir algo desconocido y que la asustó—. Necesitas un hombre.

–¿Por qué estás tan seguro? –Grace sonrió.

Él le cogió una mano por encima de la mesa.

–Porque estás muy sola, pese a todo lo que me cuentas. Creo que nunca has estado con un hombre de verdad. –Entrecerró los ojos y la contempló mientras Grace reía–. Apostaría mis últimos diez centavos a que eres virgen. –Grace no hizo ningún comentario y retiró la mano suavemente–. He acertado, ¿verdad, Grace? –Ella se limitó a encogerse de hombros–. Sí, desde luego –dijo él, seguro de sí. Dirigida por el hombre correcto, pensó, podría ser una mujer extraordinaria.

–Las soluciones estándar no sirven para todo el mundo, Marcus –protestó ella con sensatez–. Algunas personas son muy complejas.

Marcus creía que la había calado, que era joven e inexperta y que seguramente procedía de una familia convencional.

–Cuéntame cosas de tu familia. ¿Cómo son tus padres?

–Han muerto –respondió ella con frialdad–. Ocurrió cuando yo iba al instituto.

Eso explicaba en parte su vida solitaria, pensó Marcus.

–¿Hermanos?

–Ninguno. Sólo yo. De hecho no tengo parientes.

No era de extrañar que pareciera tan madura; obviamente hacía años que vivía sola, conjeturó Marcus, inventando una vida para Grace a su antojo.

–Me sorprende que no te casaras con tu novio del instituto –dijo–. La mayoría de la gente haría algo parecido si se encontrara sola a tu edad.

–Yo no tenía novio –dijo ella sin darle importancia.

–¿Qué hiciste? ¿Vivías con amigos?

–Más o menos. Vivía con un grupo de personas. –Grace se preguntó que diría él si le contaba la verdad. Seguramente se quedaría horrorizado. Esta ironía le hizo reír. Nadie sabía quién era en realidad, su antigua vida pertenecía al pasado.

–Las fiestas deben resultarte tristes –dijo él con tono compasivo–. La Navidad, por ejemplo.

–Ya no –replicó, sonriendo para sí y pensando en Dwight–. Te acostumbras a todo.

—Eres una chica muy valiente, Grace.

Después de la cena fueron a tomar unas copas a un lugar que había descubierto Marcus, donde había un viejo *jukebox* y ponían música de los años cincuenta.

El domingo siguiente salieron a pasear en bicicleta alrededor del lago Michigan. Era una bonita tarde de junio. A Grace le encantaba estar con Marcus, que era muy paciente y no la agobiaba con preguntas o proposiciones. Parecía comprender que ella necesitaba tiempo y mucho cariño antes de dar un paso hacia una relación más íntima. Marcus fue el primer hombre que la besó, aparte de su padre, y aunque al principio sintió aprensión, tuvo que reconocer que le gustaba.

Un sábado, tres semanas después de conocer a Marcus, Grace volvió a casa después de haber estado con él comprando muebles de segunda mano para su ático. La agencia había empezado a darle trabajo y los Swanson estaban encantados con él. «Disfruta de él mientras puedas —le había dicho Cheryl a Grace—, no estará aquí mucho tiempo. Apuesto a que dentro de un año está en Nueva York o en París. Es demasiado bueno para estancarse aquí.» Marjorie, sin embargo, lo veía de modo muy diferente. Tenía muchas amigas modelos en todo el mundo, y una de ellas, de Detroit, le había contado ciertas cosas ominosas sobre Marcus.

—Me han dicho que violó a una chica hace unos años, Grace. Ten cuidado. Me da mala espina.

—Tonterías. Él mismo me lo ha contado. Era una chica de dieciséis años, pero parecía de veinticinco. Y según él, fue ella quien prácticamente lo violó. —Marcus le había contado el episodio, ocurrido cuatro años atrás, con el aire avergonzado de quien se ha comportado como un estúpido ingenuo.

—La chica tenía trece años y su padre lo denunció —explicó Marjorie, muy seria. No era la primera modelo joven a la que violaban—. Se supone que Marcus compró su silencio, pero luego hubo otra historia parecida, quizá fuera con ésa de dieciséis años. Y Eloise dice que hizo porno para pagarse el alquiler. No me parece un tipo de fiar.

—Todo eso son estupideces —espetó Grace. Estaba convencida de que Marcus no era así. Su experiencia le había enseñado a conocer a las personas–. La gente siempre dice cosas así por celos. Seguramente quería ligárselo y está cabreada porque no le hizo caso. –Grace se sentía incómoda con Marjorie, que era tan estirada y severa con los demás.

–Eloise no es de ésas –dijo Marjorie–. Y será mejor que tengas cuidado, no eres tan lista como crees. No has salido con los hombres suficientes para saber cuáles son los malos.

–No sabes de qué hablas. –Por primera vez estaba realmente enfadada con su amiga–. Marcus es un hombre cabal y nunca hemos pasado de besarnos.

–Me alegro por ti. Yo sólo quería advertirte que tiene una reputación nefasta. Hazme caso, Grace, y sé sensata.

–Gracias por tu interés –dijo ella, irritada, y se fue a su habitación y se encerró con un portazo.

Así era aquel negocio. Las modelos que no conseguían un trabajo culpaban a los fotógrafos, y los fotógrafos que buscaban triunfar y no lo conseguían decían cosas terribles de las modelos, que eran drogadictas o que se les habían insinuado, y ellas afirmaban haber sido violadas. Marjorie conocía demasiado bien aquel mundo para prestar atención a los chismorreos, y menos aún a lo del porno. Marcus afirmaba que había trabajado hasta de camarero para pagarse el alquiler, y Grace creía que no mentía, que era una persona sincera. Confiaba en él como hacía años no confiaba en nadie.

Grace y Marcus acudieron juntos a la fiesta de los Swanson para celebrar el Cuatro de julio. Cheryl rogó a Marcus que la convenciera de posar para una sesión fotográfica, pero Grace se negó, como siempre.

Marcus tuvo mucho éxito entre las modelos de la fiesta y esa noche Marjorie comentó a Grace que se había citado con dos de ellas.

–No estamos casados –repuso Grace.

Al fin y al cabo ni siquiera se habían acostado, aunque le parecía que acabarían haciéndolo, porque creía estar enamorándose de él. En cierto sentido, el comentario de Marjorie la empujó un poco más en esa dirección, pero no se atrevió a preguntarle nada cuando lo vio al día siguiente y él volvió a insistir con la sesión fotográfica.

–Vamos, Grace, no le hará daño a nadie. Sólo son para nosotros... para mí. Eres tan guapa... Déjame que te haga unas fotos. No se las enseñaré a nadie, lo prometo. Cheryl tiene razón, serías una modelo fabulosa.

—Pero yo no quiero ser modelo —protestó Grace.

—¿Por qué no? Tienes todo lo necesario. Muchas chicas darían un brazo por ser como tú. Grace, sé sensata... o al menos inténtalo. ¿Con quién va a ser más fácil que conmigo? Además, quiero tener fotos tuyas. Hace un mes que salimos juntos y te echo de menos cuando no estás conmigo. —Le mordisqueó el cuello y bromeó hasta que Grace acabó cediendo, pero haciéndole prometer que no enseñaría las fotos a nadie

Se citaron para el sábado siguiente.

—No sé por qué eres tan tímida. —Se encontraban en el ático de Marcus, preparando espagueti para la cena.

Esa noche estuvieron a punto de hacer el amor, pero Grace dijo que tenía la regla y que no quería empezar de ese modo su relación. Una semana más de espera le iría bien.

Grace se pasó la semana preocupada por la sesión de fotos. Detestaba la idea de convertirse en objeto sexual. En realidad había aceptado por Marcus y porque todo lo que hacían juntos resultaba divertido. El sábado se presentó a las diez en punto en su estudio, como había prometido, aunque había trabajado en St. Mary's la noche anterior y estaba cansada.

Marcus le preparó un café. Había dispuesto un sofá de cuero blanco cubierto en parte por una piel de zorro blanco y quería que Grace se tumbara en él en tejanos y una camiseta blanca. Hizo que se soltara el pelo para que cayera voluptuosamente sobre sus hombros. Luego le dio su propia camisa blanca almidonada para que se la pusiera en lugar de la camiseta, y poco a poco consiguió que se la desabrochara. No obstante, todas las fotos fueron inocentes y castas. A Grace le divirtió mucho y se sentía casi acariciada mientras él se movía alrededor y se oía buena música.

Al mediodía seguían con las fotos. Marcus le sirvió un vaso de vino y le prometió un suculento plato de pasta cuando terminaran.

—Tú sí sabes cómo llegar al corazón de una chica —dijo Grace y rió.

Él se detuvo a escasos centímetros y apartó la cámara para mirarla con pesar.

–Lo he intentado con todas mis fuerzas... –confesó.

Grace enrojeció, turbada, y él disparó la cámara. A Cheryl le iban a encantar aquellas fotos.

–¿He conseguido llegar al tuyo, Grace? –susurró él con tono sensual, y ella notó un súbito sofoco. El vino la había mareado un poco. Iba ya por la segunda copa cuando él le pidió que se quitara los tejanos, señalando que la camisa era muy larga y la cubría hasta medio muslo. Grace se negó hasta que él le prometió de nuevo que no le enseñaría las fotos a Cheryl. Se quitó los pantalones y se tumbó sobre el sofá con la camisa desabrochada hasta la cintura, pero sin que se le viera nada. En ese momento empezó a adormilarse. Cuando despertó, Marcus la estaba besando y acariciaba su cuerpo. Notaba sus labios y sus manos, y no dejaba de oír los chasquidos de la cámara ni de ver los destellos del flash, pero no sabía qué estaba ocurriendo. La habitación parecía dar vueltas y ella se sentía mareada, pero no podía moverse ni abrir los ojos mientras él la besaba y la acariciaba. Por un instante la embargó aquella vieja sensación de terror, pero cuando volvió a abrir los ojos comprendió que había estado soñando. Marcus estaba de pie junto a ella, mirándola y sonriendo. Grace tenía la boca seca y sentía náuseas.

–¿Qué ocurre? –Veía manchas flotando delante de sus ojos.

Marcus se echó a reír.

–Creo que el vino te ha hecho efecto.

–Lo siento –dijo Grace, pero él se arrodilló y volvió a besarla con tanto ardor que ella volvió a marearse. Sin embargo, le gustaba. Dominada por el éxtasis, quería parar pero no hacía nada.

–Yo no lo siento en absoluto –le susurró él con la cabeza entre sus pechos–. Estás preciosa cuando bebes.

Grace se recostó en el sofá y cerró los ojos. Marcus recorrió su estómago con la lengua, bajando hacia la ropa interior y más allá, hasta que Grace abrió los ojos súbitamente y dio un respingo.

–Vamos, nena... por favor... –No podía esperar más–. Por favor, Grace... te necesito...

–No puedo –graznó Grace, deseándolo pero demasiado asustada para seguir. En su mente no había más pensamiento que la noche en que mató a su padre. Tenía ganas de vomitar, pero no se atrevió a decirlo. Marcus seguía tocando zonas de su cuerpo a las que no había accedido nadie excepto su padre–. No puedo... –repitió. Pero no tenía fuerzas para rechazarlo.

–Vaya, ¿y por qué no? –Por primera vez desde que se conocían, Marcus se mostraba rudo, pero en ese momento Grace se desvaneció.

Cuando despertó, Marcus estaba tumbado junto a ella sobre el sofá blanco, completamente desnudo. Ella llevaba aún la camisa y la ropa interior. Marcus sonreía, pero Grace sintió una oleada de miedo. No recordaba nada excepto que se había desmayado.

–Marcus, ¿qué ha pasado? –preguntó, aterrorizada, cubriéndose bien con la camisa.

–¿Te gustaría saberlo? Has estado fantástica, nena. Irrepetible. –Se le notaba frío y enfadado.

–Pero qué dices... –gimió Grace, echándose a llorar–. ¿Cómo has podido hacerme eso estando desmayada? –Sintió nuevas arcadas y la opresión en el pecho que precedía a un acceso de asma, pero no tenía fuerzas para ir en busca de su inhalador. Ni siquiera era capaz de incorporarse.

–¿Cómo sabes qué he hecho? –preguntó él con malicia, paseándose desnudo por la habitación–. A lo mejor siempre trabajo así para estar más fresco. –Se volvió hacia ella, que apartó la vista. No era así como había esperado que fuera su primera vez, y se sentía confundida–. En realidad –prosiguió Marcus, acercándose–, no ha ocurrido nada. No padezco de necrofilia. No voy por ahí follando cadáveres. Y eso es lo que tú eres, ¿no? Estás muerta. Finges estar viva y provocas a los hombres, pero cuando llega la hora de la verdad, te tumbas, te haces la muerta y pones un montón de excusas.

–No son excusas –dijo Grace, incorporándose con dificultad. Recogió los tejanos del suelo, se los puso y se levantó, más mareada que antes. Se dio la vuelta para quitarse la camisa y ponerse su ropa. No perdió tiempo en ponerse el sujetador. Tenía un terrible dolor de cabeza–. No puedo explicarlo, eso es todo –dijo, en respuesta a las acusaciones de Marcus.

No tenía ánimos para discutir e intuía que había ocurrido algo espantoso. Recordaba los besos y también que habían estado tumbados juntos, pero nada más. Esperaba que todo fuera una pesadilla provocada por beber vino con el estómago vacío.

—Incluso las vírgenes acaban follando algún día. ¿Qué te hace creer que eres especial? —Marcus seguía enfadado. Era una calienta-braguetas y estaba harto de ella.

—Estoy asustada, eso es todo. Es difícil de explicar. —¿Por qué estaba tan enfadado? ¿Y por qué no hacía más que recordarle desnudo sobre ella?

—No estás asustada —dijo él, cogiendo la cámara, sin hacer ademán de querer vestirse—. Eres una psicópata. Parecías querer matarme cuando te toqué. ¿Qué te pasa? ¿Eres lesbiana?

—No, no lo soy. —Marcus se había acercado a la verdad al decir que mataría. Tal vez fuera siempre así y jamás podría hacer el amor, pero lo que más le preocupaba en ese momento era saber si había ocurrido algo mientras estaba inconsciente.

—Dime la verdad. ¿Qué me has hecho? ¿Me has hecho el amor? —preguntó con lágrimas en los ojos.

—¿Qué más da? Ya te he dicho que no. ¿No me crees?

No resultaba fácil confiar en él después de lo ocurrido, pero no creía que la hubiese violado, no notaba esa familiar sensación, y eso la alivió. Quizá por eso estaba tan furioso Marcus, de pura frustración por no haber podido llegar hasta el final.

—¿Cómo quieres que te crea después de lo que acabas de hacer? —musitó ella sin dejar de notar las náuseas.

—¿Y qué he hecho? ¿Intentar acostarme contigo? No es un delito, ¿sabes? La gente lo hace cada día y a algunos incluso les apetece... Y tienes veintiún años, ¿no es cierto? ¿Qué piensas hacer? ¿Llamar a la policía porque te he besado y me he quitado los pantalones?

De todas formas Grace se sentía violada. Le había hecho fotografías que ella no deseaba, la había seducido para que enseñara más de lo que quería y había intentado propasarse después de emborracharla. Lo raro era que nunca se había emborrachado con una copa y media de vino.

—Estoy harto de tus jueguecitos, Grace. He invertido mucho tiempo y paciencia en ti. Deberíamos habernos acostado hace ya dos semanas. No tengo catorce años y no me gustan estos jueguecitos. Hay muchas otras chicas por ahí que son normales.

Mientras contemplaba cómo se ponía los pantalones, tan pagado de sí mismo, Grace comprendió que Marcus no era el hombre que ella creía. No era más que un capullo que se había hecho el simpático para seducirla.

—Siento haberte hecho perder el tiempo —dijo Grace con tono glacial.

—Y yo —replicó él con indiferencia—. Enviaré las fotos a la agencia. Puedes escoger las que más te gusten.

—No quiero verlas. Puedes quemarlas.

—Créeme, lo haré —afirmó Marcus con acritud—. Por cierto, tenías razón: serías una modelo malísima.

—Gracias —dijo tristemente, poniéndose el suéter.

En unos minutos Marcus se había convertido en un extraño para ella. Cogió el bolso y se dirigió a la puerta, donde se detuvo para mirarle por encima del hombro. Estaba de pie junto a una mesa sacando la película de la cámara y Grace se preguntó cómo podía haberse equivocado tanto con él, pero entonces, mientras lo miraba, la habitación empezó a dar vueltas y estuvo a punto de desmayarse otra vez. No sabía si había pillado una gripe o era la excitación por todo lo sucedido.

—Lo siento, Marcus —dijo.

Él se limitó a encogerse de hombros y darle la espalda haciéndose el ofendido. Se había divertido con ella, pero en el mundo había muchas chicas.

Grace bajó las escaleras como pudo desde el ático y cogió un taxi. Cuando llegaron a su casa, el taxista tuvo que sacudirla para que se despertara.

—Lo siento —dijo Grace, medio dormida y con náuseas.

—¿Se encuentra bien, señorita? —El taxista la miró con preocupación cuando Grace le tendió el dinero y una buena propina, y aguardó a que entrara en casa tambaleándose.

Marjorie alzó la vista del sofá donde estaba pintándose las uñas y se llevó un buen susto. Grace estaba pálida como el papel y parecía a punto de desmayarse.

—¡Oye! ¿Estás bien? —preguntó Marjorie, levantándose con presteza para sostenerla. Marjorie la acompañó a su dormitorio y la ayudó a meterse en la cama. Grace se sentía morir.

—Me siento muy mal –farfulló–. Quizá me han envenenado.

—Pensaba que estabas con Marcus. –Marjorie frunció el entrecejo–. ¿No iba a hacerte fotos hoy?

Grace asintió. Se encontraba demasiado mal para contar los detalles, y no estaba segura de querer hacerlo. Se dormía igual que antes sobre el sofá blanco. Quizá si abría los ojos encontraría a Marjorie desnuda. Soltó una carcajada con los ojos cerrados. Marjorie la miró y luego fue en busca de una linterna y un paño húmedo. Volvió y puso el paño sobre la frente de Grace, que abrió un ojo brevemente.

—¿Qué ha ocurrido? –preguntó Marjorie con firmeza.

—No estoy segura –contestó Grace y rompió en sollozos–. Ha sido horrible.

—Me lo creo. –Marjorie estaba indignada. Imaginaba lo que había pasado. Encendió la linterna y le dijo a Grace que abriera los ojos.

—No puedo –gimió ella–. Me duele la cabeza... Me muero.

—Ábrelos de todas formas. Quiero ver algo.

—No me pasa nada en los ojos... Es el estómago y la cabeza...

—Vamos, ábrelos sólo un momento.

Grace hizo un esfuerzo por abrirlos y Marjorie los enfocó con la linterna. La luz penetró en la retina de Grace como una daga.

—¿Dónde has estado hoy?

—Ya te lo he dicho... con Marcus... –Volvió a cerrar los ojos.

—¿Has comido o bebido algo? –Se produjo un silencio–. Grace, dime la verdad, ¿has tomado alguna droga?

—¡Claro que no! –Abrió los ojos el tiempo suficiente para parecer ofendida y luego intentó incorporarse con ayuda de los codos–. No he tomado drogas en toda mi vida.

—Pues hoy sí –replicó Marjorie–. Estás absolutamente colocada.

—¿Con qué? –Grace tuvo miedo.

—No lo sé... Cocaína, barbitúricos, LSD... Alguna extraña mezcla. Sólo Dios lo sabe. ¿Qué te ha dado?

—Sólo tomé dos copas de vino... y ni siquiera terminé la segunda. –Apoyó la cabeza sobre la almohada. Se sentía aún peor que en el ático, como si el efecto de lo que le había dado Marcus hubiera aumentado.

–Debía de estar drogado. ¿Te has sentido rara mientras estabas allí?

–Ya lo creo... –Grace gimió–. Era tan extraño... –Miró a su amiga y empezó a llorar–. No sabía qué era fantasía y qué realidad... estaba besándome y haciéndome cosas... y luego me dormí, y cuando desperté él estaba desnudo... pero me dijo que no había ocurrido nada.

–¡El muy hijo de puta te ha violado! –Marjorie sintió deseos de matarlo. Odiaba a los cabrones como Marcus, sobre todo a los que se aprovechaban de las jóvenes o las novatas. Era un deporte de pervertidos.

–Ni siquiera sé si lo ha hecho... No lo creo... no lo recuerdo.

–¿Y por qué, si no, iba a estar desnudo? –dijo Marjorie–. ¿Habíais hecho el amor antes de que te desmayaras?

–No. Sólo le había besado... yo no quería... estaba asustada... Al principio me dejé llevar pero luego intenté detenerlo, y se puso furioso. Me dijo que era una psicópata y una calientabraguetas... Y que no quería hacer el amor conmigo porque sería como... como hacerlo con un cadáver...

–Pero te dejó creer que sí lo habíais hecho, ¿no es eso? Maldito cabrón. ¿Te ha hecho fotos desnuda?

–Llevaba las bragas y su camisa cuando me desmayé y también al despertarme.

–Será mejor que le pidas los negativos. Dile que lo denunciarás a la policía si no lo hace. Si quieres le llamo yo y se los pido.

–No, lo haré yo. –Estaba demasiado avergonzada para permitir que otros se mezclaran en aquel asunto, pero era un alivio tener a Marjorie a su lado.

Después de una nueva compresa fría y una taza de té caliente, Grace empezó a sentirse mejor, mientras su amiga se sentaba en el suelo junto a la cama y la contemplaba.

–A mí también me la jugaron una vez cuando empezaba a trabajar. El tipo me echó droga en la bebida y lo siguiente que recuerdo es que quería hacerme fotos porno con otra chica tan drogada como yo.

–¿Qué hiciste?

–Mi padre llamó a la policía y amenazó con darle una paliza. En realidad no llegamos a posar, pero muchas chicas lo hacen.

A algunas ni siquiera hace falta drogarlas, porque están demasiado asustadas para negarse. Los tipos las amenazan con que no volverán a trabajar nunca más o Dios sabe qué, y ellas se lo creen.

A Grace se le heló la sangre en las venas. Se estaba enamorando de Marcus y había confiado en él. ¿Y si le había hecho fotos desnuda mientras estaba inconsciente?

–¿Crees que haría algo así? –preguntó, recordando lo que afirmaba la amiga de Marjorie sobre Marcus: que había hecho porno.

–¿Había alguien más en el estudio? –preguntó Marjorie.

–No. De eso estoy segura. Creo que sólo estuve desmayada unos minutos.

–Suficiente para que se quitara los pantalones... –comentó Marjorie, volviendo a inflamarse–. Como mucho te habrá hecho un par de fotos desnuda. Y no puede ir muy lejos con ellas a menos que tenga una autorización tuya para publicarlas, si es que sales reconocible. Sólo le servirían para hacerte chantaje, ¿y qué iba a sacar de ti? –Sonrió–. ¿Doscientos dólares? Además, se requiere tiempo y algún colaborador para preparar esa clase de fotos. Normalmente usan a un par de chicas y unos cuantos chicos, o al menos a uno. Aunque te droguen tienes que estar despierta para seguir el juego. Me parece que tú no estabas para juegos después de tomar su poción mágica. –Marjorie soltó una carcajada y Grace sonrió por primera vez en horas.

Las dos rieron a carcajadas. Para Grace había supuesto una brutal decepción, pero no podía evitar preguntarse si habría sido capaz de hacer el amor con él en circunstancias normales.

–No bebo mucho y jamás he tomado drogas. Me he puesto enferma de verdad.

–Ya me he dado cuenta –comentó Marjorie–, estabas verde como una hoja. –Marjorie hizo una sugerencia–. Creo que no debes preocuparte por las fotografías, están controladas o lo estarán cuando le pidas los negativos, pero ¿te parece que hagamos una visita rápida a mi ginecóloga? Es una mujer muy agradable. Creo que deberías saber si te ha hecho algo. Es un poco embarazoso, pero es mejor saberlo.

–Creo que lo recordaría... Sé que estaba asustada y que le dije que no quería hacerlo.

–Eso les pasa a todas las víctimas de violaciones, pero no detiene a nadie que no quiera detenerse. ¿No te sentirías mejor estando segura? Si te ha violado podrías denunciarlo a la policía.

«¿Y luego qué? –se dijo Grace–, ¿volver a empezar la pesadilla otra vez?» Temía la publicidad y los periódicos. «Secretaria acusa a fotógrafo de modas de violación... Él afirma que ella lo consintió, que posó desnuda.» Sólo de pensarlo se le ponía la piel de gallina, pero Marjorie tenía razón. Sería mejor saberlo. Finalmente accedió a que Marjorie llamara y concertara una cita para las cinco.

A esa hora Grace se encontraba más despejada. La doctora confirmó que la habían drogado con algo.

–Menudo tipejo –comentó.

Grace se asustó ante el examen ginecológico. Le recordó el examen después de que matara a su padre. La doctora no halló pruebas de una relación sexual reciente, pero comprobó que existían múltiples cicatrices antiguas. Sospechando lo que significaban, demostró gran tacto al interrogar a Grace tras tranquilizarla con la seguridad de que no había signos de penetración ni eyaculación.

–Gracias a Dios. –Grace sólo tendría que preocuparse por las fotos, pero empezaba a creer que era todo una mentira para vengarse por no haber querido acostarse con él.

–Grace, ¿te han violado alguna vez? –preguntó la doctora. Ella asintió–. ¿Cuántos años tenías?

–Trece... catorce... quince... dieciséis...

–¿Te violaron cuatro veces? –preguntó la ginecóloga, sin comprender. Aquello era muy extraño. Tal vez Grace tenía problemas psicológicos que la llevaban a colocarse en situaciones de riesgo repetidamente.

–No –replicó Grace, meneando la cabeza con tristeza. Y de pronto lo dijo–: Mi padre me violó durante cuatro años casi todos los días.

Se produjo un largo silencio mientras la doctora asimilaba la respuesta.

–Lo siento –musitó, profundamente conmovida–. ¿Recibió algún tipo de tratamiento? ¿Intervino alguien?

–Él murió, y así acabó todo.

La doctora asintió.

–¿Has tenido alguna vez relaciones sexuales normales desde entonces?

–No. Creo que por eso me ha pasado lo de hoy. Quizá estaba demasiado ansioso y quería asegurarse de que no me echaría atrás, así que me puse algo en la bebida... Hacía un mes que salíamos sin que pasara nada. Yo quería estar segura... estaba asustada... y él me dijo... me dijo que estaba realmente asustada cuando intentó...

–Me lo creo, pero drogándote no se arregla nada. Necesitas tiempo y terapia, y al hombre adecuado. Desde luego no me parece que él lo sea.

–Lo sé. –Grace suspiró. Al menos no la había violado.

La ginecóloga le dio las señas de un terapeuta, pero Grace no tenía intención de llamarlo. No quería volver a hablar de su pasado. Le bastaba con lo que tenía, aunque nadie más lo entendiera.

Dio las gracias a la doctora y se fue a casa con Marjorie. Se acostó a las ocho y durmió hasta las dos de la tarde del día siguiente.

–¿Qué te dio? ¿Un somnífero para elefantes? –preguntó Marjorie, cuando Grace despertó.

–Quizá. –Sonrió.

La experiencia había sido horrible, pero era una mujer resistente. Esa misma tarde estuvo trabajando en St. Mary's y por la noche llamó a Marcus, que pareció sorprendido de oír su voz.

–¿Te encuentras mejor? –preguntó con cinismo.

–Ayer te portaste como un cerdo –le espetó ella–. Lo que fuera que me diste me descompuso de verdad.

–Lo siento. No eran más que unos Valiums y una pizca de polvos mágicos, joder. Me pareció que necesitabas un poco de ayuda para relajarte.

–No era necesario –dijo ella, preguntándose hasta qué punto se había relajado.

–¡Menuda pérdida de tiempo! Gracias por llevarme de perrito faldero durante cinco semanas. Me ha encantado.

–No he hecho eso. –Grace estaba dolida–. Me resulta difícil de explicar, pero...

–No te molestes. No sé cuál será tu historia pero es evidente

141

que no incluye a los hombres, o al menos a los hombres como yo. Ya lo he captado.

–No, no lo entiendes –repuso Grace, enfurecida.

–Bueno, a lo mejor es que no quiero. No necesito tus problemas. Pensé que me ibas a matar cuando te toqué. –Ella no lo recordaba, pero era muy posible–. Lo que necesitas es un buen psiquiatra, no un amante.

–Gracias por el consejo. Y otra cosa que necesito son los negativos de las fotografías. Los quiero el lunes.

–¿En serio? ¿Y quién dice que te hice fotos?

–No juegues conmigo. Me hiciste muchas fotos mientras estaba despierta y oí los chasquidos de la cámara y el flash mientras estaba adormilada. Quiero los negativos, Marcus.

–Tendré que buscarlos –replicó él secamente–. Tengo un montón de material por aquí.

–Mira, puedo llamar a la policía y decirles que me violaste.

–Y un cuerno. No creo que nadie haya entrado en esa caja fuerte que tienes entre las piernas, así que te va a costar convencer a alguien de lo contrario. No te hice absolutamente nada aparte de besarte y desnudarme, así que no me jodas, señorita virginal. Uno no va a la cárcel por quitarse la ropa en su propia casa. ¡Ni siquiera te quitaste las bragas!

Grace sintió alivio.

–¿Y las fotografías?

–¿Qué pasa con ellas? No son más que unas fotos en camisa de hombre con los ojos cerrados. Ya ves. Ni siquiera estabas desnuda, joder. Y la mayor parte del tiempo roncabas.

–Tengo asma –repuso–, y me importa un pimiento que las fotografías sean castas. Las quiero. A ti no te sirven para nada sin una autorización escrita.

–¿Qué te hace pensar que no firmaste una? –dijo él con tono provocativo–. Además, a lo mejor las querré para mi *book*.

–No tienes derecho. ¿Me estás diciendo que firmé una autorización mientras estaba drogada?

–No te estoy diciendo nada. Y después de la que me montaste, tengo derecho a lo que me dé la gana. No eres más que una jodida calientabraguetas, zorra. No le vas a poner las manos encima a mis fotos. No te debo nada. No quiero volver a verte, ¿me has oído?

Marcus se había citado con una de las modelos de la agencia para esa misma noche, de lo que se enteró Grace el lunes por la mañana.

Cheryl le preguntó cómo le habían ido las fotos con Marcus y ella adujo que tenía gripe y no había podido posar.

Unas semanas más tarde, Cheryl fue a Nueva York en viaje de negocios y Bob Swanson la invitó a comer en Nick's Fishmarket para celebrar que cumplía veintidós años. Bob sirvió una copa de champán y la miró admirativamente.

—Por cierto, el otro día vi a Marcus Anders —comentó.

Grace intentó parecer indiferente y bebió su Dom Pérignon; era la primera vez que bebía desde que Marcus la drogara.

Bob bajó la voz y apretó una mano de Grace.

—Me enseñó unas fotos tuyas sensacionales. Te lo tenías muy callado. Creo que tienes un gran futuro. Son las fotos más sexys que he visto en años. No hay muchas modelos que sepan posar así. Los tíos se arrastrarán a tus pies.

Grace intentó fingir que no sabía de qué hablaba, pero era inútil. Marcus era un cabrón. No le había enviado las fotos ni los negativos, ni le devolvía las llamadas. Tampoco había respondido claramente a lo de la autorización, aunque Grace estaba segura de no haber firmado nada.

—No sé de qué hablas, Bob —dijo con tono glacial—. Sólo me hizo unas cuantas fotos y luego me encontré muy mal.

—Si es ése tu aspecto cuando te encuentras mal, deberías enfermar más a menudo.

Grace no pudo soportarlo más y miró a su jefe a los ojos. Se encaraba con un león hambriento.

—¿Qué te enseñó exactamente?

—Seguro que lo recuerdas. Parecías llevar una camisa de hombre desabotonada, y tenías la cabeza echada hacia atrás... Se te ve muy sensual, como si acabaras de hacer el amor con él, o estuvieras a punto de hacerlo.

—Estaba vestida, ¿no?

—Sí, con la camisa. No se ve nada, pero la expresión de tu cara lo dice todo.

Al menos Marcus no le había quitado la camisa, pensó ella, y dijo:

—Seguramente estaba dormida. Me drogó.

—A mí no me pareció que estuvieras drogada. Tenías un aire de exquisita sensualidad, en serio. Deberías hacer de modelo, o probar en el cine.

—¿Porno, quizá? —preguntó Grace con cinismo.

—Claro —dijo él—, si eso te excita. ¿Te gustan las películas porno? —preguntó Bob—. Sabes, Gracie, tengo una idea. —En realidad la idea la había tenido antes de la comida y había llamado para reservar una suite en el hotel, y allí les esperaba ya otra botella de champán. Marcus le había contado que parecía remilgada, pero que en realidad era una chica fácil—. Tengo una suite esperándonos arriba —susurró Bob, volviendo a apretarle la mano—, la más grande. Incluso he pedido sábanas de raso... y tienen un canal de televisión por cable que emite exclusivamente películas porno. A lo mejor te apetece ver alguna antes de entrar en faena.

Grace sintió náuseas y notaba los sollozos contenidos en la garganta mientras reprimía las ganas de abofetearle.

—No subiré contigo a ninguna parte, Bob. Ni ahora ni nunca. Y si eso significa que me despides, pues me voy. No soy una puta ni una reina del porno, ni un plato del menú.

—Pero bueno... Marcus me dijo que eras la tía más cachonda de la ciudad y pensé que a lo mejor querías un poco de diversión... He visto las fotos —dijo, mirándola con enfado—. Parecías a punto de correrte sobre la cámara, así que, ¿a qué viene el numerito de la virgen? ¿Tienes miedo de Cheryl? No se enterará. Nunca se entera.

Cheryl no pero el resto de la ciudad sí, pensó Grace, y odió a Marcus por su comportamiento desleal.

—Cheryl me cae bien. Y tú también. No voy a acostarme contigo, y nunca me he acostado con Marcus. No sé por qué te contó eso de mí, salvo que quisiera vengarse. Y ya te he dicho que me drogó. Estaba dormida cuando me hizo las fotos.

—En su cama, por lo que parece —dijo Bob con expresión de fastidio. Él la consideraba una estrecha hasta que Marcus le había contado que tomaba drogas y le gustaban las perversiones sexuales, y ahora no creía que le costara demasiado seducirla.

–Era un sofá de su estudio.

–Con las piernas abiertas. –Bob se excitaba con sólo recordarlo.

–¿Y sin ropa interior? –preguntó Grace, horrorizada, y él soltó una risotada.

–No sabría decirlo, los faldones de la camisa te cubrían, pero el mensaje estaba muy claro. Bueno, ¿qué me dices? ¿Te montas un regalito de cumpleaños con el tío Bob? Será nuestro pequeño secreto.

–Lo siento. –Sus ojos se anegaron en lágrimas. Pese a sus veintidós años, a veces se sentía una chiquilla. ¿Por qué los hombres la odiaban tanto que sólo querían abusar de ella?–. No puedo, Bob –dijo entre sollozos, lo que pareció molestar más a Bob porque estaban llamando la atención.

–Deja de llorar –le espetó ásperamente, entrecerrando los ojos e inclinándose hacia ella–. Te lo explicaré más claro, Grace. O subes conmigo un par de horas para celebrar tu cumpleaños, o quedas despedida desde este mismo momento. Tú decides.

Grace le miró a la cara, llorando aún más.

–Entonces supongo que estoy despedida. Pasaré mañana por la oficina a buscar mi finiquito. –Abandonó la mesa sin decir más y volvió a casa hecha un mar de lágrimas.

Cheryl regresó de Nueva York al día siguiente y sonrió con cordialidad al ver entrar a Grace, que iba en busca de sus cosas y su dinero. Grace se preguntaba qué le habría contado Bob, pero ya no importaba. Sólo le quedaban dos meses de condicional y después podría ir a donde quisiera.

–¿Te encuentras mejor? –preguntó Cheryl afablemente. Había ido a un baile en Nueva York, como solía hacer. A veces lamentaba no vivir allí.

–Sí, estoy bien –contestó Grace con un hilo de voz. Después de tantos meses de trabajar para ellos le dolía tener que dejarlos, pero no tenía alternativa.

–Bob me ha contado que sufriste una intoxicación ayer durante la comida y que tuviste que irte a casa. Pobrecilla. –Cheryl le palmeó el brazo y se dirigió a su despacho. Parecía no tener la menor idea de que Grace estuviera despedida o de que se marchara.

En ese momento Bob salió de su despacho y la miró inexpresivamente.

–¿Te encuentras mejor, Grace? –preguntó como si tal cosa.

Grace le habló en susurros para que nadie la oyera.

–He venido por el finiquito y mis cosas.

–No es necesario –dijo él, impávido–. Creo que será mejor que lo olvidemos todo, ¿no crees? –La miró inquisitivamente y ella vaciló, pero al final asintió. No valía la pena montar un escándalo. Ya sabía lo que debía hacer.

Esperó seis semanas más hasta el día del Trabajo[2] y luego les dio aviso con un mes de antelación de que se marchaba. Cheryl quedó desolada y Bob fingió estarlo. Cuando se lo dijo a Marjorie, ésta se echó a llorar, pero Grace estaba decidida. Había llegado el momento de abandonar Chicago. Sabía que las fotos que le había hecho Marcus no eran obscenas, pero el asunto era muy desagradable. Marcus estaba dispuesto a mentir y decirle a todos que era una mujer fácil, y sólo Dios sabía qué diría Bob para protegerse. Estaba harta de aquel mundo y sentía también que ya no daba más de sí en St. Mary's. Tenía que cambiar de aires.

En la agencia le ofrecieron una fiesta de despedida, a la que acudieron muchos fotógrafos y modelos. Una nueva chica ocuparía su lugar en la casa.

Al día siguiente, Grace fue a ver a Louis Márquez; legalmente estaba ya fuera de su jurisdicción.

–¿Adónde piensas ir? –preguntó él con tono amigable. Iba a echar de menos a Grace y las visitas a su casa.

–A Nueva York.

–¿Tienes trabajo? –quiso saber Márquez, enarcando una ceja.

Grace rió. Ya no tenía que darle explicaciones, ni a él ni a nadie.

–Aún no, señor Márquez. Lo buscaré cuando llegue. No creo que sea muy difícil. –Cheryl le había dado unas referencias excelentes, que Bob también había suscrito, y además tenía experiencia.

–Deberías quedarte aquí y ser modelo. Eres tan guapa como todas esas chicas, y mucho más lista –dijo Márquez con un tono casi amable.

2. En Estados Unidos se celebra el primer lunes de septiembre. *(N. de la T.)*

–Gracias. –Le hubiera gustado ser cortés al menos con él, pero los dos años de suplicio se lo impedían.

Firmó todos los documentos y, cuando le tendió el bolígrafo a Márquez, éste le cogió la mano. Grace alzó la vista sorprendida y se desasió.

–¿No querrías... ya sabes... echar un polvo rápido por los viejos tiempos? ¿Eh, Grace? –Sudaba copiosamente y tenía la mano pegajosa.

–No, gracias –respondió ella con calma. Ya no le asustaba. No podía hacerle nada. El pasado había quedado atrás definitivamente y aquel bastardo repulsivo no iba a revivirlo.

–Vamos, sé buena. –Salió de detrás de su mesa y, antes de que Grace pudiera apartarse, la sujetó e intentó besarla. Ella le dio tal empujón que se golpeó la pierna con el canto de la mesa y soltó un chillido–. Siguen asustándote los hombres, ¿eh, Grace? ¿Qué vas a hacer? ¿Matar al próximo que intente follarte? ¿Matarlos a todos?

Grace se acercó y lo cogió por el cuello de la camisa. Seguramente Márquez era más fuerte, pero ella era más alta y le cogió por sorpresa.

–Escúchame, pedazo de cabrón, si vuelves a ponerme la mano encima te denunciaré a la policía y dejaré que acaben contigo. No me importaría, sabes: Si vuelves a tocarme, acabarás en chirona por violación, y no creas que hablo por hablar. No quiero volver a verte.

Grace lo apartó de un empujón y Márquez, enmudecido, la miró recoger su bolso y salir del despacho con un fuerte portazo. Todo había terminado. El momento que Molly había prometido estaba ahí. Su vida volvía a empezar.

empleo y, a la mañana siguiente, la llamaron para media docena de entrevistas. De éstas, dos eran para agencias de modelos, y Grace las rechazó. Estaba harta de ese negocio y de su ambiente. La tercera era una empresa de plásticos; el trabajo le pareció aburrido y también lo rechazó. La última era para un bufete de abogados muy importante, Mackenzie, Broad & Steinway. No había oído hablar de ellos en su vida, pero al parecer era muy conocido en el mundo de los negocios.

Grace escogió un sencillo vestido negro que había comprado el año anterior en Carson Pirie Scott de Chicago y un abrigo rojo adquirido en Lord and Taylor esa misma mañana. Tenía un aspecto magnífico. La entrevistaron en el departamento de personal y luego la enviaron a una planta superior para hablar con el director de personal y con la secretaria de mayor antigüedad, y con dos de los socios más jóvenes. Su competencia como secretaria había mejorado con los años, pero seguía sin saber taquigrafía. De todas formas estaban dispuestos a aceptarla siempre que pudiera tomar notas con rapidez y mecanografiar. A Grace le gustaron todas las personas que conoció, incluyendo los dos socios jóvenes para los que iba a trabajar, Tom Short y Bill Martin. Ambos eran muy serios y sosos. Uno había estudiado en Princeton y Harvard y el otro en Harvard. Todo parecía predecible y respetable, e incluso la ubicación del bufete le convenía, puesto que se hallaba en la Cincuenta y seis con Park, a sólo ocho manzanas de su hotel. En cualquier caso, habría de buscarse un apartamento.

Las oficinas del bufete ocupaban ocho plantas y en ellas trabajaban más de seiscientos empleados. Grace sólo deseaba ser un rostro anónimo más y llevaba el pelo recogido en la nuca y muy poco maquillaje. Su elegancia era excesiva, pero el director de personal imaginó que con el tiempo se adaptaría al estilo del bufete.

La contrataron como secretaria adjunta de los dos socios más jóvenes. La otra secretaria era una mujer que triplicaba su edad y duplicaba su peso, y que pareció contenta de contar con su ayuda. El primer día de trabajo explicó a Grace que Tom y Bill eran buenos chicos y unos jefes razonables. Tenían sendas esposas rubias, uno vivía en Stamford y el otro en Darien, y cada uno tenía tres hijos. Parecían gemelos, como la mayoría de jóvenes que trabajaban allí, y sólo sabían hablar de sus casos. La mayoría vivía en Connecticut o Long Island y jugaba a squash, y algunos pertenecían a clubes. Grace pasaba desapercibida y le encantaba. Hacía su trabajo y nadie le preguntaba quién era ni de dónde venía.

Ese mismo fin de semana encontró un apartamento en la Ochenta con la Primera. Podía ir en autobús o en metro al trabajo y pagar cómodamente el alquiler con su salario. Le había vendido la cama y el resto de su mobiliario a la chica que ocupaba su lugar en la casa de Chicago, de modo que fue a Macy's a comprar unas cuantas cosas, pero las encontró excesivamente caras. Una de las compañeras de la oficina le habló de una tienda de muebles de Brooklyn donde hacían descuentos y allí fue una noche después del trabajo. Durante el trayecto en metro, sonrió para sí; jamás se había sentido tan madura y dueña de su destino.

Los sábados por la tarde hacía las compras en un supermercado cercano. Visitó las galerías de Madison Avenue y del West Side, e incluso hizo alguna incursión en el SoHo. Comió delicias chinas en Mott Street y visitó el barrio italiano, y le fascinaron un par de subastas a las que asistió.

Un mes después de su llegada tenía trabajo, apartamento y una vida propia. El mobiliario que compró era sencillo pero cómodo, y el edificio de apartamentos en que vivía era viejo pero limpio. Disponía de una sala de estar, una pequeña cocina-comedor, un dormitorio y un cuarto de baño. Era todo cuanto necesitaba.

—¿Cómo le sienta Nueva York? —le preguntó el jefe de personal en la cafetería del bufete a la hora de comer. Grace sólo comía allí cuando hacía mal tiempo o le quedaba poco dinero hasta fin de mes.

—Me encanta —sonrió ella. Era un hombre menudo, mayor y calvo, y tenía cinco hijos.

—Me alegro. Me han dado muy buenos informes sobre usted, Grace.

—Gracias.

Grace se sentía muy cómoda en el bufete. Nadie parecía pensar en el sexo ni prestarle a ella la menor atención, en particular Tom y Bill. Eran muy agradables, pero sólo les interesaba el trabajo. Muchos días se quedaban hasta las ocho o las nueve de la noche, e incluso iban los fines de semana.

–¿Tienes algún plan para el día de Acción de Gracias? –le preguntó a mediados de noviembre la secretaria que trabajaba con ella. Era una mujer mayor de rostro afable enmarcado por cabellos grises que permanecía soltera. Se llamaba Winifred Apgard, pero todos la llamaban Winnie.

–No, pero no pasa nada –dijo Grace. Las fiestas nunca habían sido su fuerte.

–¿No vas a ir a tu casa?

Grace meneó la cabeza. Su apartamento era su única casa.

–Yo voy a Filadelfia a ver a mi madre, si no te invitaría –dijo Winnie con tono de disculpa.

Con los hombres para los que trabajaba se comportaba como la típica tía solterona y ellos se burlaban afectuosamente de ella. Les decía que se pusieran los chanclos cuando nevaba y les advertía sobre tormentas que se avecinaban cuando tenían que volver tarde a casa conduciendo.

Era una relación muy diferente a la que Grace mantenía con ellos. Daba la impresión de que Tom y Bill fingían no verla. Algunas veces Grace se preguntaba si era su juventud lo que los amedrentaba, o si temían los celos de sus mujeres. Jamás le decían nada personal y, si bien bromeaban con Winnie, con Grace se mostraban siempre inexpresivos, como si pusieran especial cuidado en no conocerla. Sin embargo, Grace lo prefería así.

La semana antes del día de Acción de Gracias hizo varias llamadas. Llevaba pensándolo cierto tiempo, pero estaba ocupada instalándose en el apartamento.

Finalmente encontró lo que andaba buscando.

El lugar se llamaba St. Andrew's Shelter y estaba ubicado en el Lower East End, en Delancey. El responsable del centro era un joven sacerdote, que la invitó a ir allí para conocerse el siguiente domingo por la mañana.

Grace cogió el metro en Lexington, hizo transbordo, se bajó en Delancey y cubrió a pie el resto del camino. Al llegar allí se dio cuenta de que era una buena caminata. Vio vagabundos rondando por las calles sin rumbo, borrachos acurrucados en las porterías o tumbados en la acera. Había almacenes, viviendas y tiendas desvencijadas de pesadas puertas. Vio también algún que otro coche abandonado y adolescentes con aspecto de golfos. La miraron, pero nadie la molestó. Finalmente llegó a St. Andrew's. Era un viejo edificio con aspecto ruinoso y un cartel que pendía prácticamente de un hilo, pero entraba y salía gente, sobre todo mujeres con niños y algunas chicas. Una de ellas parecía de unos catorce años y estaba en avanzado estado de gestación.

En la recepción había tres chicas charlando; una de ellas se pintaba las uñas. Había bullicio, voces y gritos infantiles, y en alguna parte se oía una discusión. Grace vio blancos y negros, chinos y portorriqueños. Parecía un microcosmos de Nueva York.

Preguntó por el joven sacerdote y aguardó durante largo rato mientras observaba. Por fin él apareció vistiendo tejanos y un viejo suéter deshilachado.

–¿El padre Finnegan? –preguntó Grace.

El sacerdote era pelirrojo, vivaz, parecía un crío, pero las patas de gallo que se percibían en la miríada de pecas de su piel blanca desmentían la primera apreciación.

–El padre Tim –le corrigió él con una sonrisa–. ¿La señorita Adams?

–Grace –sonrió. El padre Tim tenía un aspecto tan alegre que uno no podía evitar sonreír al verle.

–Vayamos a algún sitio tranquilo para hablar –propuso él, sorteando a media docena de niños que se perseguían por el vestíbulo. Al parecer aquél había sido un edificio de apartamentos baratos que se destinaba ahora para alojar a los necesitados. El padre Tim le había explicado por teléfono que llevaba cinco años en funcionamiento y que necesitaban la colaboración de muchos voluntarios.

El sacerdote la condujo a una cocina que tenía tres viejos lavavajillas, donados al centro, y un enorme fregadero antiguo. Las paredes estaban cubiertas de pósters. Había una gran mesa redonda, sillas y dos grandes cafeteras. El sacerdote sirvió café para los dos y llevó a Grace a una pequeña habitación con una mesa y tres sillas. Lo que antes debía de ser un trastero, era ahora su despacho. Estaba necesitado de una buena mano de pintura y mobiliario decente, pero hablando con el padre Tim era fácil olvidar esos detalles, gracias a su gran personalidad, de la que él no era consciente, lo cual suscitaba mayor simpatía si cabe.

−¿Qué te trae por aquí, Grace? Aparte de un buen corazón y un carácter algo temerario, claro está. −Volvió a sonreír y tomó un sorbo de café.

−Hice el mismo trabajo como voluntaria en Chicago. En un lugar llamado St. Mary's. −Dio el nombre de Paul Weinberg como referencia.

−Lo conozco. Yo soy de Chicago, pero hace veinte años que estoy aquí. Y conozco el St. Mary's. En cierto sentido lo hemos imitado. Es un centro muy bien dirigido.

Grace le habló del número de personas que se acogían en el St. Mary's cada año y que había hasta una docena de familias viviendo allí en todo momento, por no mencionar a las personas que entraban y salían durante el día y regresaban con frecuencia en busca del apoyo que allí se ofrecía.

−Aquí ofrecemos lo mismo −dijo el padre Tim, y se preguntó por qué alguien como Grace quería hacer ese tipo de trabajo−. Aquí recibimos a más gente. Entre ochenta y cien por día. −Volvió a sonreír−. Hemos llegado a tener a más de un centenar de mujeres alojadas y en ocasiones al doble de niños, pero lo general son unas sesenta mujeres y cincuenta niños. En St. Andrew's no se rechaza a nadie. Es nuestra única norma. Todo el que quiere quedarse es bienvenido. La mayoría no se queda mucho tiempo. O bien vuelven a su casa o inician una nueva vida. Yo diría que la estancia media oscila entre una semana y dos meses. La mayoría se va a las dos semanas.

−¿Tanta gente cabe aquí? −preguntó Grace, pues el edificio no parecía muy grande.

−Antes había aquí veinte apartamentos. Los acomodamos como podemos en literas, Grace. Nuestras puertas están abiertas a todos, no sólo a los católicos −explicó−. Ni siquiera les preguntamos por su religión.

−En realidad... −Grace sonrió. En el padre Tim había un aire de inocencia y de pureza que le daba una especie de halo de santidad. Era sin duda un hombre de Dios y Grace se sentía a gusto en su compañía−. El médico que dirigía el St. Mary's era judío.

−Aún no he llegado tan lejos −dijo el padre Tim, soltando una carcajada−, pero nunca se sabe.

–¿Tiene algún médico aquí?

–Yo, supongo. Soy jesuita y doctorado en psicología, pero doctor Tim suena un poco raro, ¿verdad? Padre Tim me sienta mejor. –Ambos rieron y el padre Tim se levantó para servir dos nuevas tazas de café.

–Tenemos media docena de monjas trabajando aquí, sin hábito, por supuesto, y a unos cuarenta voluntarios con diversos horarios. También tenemos enfermeras especializadas en psiquiatría de la Universidad de Nueva York y muchos internos de psiquiatría, la mayoría de la Universidad de Columbia. Son buena gente y trabajan como demonios... perdón, como ángeles. ¿Y qué me dices de ti, Grace? ¿Qué te ha traído hasta nosotros?

–Me gusta esta clase de trabajo. Significa mucho para mí.

–Supongo que después de dos años en St. Mary's sabes bien de qué se trata.

–Creo que lo bastante para ser útil. –Sintió un repentino impulso de hablarle de su problema personal, pues confiaba en el padre Tim.

–¿Cuántas veces a la semana o al mes trabajabas en el St. Mary's?

–Dos noches a la semana y todos los domingos... además de la mayoría de fiestas.

–Vaya. –El padre Tim quedó impresionado. Por muy sacerdote que fuera, veía perfectamente que Grace era demasiado joven y hermosa para dedicar tanto tiempo a una ocupación como aquélla, pero entonces creyó comprender el porqué–. ¿Es ésta una misión especial para ti, Grace? –Lo había adivinado, lo percibía.

Grace asintió.

–Creo que sí. Yo... sé de estas cosas. –No sabía cómo seguir, pero él asintió y le tocó la mano amablemente.

–Comprendo. La curación llega de muchas maneras. Ayudar al prójimo es la mejor. –Grace asintió con emoción. El padre Tim lo sabía, lo comprendía. Se sintió como si hubiera llegado a un nuevo hogar–. Te necesitamos, Grace. Aquí tienes un sitio. Puedes llevar alegría y consuelo a mucha gente, incluyéndote a ti misma.

–Gracias, padre –susurró ella, enjugándose los ojos.

El padre Tim no inquirió más. Sabía cuanto necesitaba saber.

Nadie conocía mejor que él lo que tenían que soportar las mujeres maltratadas o violadas.

–Bien, ahora vayamos al grano. –Los ojos del religioso volvían a sonreír–. ¿Cuándo puedes empezar? No vamos a dejar que te vayas de aquí tan fácilmente. Podrías recuperar la cordura.

–¿Le parece ahora mismo? –Grace había ido dispuesta a ello.

El padre Tim la condujo de vuelta a la cocina, donde dejaron las tazas en un lavavajilla, y luego salieron al pasillo y empezó a presentarla a los demás. Un joven estudiante de medicina de Columbia había reemplazado a las tres chicas de la recepción. Dos mujeres que hablaban con un grupo de niñas se presentaron como la hermana Theresa y la hermana Eugene, pero ninguna de ellas tenía el aspecto que Grace imaginaba para una monja. Eran mujeres de aspecto afable y unos treinta años. Una vestía chándal y la otra tejanos y suéter. La hermana Eugene se ofreció a llevar a Grace arriba y mostrarle las habitaciones en que vivían las mujeres y las que destinaban a los niños cuando las mujeres no podían cuidarlos por sí mismas.

La enfermería estaba dirigida por una monja enfermera que llevaba una bata blanca y tejanos. Allí la luz era tenue y la hermana Eugene entró sigilosamente señalando a la enfermera de guardia. Cuando Grace miró a las mujeres que yacían en las camas, sintió un nudo en la garganta al reconocer las familiares señales de los maltratos físicos. Dos mujeres tenían los brazos escayolados, una tenía marcas de quemaduras de cigarrillos en la cara y otra gemía mientras la enfermera la vendaba las costillas y le ponía bolsas de hielo sobre los ojos hinchados; el marido estaba en la cárcel.

–Los casos más graves los mandamos al hospital –explicó Eugene en voz baja mientras abandonaban la enfermería. Sin darse cuenta, Grace se detuvo a tocar la mano de una mujer y ésta alzó la vista con recelo. Era un sentimiento comprensible. Algunas mujeres eran maltratadas de tal forma que no confiaban en nadie–. Pero las cuidamos aquí siempre que nos es posible; se sienten más seguras. Algunas veces sólo tienen contusiones. Los casos más graves acaban en urgencias. –Le contó el caso de una mujer que había llegado al refugio dos noches antes. Su marido le había quemado la cara con un hierro candente después de golpearle en la cabeza. Había estado a punto de matarla, pero ella le tenía tanto miedo que no quería denunciarlo. Las autoridades les habían quitado a los niños para entregarlos a familias adoptivas, pero la mujer tenía que salvarse a sí misma, y muchas carecían de coraje para hacerlo.

La hermana Eugene la llevó a ver a los niños. Al cabo de unos minutos Grace estaba rodeada de pequeños, les contaba cuentos, ataba lazos de trenzas y cordones de zapatos, y algunos le contaban por qué estaban allí; otros no podían. Los hermanos de algunos de ellos habían muerto a manos de sus padres. Algunas madres se encontraban arriba, demasiado maltrechas para moverse y avergonzadas incluso para verlos. Grace sabía que, desgraciadamente, pocos de aquellos niños conseguirían convertirse en adultos normales.

Eran más de las ocho de la tarde cuando se fue. El padre Tim se hallaba en la puerta hablando con un policía que acababa de llevar a una niña de cuatro años violada por su padre. A Grace le horrorizaban especialmente aquellos casos. Al menos ella tenía trece años cuando le sucedió.

–¿Una jornada dura? –preguntó el padre Tim cuando el policía se marchó.

–Una buena jornada. –Grace sonrió. Había pasado la mayor parte del tiempo con los niños y las últimas horas, charlando con las mujeres, escuchándolas, intentando infundirles coraje. Tal vez, pensaba Grace, si les hablaba adecuadamente no tendrían que pasar por la cárcel como ella para volver a ser libres.

–Es un centro magnífico –dijo Grace. Le gustaba más que St. Mary's. Era más animado y, en ciertos aspectos, más acogedor.

–Tanto como la gente que trabaja en él. ¿Puedo contar con que volverás? La hermana Eugene te ha elogiado.

–Ella también se lo merece. –La monja trabajaba incansablemente todo el día, como todos los demás–. No creo que pudieran echarme de aquí –bromeó. Había acordado trabajar dos noches por semana y el domingo–. También puedo venir el día de Acción de Gracias.

–¿No irás a casa? –preguntó el padre Tim, sorprendido.

–No tengo casa a la que ir –replicó ella sin vacilar–. Pero no pasa nada, estoy acostumbrada. –El padre Tim la miró a los ojos y vio muchas de las cosas que Grace no decía.

10

Grace pasó el día de Acción de Gracias en St. Andrew's, como había prometido, e incluso les ayudó a preparar el pavo. A partir de entonces entró en la rutina de trabajar como voluntaria los martes y viernes por la noche y los domingos todo el día. Los viernes eran días muy ajetreados, porque empezaba el fin de semana con la paga semanal en la mano, y los maridos inclinados a la violencia salían, se emborrachaban y luego volvían a casa y pegaban a sus mujeres. Grace nunca salía antes de las dos de la madrugada, y a veces más tarde. Los domingos intentaban ocuparse de las mujeres y los niños llegados durante el fin de semana. Sólo los martes por la noche tenía ocasión de charlar con la hermana Eugene. Al llegar la Navidad ya se habían hecho buenas amigas. Eugene le preguntó si alguna vez había pensado en tomar los hábitos.

–¡Oh, Dios mío, no! –replicó Grace, atónita ante la pregunta.

–No es muy diferente de lo que haces ahora, ¿sabes? –La religiosa sonrió–. Estás dando mucho de ti misma a los demás, y a Dios... lo mires por donde lo mires.

–No creo que sea para tanto –dijo Grace–. No hago más que pagar viejas deudas. Ciertas personas fueron buenas conmigo en un momento determinado. Quiero creer que ahora yo puedo hacer lo mismo por otros. –Sin embargo, no estaba dispuesta a entregar su vida entera a Dios.

–¿Tienes novio? –le preguntó de pronto la hermana Eugene, entre risitas, como una chiquilla.

Grace soltó una carcajada. La hermana sentía curiosidad por su vida, pero ella se sentía más segura manteniendo la reserva.

–No se me dan muy bien los hombres –contestó Grace–. Prefiero venir aquí y hacer algo útil.

Grace pasó la Navidad y el Año Nuevo en St. Andrew's. Algunas veces, después de estar allí, su rostro tenía un resplandor beatífico. Winnie lo notaba en ocasiones y pensaba que había un hombre en su vida. No imaginaba que su felicidad procedía de una noche entera con un niño maltratado en los brazos, canturreándole y abrazándole como nadie había hecho con ella.

Cuando llevaban casi cinco meses trabajando juntas, Winnie la invitó a comer un domingo. Grace se lo agradeció, pero le dijo que tenía obligaciones que cumplir. Se citaron para comer un sábado en Schrafft's, en Madison Avenue y luego fueron a contemplar a los patinadores en el Rockefeller Center.

–¿Qué haces los domingos? –preguntó Winnie, convencida de que una chica como ella había de tener novio por fuerza.

–Trabajo en Delancey Street, en un hogar para mujeres y niños maltratados –explicó Grace mientras observaban a las mujeres con falda corta girando sobre el hielo y a los niños cayendo y riendo al perseguir a padres y amigos.

–¿En serio? –dijo Winnie con asombro. Le pareció una tarea muy difícil y deprimente para una chica joven y guapa–. ¿Por qué?

–Porque creo que es importante. Trabajo allí tres veces a la semana. Es un lugar magnífico, me encanta.

–¿Lo has hecho siempre?

–Bastante tiempo. También lo hacía en Chicago, pero el centro de aquí me gusta más. Se llama St. Andrew's. –Grace se echó a reír y le contó lo que le había dicho la hermana Eugene sobre tomar los hábitos.

–Oh, Dios mío –exclamó Winnie, horrorizada–, no pensarás hacerlo, supongo.

–No, aunque parecen muy felices no es para mí. Yo soy feliz con lo que hago.

–Tres días a la semana es mucho. No debes de tener tiempo para nada más.

–No, ni lo necesito. Me gusta mi trabajo en el bufete y en

St. Andrew's. Tengo los sábados para mí y tres noches a la semana. No necesito más.

—Eso no es sano —la regañó Winnie—. Una chica de tu edad debería divertirse. Ya sabes, con chicos.

Grace rió. Le gustaba Winnie y trabajar con ella; era responsable y eficiente y cuidaba de «sus» socios y de Grace como una madre.

—Estoy bien, de verdad. Tendré tiempo de sobra para los chicos cuando sea mayor —bromeó Grace, pero Winnie meneó la cabeza y agitó el dedo índice.

—Lo serás mucho antes de lo que crees. Yo cuidé de mis padres durante toda mi vida, pero mi padre murió y mi madre se fue a una residencia en Filadelfia para poder estar junto a mi tía Tina, y yo ya era vieja para casarme. —Su tono sonaba tan lastimero que Grace sintió pena por ella. Sospechaba que Winnie se encontraba muy sola y por eso le había pedido que fueran juntas a comer—. Si no te casas, llegará el día en que lo lamentes.

—No estoy segura.

Grace había acabado por pensar que no quería casarse. Sus encuentros con hombres como Marcus, Bob Swanson o su agente de vigilancia habían sido muy desafortunados, y los mejores, como David o Paul, no la habían hecho sentirse diferente. Prefería estar sola y no hacía esfuerzo alguno por conocer a ningún hombre. Por ello tuvo una sorpresa mayúscula cuando uno de los socios más jóvenes, Hallam Ball, que trabajaba en un despacho cercano al suyo, la invitó a cenar. Grace sabía que era amigo de sus jefes, que era muy atractivo y que se había divorciado recientemente.

Hallam se entreparó ante su mesa y en voz baja y cohibida le preguntó si querría cenar con él el viernes siguiente. Grace le explicó que trabajaba como voluntaria los viernes por la noche. No pareció demasiado complacida por la invitación, por lo que él se marchó con expresión aturdida.

Le sorprendió que uno de sus jefes le preguntara al día siguiente por qué había rechazado a Hallam Ball.

—Es un joven realmente agradable —explicó—, y tú le gustas. —Como si eso fuera todo lo que necesitaba para aceptar su cita.

—Yo... bueno, ha sido muy amable —balbuceó Grace, metida en

la embarazosa situación de explicar su negativa–, pero no salgo con la gente del trabajo. No es buena idea.

–Eso le he dicho yo –comentó él, asintiendo–. Suponía que sería algo así. De hecho es una postura muy inteligente, pero es una lástima porque creo que te gustaría y ha estado muy deprimido desde que se divorció el verano pasado.

–Lo siento por él –dijo ella con frialdad.

Luego, Winnie la reprendió y dijo que Hallam Ball era uno de los hombres más atractivos del bufete y que había sido una tonta, que acabaría convirtiéndose en una solterona.

–Bien –dijo Grace, sonriendo–. Estoy impaciente. Entonces ya no me invitará nadie y no tendré que inventar excusas.

–¡Estás loca! –exclamó Winnie–. Tonta de capirote.

Cuando uno de los pasantes invitó a salir a Grace al mes siguiente, y también fue rechazado, Winnie se puso furiosa.

–¡Eres la chica más tonta que he conocido en mi vida! ¡No voy a permitir que sigas así! ¡Es un chico adorable y es tan alto como tú!

Grace se rió de sus argumentos, pero se mantuvo en sus trece. En muy poco tiempo todos supieron que Grace Adams no salía con hombres del bufete. La mayoría pensó que tenía novio o estaba comprometida, y unos cuantos decidieron aceptar el desafío, pero Grace persistió en su actitud, indiferente al atractivo de sus pretendientes, hasta que mucha gente empezó a sentir curiosidad por ella.

–¿Y cuándo piensas casarte? –le preguntó Winnie, una tarde cuando estaban a punto de salir.

–No pienso casarme, Win. Así de sencillo. –La preocupación de Winnie la conmovía, pero no variaría ni un ápice su resolución.

–¡Entonces será mejor que te hagas monja! –exclamó–. Prácticamente ya lo eres.

–Sí, señora –replicó Grace con tono afable.

Bill, su jefe, alzó una ceja al pasar y oír la conversación. Estaba de acuerdo con Winnie. La juventud y la belleza no duraban eternamente.

–¿Peleándose por los pasillos, señoras? –bromeó, poniéndose el abrigo y cogiendo su paraguas. Era marzo y hacía semanas que no paraba de llover.

—¡Es una loca! —exclamó Winnie e intentó ponerse su abrigo, pero estaba tan contrariada que acabó enredándose y Grace tuvo que ayudarla, mientras Bill las miraba riendo.

—Dios mío, Grace, ¿qué le ha hecho a Winnie?

—¡No quiere salir con nadie, eso es lo que pasa! —Tiró del abrigo para que Grace lo soltara y se lo abrochó mal mientras los otros dos intentaban no reírse—. Acabará siendo una solterona como yo, y es demasiado guapa para eso.

Grace se dio cuenta entonces de que Winnie estaba a punto de echarse a llorar; se inclinó y le dio un afectuoso beso en la mejilla.

—Seguramente tiene novio —dijo él con tono apaciguador. De hecho empezaba a pensar que Grace salía con un hombre casado—. Seguramente lo mantiene en secreto. —Algunos de sus colegas opinaban, igual que él, que la reticencia de Grace no podía deberse únicamente a su virtud y sensatez.

Winnie miró a Grace y ésta sonrió sin decir nada, lo que convenció a Winnie de que Bill tenía razón.

Las dos mujeres se separaron en el vestíbulo y Grace se encaminó a Delancey Street para realizar su tarea voluntaria.

A la mañana siguiente Grace apareció con el rostro cansado y Winnie se reafirmó en sus suposiciones. En realidad Grace creía que empezaba a padecer los síntomas de una gripe, ya que durante la caminata bajo la lluvia hasta St. Andrew's la noche anterior se había empapado. A las once de la mañana la llamó el director de personal a su despacho, causando gran preocupación tanto a ella como a Winnie. No imaginaba qué podía querer, salvo que alguno de los que había rechazado hubiera decidido crearle problemas. Desde luego, tras sus experiencias previas no le hubiera sorprendido.

—No se te ocurra decirle nada que no debas —le advirtió Winnie.

Sin embargo, no eran quejas lo que aguardaba a Grace sino alabanzas. El director de personal le dijo que realizaba un magnífico trabajo y que todos los de su departamento estaban contentos con ella.

—La verdad —prosiguió con tono vacilante—, tengo que pedirle un favor, Grace. Sé que será un incordio para usted abandonar su trabajo durante una temporada, y también que a Tom y a Bill no les gustará, pero la señorita Waterman tuvo un accidente anoche en el metro. Resbaló en las escaleras y se fracturó la cadera. Estará de baja dos meses, puede que tres. Nos ha llamado su hermana para decirnos que está en Lenox Hill. Sabe de quién hablo, ¿verdad?

Grace se esforzó, pero no pudo recordarla. Sin duda era una de las secretarias del bufete, pero no sabía si tenía más o menos categoría que ella ni quién era su jefe. Esperaba que no fuera uno de los hombres que la habían invitado a salir. Ciertamente resultaría muy embarazoso.

–Creo que no la conozco –dijo.

–Trabaja para el señor Mackenzie –le comunicó el director de personal con solemnidad, como si con eso lo dijera todo.

Grace lo miró, confundida.

–¿Qué señor Mackenzie? –preguntó.

–El señor Charles Mackenzie –respondió él como si le pareciera una pregunta estúpida. Charles Mackenzie era uno de los tres socios principales del bufete.

–¿Bromea? ¿Por qué yo? Ni siquiera sé taquigrafía –repuso con tono agudo. Se encontraba cómoda en su puesto y no quería sufrir más presión.

–Sabe tomar notas rápidas y los socios para los que trabaja dicen que es usted una excelente secretaria; además, el señor Mackenzie ha dejado muy claro lo que quiere. –El director de personal estaba incómodo porque sabía que Mackenzie detestaba a las viejas secretarias malhumoradas que se quejaban de tener que quedarse hasta tarde y de sus continuas exigencias. El puesto requería alguien joven que pudiera llevar su ritmo, pero eso no podía decírselo a Grace. Mackenzie prefería que sus secretarias no pasaran de los treinta, incluso Grace lo sabía–. Quiere una secretaria rápida y eficiente que no obstaculice su trabajo mientras la señorita Waterman está de baja. Por supuesto, tan pronto como ella regrese, podrá usted volver a su puesto. Sólo serán dos meses.

Seguramente Mackenzie querría acostarse con ella, decidió Grace. Conocía a los de su calaña, y no quería dejar su puesto.

–¿Tengo alternativa? –preguntó con ceño.

–No –respondió él con sinceridad–. Le hemos presentado tres currículos esta mañana y ha elegido el suyo. Me resultaría muy difícil explicarle que no quiere usted trabajar con él. –La miró con aire fúnebre. No esperaba hallar oposición por su parte. El señor Mackenzie no estaba acostumbrado a que le negaran lo que pedía.

–Fantástico. –Grace se reclinó en la silla con expresión desolada.

–Naturalmente podremos subirle el sueldo de acuerdo con su nuevo puesto.

Esta promesa no consiguió animarla. Grace no tenía ningún deseo de trabajar para un viejo lascivo que quisiera perseguir a su joven secretaria por el despacho. Si aquel tipo resultaba un cabrón, se despediría de inmediato, decidió.

–Bien –dijo con frialdad–. ¿Cuándo empiezo?

–Después de comer. El señor Mackenzie ha tenido una mañana muy dura sin nadie que le ayudara.

–¿Cuántos años tiene la señorita Waterman, por cierto?

–Veinticinco, creo. No estoy seguro. Es una excelente secretaria. Hace tres años que trabaja para él.

Tal vez tenían una aventura, se dijo Grace, y se habían peleado, y ahora ella buscaba otro trabajo. Todo era posible, pero ya lo comprobaría por sí misma. A la una debía presentarse en el despacho de Mackenzie, de modo que fue a recoger sus cosas y a decírselo a Winnie.

–¡Qué maravilla! –exclamó Winnie–. Te echaré de menos, ¡pero es una gran oportunidad para ti!

Grace no lo veía de la misma manera y estuvo a punto de echarse a llorar cuando una chica del equipo de mecanógrafas llegó para ocupar su lugar. Se despidió de sus jefes y subió sus cosas a la planta vigesimonovena, donde se hallaba el despacho de Mackenzie. Winnie prometió llamarla por la tarde para saber cómo le iba.

–Me parece que es un cabrón –le dijo Grace en voz baja antes de marcharse.

–No, en absoluto. Todos los que trabajan para él le adoran.

–Estoy segura –repuso Grace con acritud y le dio un beso en la mejilla.

Cuando llegó a su nuevo puesto estaba de un humor de perros, no había comido y le dolía la cabeza. Ni siquiera su nuevo despacho, con una vista espectacular de Park Avenue, consiguió animarla. La trataron como si fuera de la realeza, y tres de las secretarias que trabajaban en la planta se acercaron expresamente para conocerla. Allí arriba tenían formado un pequeño club y, de haber estado de mejor humor, Grace habría reconocido que todos eran muy agradables.

Repasó algunos documentos que el director de personal había dejado para ella y una lista de instrucciones de su nuevo jefe sobre cierto asuntos que necesitaba para esa misma tarde. Se trataba en su mayor parte de llamadas de trabajo, y también de algunas personales: a su sastre, al peluquero y al Club 21 para reservar una mesa para dos para cenar el día siguiente. «¡Qué romántico!», pensó sarcásticamente mientras leía la lista, pero se dispuso a hacer las llamadas.

Cuando su jefe volvió de comer con otros socios a las dos y cuarto, Grace había realizado todas las llamadas, tanto personales como de trabajo, y había tomado nota de varios mensajes para él de modo que no tendría que devolver las llamadas. El señor Mackenzie se mostró sorprendido por su eficiencia, pero no tanto como se sorprendió Grace al verlo. El «viejo lascivo» que esperaba resultó un hombre alto de unos cuarenta años, con los ojos verde oscuro, el cabello negro y las sienes plateadas, además de una fuerte mandíbula de estrella de cine. Sin embargo, no era en absoluto presuntuoso y se conducía como si no supiera cuán atractivo era. Entró en la oficina y saludó a Grace con tono amigable, alabándola por su rapidez.

—Es tan buena como me habían dicho, Grace. —Sonrió cordialmente y en ese mismo instante ella se prometió resistirse a su encanto. Se mostró extremadamente formal con él y no demasiado amistosa.

Durante las dos semanas siguientes Grace se encargó de todas sus llamadas, asistió a reuniones con él, tomó notas precisas y demostró ser la perfecta secretaria.

—Es buena, ¿verdad? —lo apremió Tom Short cuando se encontró a solas con Mackenzie durante unos minutos antes de una reunión.

–Sí, desde luego –respondió él otro con escaso entusiasmo, lo que Tom percibió.

–¿No te gusta?

–Pues no. Es muy antipática y pasa todo el día con cara de palo. Es la persona más desagradable que he conocido en mi vida. Me dan ganas de tirarle un cubo de agua a la cabeza.

–¿Grace? –exclamó Tom asombrado–. Pero si es muy amable y simpática.

–A lo mejor es que yo no le gusto. Caray, estoy impaciente por que vuelva Waterman.

Sin embargo, cuatro semanas después, llegaron noticias preocupantes de Elizabeth Waterman. Después de su accidente y del modo en que la gente la había tratado cuando se quedó tirada en el metro con la cadera fracturada, había decidido abandonar Nueva York para irse a Florida, su lugar natal.

–Sospecho que no es una buena noticia para ninguno de los dos –dijo Mackenzie a Grace con sinceridad.

Durante seis semanas Grace había realizado un trabajo impecable para él, pero apenas le había dirigido una palabra cortés. Él se había mostrado siempre amable y complaciente, pero cada vez que Grace lo miraba y comprobaba lo guapo que era y lo fácil que era su trato con todo el mundo, le detestaba más aún. Estaba convencida de que conocía a los hombres como él, que sólo esperaban la oportunidad para acosarla sexualmente, igual que Bob Swanson. Semana tras semana veía llegar a mujeres maltratadas a St. Andrew's y le recordaban la maldad de los hombres, lo peligrosos que eran y el daño que podían hacer si se confiaba en ellos.

–No es feliz aquí, ¿verdad, Grace? –le preguntó por fin Mackenzie con tono afable, pero ella sólo pensó en cuántas mujeres habrían caído en sus brazos, incluida Elizabeth Waterman.

–Seguramente no soy la secretaria adecuada para usted –replicó ella–. No tengo la experiencia que usted necesita. Nunca había trabajado en un bufete de abogados ni para alguien tan importante.

Charles sonrió, pero ella se mantuvo tensa.

–¿Dónde había trabajado antes? –preguntó; lo había olvidado.

–Trabajé dos años en una agencia de modelos –respondió ella, preguntándose si había llegado el momento temido.

–¿Como modelo? –No le hubiera sorprendido.

–No; como secretaria.

–Debía de ser más interesante que un bufete. Mi trabajo no es muy excitante que digamos. –Su sonrisa le hizo parecer más joven.

Grace sabía que había estado casado con una famosa actriz de la que llevaba divorciado dos años y que no tenía hijos. Según se decía, además, salía con muchas mujeres, algunas de ellas socias del bufete y clientas.

–La mayoría de trabajos no son muy interesantes –comentó Grace, asombrada de que él dedicara tanto tiempo a hablar con ella–. Tampoco lo era en la agencia. En realidad –añadió, reflexionando–, me gusta más éste. La gente de aquí es más agradable.

–Entonces soy yo –dijo él casi con tristeza, como si Grace hubiera herido sus sentimientos.

–¿Qué quiere decir?

–Bueno, es obvio que no disfruta con su trabajo, y si el bufete le gusta, he de ser yo el culpable. Para ser sincero, creo que detesta trabajar para mí, que cada vez que entro en el despacho la hago desgraciada.

–No... –balbució Grace, enrojeciendo de vergüenza–. Yo... lo siento mucho, no quería darle esa impresión.

–¿Entonces qué es? –Mackenzie quería aclarar la situación con la mejor secretaria que había tenido–. ¿Hay algo que pueda hacer para suavizar las cosas? Dado que Elizabeth no va a volver, o bien conseguimos llevarnos bien o lo dejamos, ¿no le parece?

Grace asintió, avergonzada de que su antipatía hacia él hubiera sido tan patente. No era nada personal, sencillamente odiaba lo que creía que él representaba. En realidad era menos mujeriego de lo que se decía, pero la publicidad del matrimonio y divorcio con la famosa actriz le habían dado esa fama.

–Lo siento, señor Mackenzie. A partir de ahora intentaré facilitarle las cosas.

–Yo también –dijo él amablemente.

Grace salió de su despacho sintiéndose culpable, sentimiento que aumentó cuando Elizabeth Waterman fue a despedirse de él aún con muletas. Elizabeth afirmó que para ella era como abandonar el hogar y que Charles Mackenzie era la persona más buena que había conocido en su vida. Lloró al decir adiós y a Grace no le dio la impresión de que hubiera tenido una aventura con él, sino más bien que lamentaba sinceramente dejar a un jefe al que apreciaba.

—¿Qué tal va por ahí arriba? —le preguntó Winnie una tarde.

—Muy bien. —A Grace le daba vergüenza admitir que se había comportado de un modo muy desagradable, pero no había hecho ningún amigo en la planta vigesimonovena y varias personas lo habían comentado con sus antiguos jefes. Grace sabía que merecía la reputación de antipática que estaba adquiriendo, y aún se sintió más avergonzada cuando Winnie le contó que había oído decir que Grace estaba siendo muy poco amable con el señor Mackenzie.

Después de la charla con su jefe, Grace hizo un esfuerzo por ser un poco más cortés y empezó a gustarle su trabajo. Se resignó a no volver con Winnie y admitía ya que el trabajo con Mackenzie era más interesante cuando, de repente, en mayo su jefe le comunicó que tenía que ir a Los Ángeles y que quería que le acompañara. A Grace estuvo a punto de darle un ataque y temblaba cuando le dijo a Winnie que pensaba negarse a ir con él.

—¿Por qué, por amor de Dios? ¡Grace, menuda oportunidad!

¿Para qué?, se preguntaba Grace, ¿para acostarse con el jefe? ¡No! Ni hablar. En su mente todo estaba muy claro, pero cuando al día siguiente quiso decirle que no iría con él, Charles le dio las gracias efusivamente por concederle su tiempo y Grace se sintió un poco ridícula y no dijo nada. Llegó a pensar entonces en dejar el trabajo y habló de ello con el padre Tim.

—¿De qué tienes miedo, Grace? —le preguntó él.

—Tengo miedo... no sé —le daba vergüenza contárselo, pero sabía que debía hacerlo por su propio bien—, de que será como todos los que he conocido y se aprovechará de mí o algo peor. Había conseguido dejarlo todo atrás al venir aquí y ahora vuelve a empezar con ese estúpido viaje a California.

—¿Ha dado muestras en alguna ocasión de querer aprovecharse de ti? —preguntó el padre Tim—, ¿de estar interesado sexualmente en ti?

—En realidad no —admitió ella, aun sintiéndose desdichada.

—¿Nunca, ni siquiera un poco? Sé sincera contigo misma.

—Muy bien, no, ni siquiera un poco.

–Entonces ¿qué te hace pensar que ahora va a cambiar?

–No lo sé. La gente no se lleva a su secretaria de viaje a menos que quiera... ya sabe.

El padre Tim sonrió ante lo beata que se mostraba Grace cuando hablaba con él, cuando él precisamente estaba curado de espantos.

–Algunas personas se llevan a su secretaria de viaje sin «ya sabes». A lo mejor es que necesita ayuda. Y si no supiera comportarse, ya eres mayorcita, te subes a un avión y vuelves a casa. Fin de la historia.

–Supongo que podría hacerlo –dijo Grace, y asintió.

–Tú controlas tu vida, recuérdalo. Eso es lo que enseñamos aquí. Lo sabes mejor que nadie. Puedes abandonarlo cuando quieras.

–Muy bien. Quizá vaya con él. –Grace suspiró y miró al padre Tim agradecida, si bien aún no se había convencido.

–Haz lo que creas conveniente, Grace. Pero no tomes decisiones impulsadas por el miedo. Nunca te llevarán a donde quieras ir.

–Gracias, padre.

A la mañana siguiente Grace confirmó a su jefe que podría acompañarlo a California. Seguía teniendo sus dudas, pero se había dicho repetidas veces que era una persona adulta y que podría manejar la situación.

Mackenzie pasó a recogerla por su casa en una limusina de camino al aeropuerto. Grace salió, muy nerviosa, con una bolsa de viaje. Su jefe hizo unas cuantas llamadas desde el coche y le pasó unas notas. Luego charló con ella un rato y leyó el periódico. No parecía especialmente interesado en ella. A Grace no le pasó por alto, además, que una de las llamadas telefónicas había sido a una mujer. Una conocida mujer de la sociedad le llamaba con frecuencia al despacho y Grace tenía la impresión de que a él le gustaba, pero no creía que estuviera enamorado.

Volaron a Los Ángeles en primera clase. Él se pasó la mayor parte del viaje trabajando, mientras Grace veía una película. Mackenzie tenía que resolver financieramente el contrato de uno de sus clientes para una importante película. El cliente disponía de un abogado especializado en el mundo del espectáculo, pero Mackenzie se ocupaba de los aspectos financieros y su trabajo resultaba muy interesante.

Llegaron a Los Ángeles a mediodía, hora local, y se dirigieron directamente a las oficinas del otro abogado, donde permanecieron hasta las seis de la tarde celebrando múltiples reuniones que fascinaron a Grace. Su jefe tenía una cita para cenar, de modo que la dejó en el hotel y le dijo que cargara cuanto quisiera en la cuenta de su habitación. El hotel era el Beverly Hills, y Grace tuvo ocasión de emocionarse al ver a cuatro estrellas del celuloide en el vestíbulo.

Una vez en su habitación, Grace intentó ponerse en contacto con David Glass, pero no encontró su número en la guía. No sabía nada de él desde que le comunicó el nacimiento de su primer hijo y sufrió una decepción. Tenía la sensación, sin embargo, por pequeños detalles en las cartas de David, de que su mujer había querido que cortara toda comunicación con ella. A Grace le hubiera gustado contarle que tenía un buen trabajo y que era feliz en su nueva vida. Aún seguía echándole de menos de vez en cuando.

Pidió luego que le subieran la cena y una película, una comedia que aún no había tenido ocasión de ver. Rió a carcajadas, sola, en su habitación, y cuando terminó cerró las ventanas y echó la cadena a la puerta. Casi esperaba que su jefe aporreara la puerta al llegar e intentara colarse en su habitación, pero durmió profundamente hasta las siete de la mañana.

Mackenzie la llamó para que se reuniera con él en el comedor, y mientras desayunaban le detalló las reuniones que habrían de celebrarse ese día y lo que esperaba de ella. Era una persona muy metódica que disfrutaba con su trabajo.

—Hizo un buen trabajo ayer, Grace —dijo. Tenía un aspecto impecable con un traje gris y una camisa blanca almidonada.

Grace vestía un vestido de seda rosa y llevaba un suéter a juego sobre los hombros. Se lo había comprado dos años antes en Chicago y no era tan serio como lo que solía llevar al trabajo.

—Está muy guapa hoy —añadió Mackenzie con tono casual, y Grace se puso tensa, pero él no lo notó—. ¿Vio a alguna estrella de cine anoche al llegar?

Olvidando el comentario sobre su aspecto, Grace le habló con excitación de las estrellas que había visto en el vestíbulo y de la película que tanto le había hecho reír. Por un momento a Charles le pareció que eran casi amigos. Se alegraba de que Grace se hubiera relajado un poco y sentía curiosidad por saber por qué se ponía tan tensa a veces, pero no osaba preguntárselo.

–Me encanta esa película –afirmó–. La vi tres veces cuando la estrenaron. Detesto las películas deprimentes.

–Yo también –dijo Grace. En ese momento llegaba el desayuno; huevos revueltos con bacon para él y cereales con leche para ella.

–Debería comer más –le dijo él con tono paternal.

–Y usted debería vigilar el colesterol –replicó ella. En realidad su jefe estaba muy delgado, pero los huevos y el bacon habían perdido el favor popular.

–Por Dios, no. Mi mujer era vegetariana y budista, como todos en Hollywood. Valió la pena divorciarme sólo por poder comer hamburguesas en paz. –Sonrió.

Grace soltó una carcajada.

–¿Estuvieron casados mucho tiempo?

–Más del suficiente. Siete años. –El divorcio le había costado casi un millón de dólares, pero en su momento había merecido la pena. Desde entonces ninguna mujer había conseguido interesarle seriamente, pero lo que realmente lamentaba era no tener hijos–. Tenía treinta y tres años cuando me casé con Michelle Andrews y creí que era la respuesta a todas mis plegarias, pero resultó que estar casado con la estrella de cine más rutilante de Norteamérica no era tan fácil como yo creía. Esa gente paga un precio muy alto por su celebridad, más de lo que pensamos. La prensa les acosa continuamente, el público les exige hasta el alma... no hay modo de sobrevivir a todo eso, excepto tomando drogas o convirtiéndose en un fanático religioso, y ninguna de las dos cosas es para mí. A cada paso nos encontrábamos con un nuevo titular y un nuevo escándalo. Fue muy duro y al final tuvo su precio. Ahora somos buenos amigos, pero antes de divorciarnos no lo éramos. –Grace había leído en la revista *People* que la actriz se había vuelto a casar en dos ocasiones, con una joven estrella del rock y con su representante–. Además, yo era demasiado convencional para ella, demasiado aburrido. –Grace sospechaba que él le había ofrecido la única estabilidad que la actriz iba a conocer–. ¿Y qué me dice de usted? ¿Casada? ¿Prometida? ¿Divorciada siete veces? ¿Qué edad tiene, por cierto? Lo he olvidado. ¿Veintitrés?

–Casi. –Grace se ruborizó–. Los cumpliré en julio. No, no estoy casada ni prometida. No me interesa para nada.

–Entiendo. –Charles se echó a reír y Grace intentó no pensar en lo atractivo que resultaba cuando reía–. A su edad es demasiado joven incluso para salir con hombres. Espero que no lo haga. –Él bromeaba, pero intuía que ella no.

–No lo hago.

–¿No? ¿Habla en serio?

–Sí.

–¿Es que piensa hacerse monja de mayor? –Le divertía Grace ahora que parecía relajada. También le intrigaba. Era una chica inteligente y con gran sentido del humor cuando quería demostrarlo, lo que no ocurría a menudo.

–En realidad tengo una amiga que intenta convencerme de que lo haga.

–¿Quién es? Tengo que hablar con ella. Las monjas están pasadas de moda. ¿No lo sabía?

–Creo que no. –Grace volvió a reír–. Ella lo es. Es la hermana Eugene y es una mujer fantástica.

–Oh, cielos, es usted una fanática religiosa. Lo sabía. ¿Por qué me ha de tocar siempre a mí? Mi mujer quería que el Dalai Lama se viniera a vivir con nosotros... ¡Están todos locos! –Hizo ademán de alejarla, mientras Grace reía y el camarero les servía el café.

–No soy una fanática religiosa, se lo juro. Aunque algunas veces me atrae la idea de ser monja. Su vida es tan sencilla...

–E irreal. Se puede ayudar al mundo sin renunciar a él –dijo Charles con convicción. Le gustaba ayudar a la gente sin llegar a posturas extremas–. ¿De qué conoce a esa monja?

–Trabajamos juntas en el sitio donde soy voluntaria.

–¿Y cuál es ese sitio?

Mientras hablaba, Grace se fijó en que él estaba recién afeitado y en la extrema pulcritud de su persona, e intentó apartar de su mente tales pensamientos.

–Se llama St. Andrew's y está en el Lower East Side. Es un hogar para mujeres y niños maltratados.

–¿Trabaja allí? –preguntó él, atónito. Grace empezaba a adquirir una nueva dimensión ante sus ojos, pese a su juventud y su hosco comportamiento.

–Sí, tres veces a la semana. Es un lugar asombroso. Acogen a cientos de personas.

–Nunca la hubiera imaginado haciendo algo así –dijo él.

–¿Por qué no? –Le sorprendía el comentario.

–Porque es un gran compromiso. Muchas chicas de su edad preferirían ir a la discoteca.

–No he estado en una discoteca en mi vida.

–Yo la llevaría, pero soy demasiado viejo y seguramente su madre no querría que fuera conmigo –dijo él, y por una vez Grace no reaccionó a la defensiva, pero tampoco le dijo que no tenía madre.

La limusina les recogió unos minutos después de las diez. Al día siguiente se había cerrado el trato a tiempo para coger el avión de las nueve de la noche con destino a Nueva York, que les dejó allí a las seis de la mañana siguiente. Cuando aterrizaron Charles le dijo que podía tomarse el día libre. Después de dos largos días, incluso durante el viaje habían seguido trabajando.

–¿Usted también se tomará el día libre? –quiso saber Grace.

–No puedo. Tengo una reunión a las diez con Arco y muchos asuntos que resolver. Además, tengo una comida de socios y he de presentar unas reclamaciones.

–Entonces yo también iré a trabajar –dijo–. No necesito un día de fiesta. Puedo dormir por la noche.

–Las alegrías de la juventud. ¿Está segura? –La escrutó. Grace empezaba a convertirse en lo que le habían dicho que era: una persona leal, trabajadora y agradable.

Charles la dejó en su apartamento e insistió en que se tomara su tiempo, asegurándole que si cambiaba de opinión lo entendería, pero Grace llegó al bufete mucho antes que él y le dejó sobre su mesa todas las notas del avión mecanografiadas y los informes para la reunión de las diez, además de una serie de expedientes que sabía que necesitaría, y el café exactamente como le gustaba a él.

—¡Caramba! —Charles sonrió—. ¿Qué he hecho para merecer todo esto?

—Me ha soportado durante los últimos tres meses. Admito haberme comportado de un modo horrible y lo lamento. —Charles había sido un perfecto caballero en California y ella estaba dispuesta a ser su amiga.

—No, no es cierto. Creo que teníamos que probarnos el uno al otro. —Él parecía comprenderla y le agradecía la calidad de su trabajo y su minuciosidad.

A las tres y media de la tarde, obligó a Grace a que se fuera a casa, amenazándola en broma con despedirla. Algo había cambiado entre ellos. Ya no eran enemigos, sino aliados.

11

El mes de junio fue espléndido en Nueva York, cálido y florido, con brisa durante el día y noches fragantes. Noches en que la gente solía salir al porche o asomarse a la ventana. Días en que la gente se enamoraba o deseaba tener a alguien de quien enamorarse.

En la vida de Charles Mackenzie había dos mujeres en aquel momento, que Grace supiera, y no estaba segura de que le gustaran.

De una de ellas afirmaba su jefe que habían crecido juntos, que estaba divorciada y tenía dos hijos en la universidad. La otra era la productora de un espectáculo de éxito en Broadway. Charles parecía sentir una gran afición por el teatro, incluso dio dos entradas a Grace para una obra; ella fue a verla con Winnie y les encantó.

–¿Cómo es él en realidad? –le preguntó Winnie después de la representación, cuando fueron a tomar pastel de queso a Sardi's.

–Agradable... Muy agradable –dijo Grace–. Me ha costado admitirlo. No dejaba de pensar que iba a abalanzarse sobre mí para arrancarme la ropa y le odiaba por ello antes incluso de que lo intentara.

–Bueno, ¿y lo ha hecho? –preguntó Winnie. Estaba empeñada en que Grace se enamorara de alguien.

–Claro que no. Es un perfecto caballero. –Grace le habló del viaje a California.

–Qué lástima. –Winnie sufrió una gran decepción. Vivía una nueva juventud a través de Grace, que era como una hija para ella.

–Tiene un montón de mujeres que le van detrás, pero no creo que esté loco por ninguna de ellas. Me da la impresión de que su ex mujer lo dejó muy quemado. No es que hable mal de ella, pero creo que le hizo mucho daño.

–Una de las chicas de la catorce me dijo que le costó cerca de un millón de dólares –susurró Winnie.

–Quería decir emocionalmente –dijo Grace–. En cualquier caso es un hombre agradable, y trabaja muchísimo. Se queda siempre hasta la noche, y conmigo es muy considerado. –Charles siempre pedía un taxi o una limusina para ella cuando se quedaba a trabajar con él, y siempre la dejaba salir a tiempo los días en que tenía que ir a St. Andrew's. Se había estado quejando, por cierto, de que no debía ir a aquel barrio de noche y en metro. «Al menos coja un taxi», le decía, pero eso supondría una fortuna y Grace llevaba meses yendo en metro sin que ocurriera nada.

Winnie le contó también que la mujer de Tom estaba encinta, y ambas rieron preguntándose cuánto tiempo tardaría la mujer de Bill en quedarse embarazada.

Salieron del restaurante para tomar un taxi. Grace dejó a Winnie en su casa y se fue a su apartamento pensando en lo mucho que le gustaba su trabajo.

Charles volvió a California en junio, pero no la llevó consigo porque sólo se iba a quedar un día. El sábado siguiente trabajaron juntos en el bufete hasta las seis de la tarde. Charles se excusó por no llevarla a cenar. Tenía una cita, pero quería recompensar su esfuerzo de alguna manera.

–La semana que viene vaya al Club 21 con una amiga y cárguelo en mi cuenta –sugirió–, o esta noche, si le apetece.

–No tiene por qué hacer esto –dijo Grace, pero pensando en llevar a Winnie.

–Quiero hacerlo. Tiene que sacar algo de esto, ¿comprende? Se supone que los que trabajan para el jefe han de tener ciertos privilegios. No sé muy bien cuáles son, pero cenar en el Club 21 ha de ser uno de ellos, así que resérvese una mesa.

Charles nunca intentaba salir con ella y Grace se lo agradecía, porque le permitía sentirse relajada a su lado. Antes de irse le dio las gracias. Grace tenía la impresión de que él iba a salir con alguien nuevo, una abogada de un bufete rival. Últimamente había recibido muchos mensajes de Spielberg y Stein.

Grace se fue a casa a ver la televisión, pero llamó a Winnie para hablarle de la cena en el 21, y ésta se emocionó tanto que afirmó que no podría dormir hasta ese día. Al día siguiente, Grace fue a St. Andrew's como todos los domingos. Había mucha gente en la calle debido al buen tiempo, lo que le dio cierta seguridad.

Tuvo una jornada larga y laboriosa, dada la gran cantidad de nuevos ingresos. Cenó en la cocina con la hermana Eugene y el padre Tim y les habló de las estrellas de cine que había visto en el vestíbulo del hotel en California.

–¿Fue todo bien? –preguntó el padre Tim. No habían tenido tiempo de charlar desde entonces, pero suponía que no había ocurrido nada, ya que ella no lo había mencionado.

–Fue estupendo. –Grace lo miró con una sonrisa radiante.

Eran las once de la noche cuando salió del centro, más tarde de lo que solía los domingos. Pensó en coger un taxi, pero hacía una temperatura tan agradable que decidió volver al metro. No había caminado más de una manzana cuando alguien la agarró por el brazo y la metió a la fuerza en un portal. Grace vio que era un negro alto y delgado y sospechó que se trataba de un drogadicto o un atracador de poca monta. Lo miró con un nudo en el estómago mientras él la zarandeaba violentamente y la arrojaba contra la puerta.

–Te crees una zorra muy lista, ¿verdad? Te crees que lo sabes todo... –dijo, rodeándole el cuello con las manos.

Grace tragó saliva. Aquel hombre no parecía querer dinero.

–No sé nada –dijo serenamente, para no asustarlo–. Déjeme ir y me olvidaré de todo.

–¿De veras? –Con un rápido movimiento, el hombre sacó una navaja larga y delgada y se la puso contra la garganta. Grace no se movió ni un centímetro. Recordó su época en la prisión y deseó tener a una Luana que la salvara.

–No lo haga... coja el bolso. Dentro hay cincuenta dólares. Es todo lo que tengo... y el reloj. –Extendió el brazo para mostrarlo. Era el regalo de despedida de Cheryl, pero no valía nada comparado con su vida.

–No quiero tu maldito reloj, zorra... quiero a Isella.

–¿Isella? –No tenía la menor idea de qué hablaba. El hombre olía a whisky barato y a sudor.

–Mi mujer... ¡me quitaste a mi mujer y ahora no quiere volver! Dice que regresa a Cleveland.

Así pues, se trataba del marido de una de las mujeres que acogían en St. Andrew's.

–Yo no se la he quitado... No he hecho nada. Tal vez debería hablar con ella. Quizá si deja que le ayuden, volverá con usted...

–Me quitaste a mis hijos... –El hombre rompió en sollozos y su cuerpo se contrajo en espasmos.

Grace intentó recordar a la mujer llamada Isella desesperadamente; solía recordarlas, aun siendo muchas, pero con aquélla no lo conseguía.

–Nadie puede quitarle a sus hijos... ni a su mujer... Tiene que hablar con ellos... necesita ayuda. ¿Cómo se llama?

–Sam... ¿Qué le importa?

–Me importa. –Entonces se le ocurrió algo que podía ser su única salvación–. Soy monja. Yo entrego mi vida a Dios por personas como usted, Sam... He estado en las cárceles y en muchos lugares. No servirá para nada que me haga daño.

–¿Es una monja? –chilló él–. Mierda... nadie me lo ha dicho... ¡mierda! –Dio una fuerte patada contra la puerta, pero no acudió nadie. Nadie lo vio. A nadie le importaba en Delancey–. ¿Por qué coño se mete en mis asuntos? ¿Por qué le ha dicho que se vuelva a Cleveland?

–Para que usted no pueda hacerle más daño. Sé que no quiere hacerle daño... no quiere hacer daño a nadie...

–Mierda. –Su llanto arreció–. Monja de los cojones –espetó–, ¿crees que puedes hacer lo que te dé la gana por Dios? A tomar por culo Dios... y a tomar por culo tú y todos vosotros, zorra... –La cogió por la garganta y le golpeó la cabeza contra la puerta.

Grace acusó el golpe y vio todo borroso. Caía al suelo cuando notó que el hombre le pateaba con fuerza el estómago un par de veces. Luego empezó a darle puñetazos en la cara y Grace no podía hacer nada por evitarlo. Ni siquiera era capaz de pronunciar su nombre. Recibió una lluvia de golpes en la cabeza, el estómago y la espalda hasta que, de repente, el hombre se detuvo y salió corriendo. Aún le oyó lanzarle insultos por unos momentos y luego se hizo el silencio.

La policía la encontró durante su ronda nocturna, tirada en el portal. La empujaron con la punta de la porra, como hacían con los borrachos, hasta que uno de ellos vio la sangre.

–Mierda –exclamó, y dijo a su compañero–: ¡Pide una ambulancia, rápido!

El agente se arrodilló junto a Grace y le buscó el pulso, que encontró a duras penas. Le dio entonces la vuelta lentamente y vio el rostro y los cabellos ensangrentados. Grace jadeaba pese a estar inconsciente. El otro agente volvió instantes después.

–¿Cómo está?

–Muy mal... Por la ropa que lleva diría que no es de este vecindario. A saber de dónde ha salido. –El agente abrió el bolso de Grace y buscó el monedero mientras aguardaban la ambulancia del Bellevue–. Vive en la Ochenta y cuatro; está muy lejos de casa. Debería saber que no se puede pasear por aquí a estas horas.

–Hay un centro de asistencia más allá –dijo el policía que había pedido la ambulancia mientras el otro comprobaba de nuevo el pulso de Grace y colocaba el bolso suavemente bajo su cabeza–. A lo mejor trabaja allí. Iré a comprobarlo cuando te vayas con la ambulancia. –Uno de ellos tenía que acompañar a Grace para hacer el informe, si es que vivía para entonces, porque su pulso y su respiración eran cada vez más débiles.

La ambulancia llegó cinco minutos después haciendo sonar la sirena. Los asistentes sanitarios la colocaron rápidamente en una camilla y le pusieron una mascarilla de oxígeno.

–¿Es muy grave? –preguntó uno de los agentes.

–No tiene buen aspecto –contestó un asistente–. Tiene una herida en la cabeza y eso siempre es imprevisible.

El rostro de Grace apenas era reconocible, y cuando le abrieron la camisa y los tejanos vieron su cuerpo lleno de contusiones.

–Está muy mal –susurró el asistente sanitario al policía–. Le han dado una buena paliza. ¿Cómo se llama?

El policía abrió el monedero otra vez y leyó el nombre de Grace en voz alta. Uno de los sanitarios asintió. Tenían que mantenerla con vida hasta que llegaran al Bellevue.

–Vamos, Grace, abre los ojos... Estás a salvo, no vamos a hacerte daño. Te llevamos al hospital, Grace... Grace... Mierda. –Le pusieron una intravenosa y le tomaron la presión sanguínea, que descendía rápidamente–. La estamos perdiendo –dijo a su colega. Bajaba cada vez más hasta que desapareció. Los sanitarios reaccionaron con presteza; le arrancaron el sostén y le aplicaron el desfibrilador.

–Apártese –le dijo al policía. Enfilaban en aquel momento la entrada del hospital–. Ya.

El cuerpo de Grace sufrió una brusca sacudida y su corazón volvió a latir justo cuando el conductor de la ambulancia abría las puertas y dos médicos de urgencias se aprestaban a recogerla.

–Ha sufrido parada cardíaca hace unos segundos –explicó el sanitario, mientras le cubría el pecho desnudo con su chaqueta–. Creo que hay hemorragia interna... una herida en la cabeza... –Informó a los médicos de cuanto sabía y entraron todos detrás de la camilla en la sala de urgencias.

La presión sanguínea de Grace cayó en picado de nuevo, pero esta vez no se le paró el corazón. Llegó el jefe del servicio con tres enfermeras y empezó a dar órdenes. Los asistentes sanitarios y el policía fueron a la ventanilla de recepción para rellenar los impresos.

–Dios mío, qué barbaridad –dijo uno de los asistentes al policía–. ¿Sabe qué le ha ocurrido?

–El típico asalto de Nueva York –respondió el policía con tristeza. Vio en el carnet de conducir de Grace que tenía veintidós años. Demasiado joven para morir a manos de un vulgar asaltante.

–Parece algo más que un simple asalto –dijo el asistente–. Nadie le daría una paliza semejante a menos que tuviera un motivo. Quizá fuera su novio.

–¿En un portal de Delancey? No lo creo. Llevaba tejanos de diseño y su dirección es del Upper East Side. La han asaltado.

Sin embargo, cuando el otro agente fue a St. Andrew's y le contó lo ocurrido al padre Tim, éste sospechó que no había sido sólo mala suerte. El día anterior le había visitado la policía para informarle que una mujer llamada Isella Jones había sido asesinada por su marido, el cual había desaparecido después de matar también a sus dos hijos. Le habían sugerido asimismo que avisara a las enfermeras y voluntarios del centro, por si a aquel tipo se le ocurría presentarse allí, pero el padre Tim no había pensado en decírselo a Grace. De hecho ella se hallaba en California cuando Isella se presentó en el centro, golpeada y aterrorizada, con sus hijos. El padre Tim había advertido a los demás de que tuvieran cuidado con un hombre llamado Sam Jones. Habían pensado incluso en poner un aviso en el tablero de anuncios, pero el ingente trabajo del fin de semana se lo había impedido.

Cuando el padre Tim se enteró de lo ocurrido a Grace, dio por seguro que ambos casos estaban relacionados. La policía daría la alerta general de búsqueda y captura con la descripción. Sam Jones tenía un largo historial delictivo, pero el asesinato de su mujer y sus hijos sería su final si conseguían atraparlo.

–¿Está muy grave? –preguntó el padre Tim con expresión angustiada.

–Parecía bastante mal cuando se la ha llevado la ambulancia, padre. Lo siento.

–Yo también. –El religioso tenía lágrimas en los ojos cuando se quitó la camisa negra que llevaba para ponerse una camisa negra con alzacuello–. ¿Podría llevarme al hospital?

–Desde luego, padre.

El sacerdote le explicó brevemente a la hermana Eugene a donde iba y salió apresuradamente con el policía. Cuatro minutos más tarde llegaban al Bellevue. Grace seguía aún en la sala de urgencias atendida por un equipo de médicos y enfermeras.

–¿Cómo está? –preguntó el padre Tim a la enfermera de recepción.

–En estado crítico. Es todo lo que sé. –La enfermera miró al padre Tim. Seguramente la chica no se salvaría, al menos eso le había dicho un médico, y al fin y al cabo se trataba de un sacerdote–. ¿Quiere verla? –preguntó.

El padre Tim asintió. Se sentía responsable de lo ocurrido. Siguió a la enfermera hasta la habitación donde se hallaba Grace y sufrió una conmoción al verla. A su alrededor se arremolinaban médicos y enfermeras, estaba casi desnuda, cubierta apenas por las sábanas, su cuerpo estaba negro e hinchado a causa de los golpes y su rostro era como un melón de oscuro color púrpura. Había pantallas, escáners e instrumentos por todas partes. A una seña de uno de los médicos, le dio la extremaunción. No sabía siquiera de qué religión era, pero no importaba. Luego se retiró a un rincón para llorar y rezar. Pasaron horas hasta que acabaron de curarla. Le habían vendado la cabeza y cosido los cortes. Tenía un brazo y cinco costillas rotas. Los escáners habían detectado rotura del bazo, daños en los riñones y fractura de pelvis. Debían operarla en cuanto se estabilizaran sus constantes.

—¿Le ha quedado algo sano? —preguntó el padre Tim con horror.

—No mucho. Los pies parecen en buen estado. —El médico sonrió y el sacerdote intentó imitarle.

Introdujeron a Grace en el quirófano a las seis de la mañana y no salió de allí hasta el mediodía. La hermana Eugene acudió al hospital y se hallaba sentada, rezando en silencio junto al padre Tim, cuando el médico fue a hablar con ellos.

—¿Es pariente suya? —preguntó, confundido por el alzacuellos. Al principio había creído que era el sacerdote del hospital, pero luego comprendió que estaba allí por Grace, igual que la monja.

—Sí —respondió el padre Tim sin vacilar—. ¿Cómo está?

—Ha superado la intervención. Le hemos extirpado el bazo, cosido los riñones y puesto una pinza en la pelvis. Ha tenido suerte. El cirujano plástico le ha cosido la cara y asegura que no se le notará nada. El interrogante ahora es la herida de la cabeza. En el encefalograma todo parece correcto, pero nunca se sabe. Podría no ser nada o quedarse en coma. No sabremos más hasta dentro de unos días. Lo siento, padre. —El médico se despidió del sacerdote e inclinó la cabeza ante la joven monja antes de marcharse a descansar después de un caso tan difícil. El padre Tim le dio las gracias y preguntó cuándo podrían verla. Pasarían unas horas antes de que la llevaran a la UCI, de modo que ambos religiosos fueron a comer algo a la cafetería. La monja le aconsejó que se fuera a casa a descansar, pero él rehusó.

—Creo que debería llamar a su oficina. Nadie sabe lo que le ha pasado excepto nosotros. Deben estar preguntándose por qué no ha ido a trabajar.

Así era, en efecto. Charles Mackenzie había pedido a una de las secretarias que llamara a casa de Grace media docena de veces. No sabía a qué otro lugar podía llamar. Por lo que sabía, era posible que hubiera resbalado en la ducha y se hubiera golpeado en la cabeza. Pensó incluso en localizar al encargado del edificio de apartamentos donde vivía, pero decidió esperar hasta después de la comida. Tan pronto como volvió de comer le llamó el padre Timothy Finnegan, y la secretaria que le pasó la llamada dijo que se refería a Grace.

—Pásemelo —dijo Mackenzie, y cogió el auricular con súbito desasosiego—. ¿Diga?

—¿El señor Mackenzie?

—Sí, padre, ¿qué puedo hacer por usted?

—No mucho, me temo. Se trata de Grace. —Charles sintió que la sangre se le helaba. Sin oír más, supo que algo terrible le había ocurrido a Grace.

—¿Se encuentra bien?

El silencio que siguió se hizo interminable.

—Me temo que no. Anoche sufrió un terrible accidente. La asaltaron y le dieron una paliza cuando salió de St. Andrew's, el centro de asistencia donde trabaja como voluntaria. Era tarde y... aún no conocemos los detalles, pero creemos que pudo ser el marido enloquecido de una de nuestras clientas. Mató a su mujer y a sus hijos el sábado. No estamos seguros de que fuera él, pero quienquiera que fuese estuvo a punto de matarla.

—¿Dónde está? —La mano de Charles temblaba cuando cogió pluma y papel.

—En el Bellevue. Acaba de salir del quirófano.

—¿Es grave? —preguntó Charles, pensando en lo injusto que era que le pasara algo así a una chica tan joven, guapa y llena de vida.

—Muy grave. Le han extirpado el bazo, aunque el médico dice que puede vivir sin él. Tiene dañados los riñones, la pelvis fracturada y varias costillas rotas. También tiene heridas en la cara y un corte superficial en el cuello. Lo peor es la herida de la cabeza. Dicen que hay que esperar. Lamento llamar para darle esta mala noticia, pero he pensado que querría saberlo. —Entonces, sin saber por qué lo hacía, añadió—: Grace tiene una elevada opinión de usted, señor Mackenzie. Lo considera una gran persona.

—Yo también lo pienso de ella. ¿Hay algo que pueda hacer?

–Rezar.

–Lo haré, padre, descuide. Gracias. Llámeme si se produce algún cambio, se lo ruego.

–Descuide.

En cuanto colgó, Charles Mackenzie llamó al director del Bellevue y a un amigo neurocirujano para pedirle que fuera a examinar a Grace inmediatamente. El director del hospital prometió instalar a Grace en una habitación privada con enfermeras propias, pero primero tenía que pasar por cuidados intensivos.

Charles no acababa de creer que hubiera sucedido lo que tantas veces le había advertido cuando aconsejaba a Grace que cogiera taxis en lugar del metro. Estuvo angustiado el resto de la tarde y volvió a llamar al hospital a las cinco para saber si había alguna mejoría. Le dijeron que seguía en estado crítico. A las seis se encontraba aún en su despacho cuando le llamó su amigo neurocirujano.

–No puedes imaginar lo que le hizo ese tipo, Charles. Es inhumano.

–¿Se pondrá bien? –preguntó Charles con desolación. Había acabado tomándole mucho afecto a Grace. De repente se dio cuenta de que era tan joven que podía ser su hija.

–Quizá –respondió el médico–. Es pronto para decirlo. El resto de las heridas curarán fácilmente. La cabeza es otra historia. Podría estar bien o no. Todo depende de si recobra el conocimiento en los próximos días. No ha sido necesario operarla, lo que es bueno, pero habrá inflamación durante un tiempo. Hay que tener paciencia. ¿Es amiga tuya?

–Mi secretaria.

–Lo siento. Es muy joven por lo que vi en su gráfica. Y no tiene familia, ¿verdad?

–En realidad no lo sé. Nunca lo ha mencionado. –Charles se dio cuenta de que Grace no hablaba de su vida personal, que no sabía nada de ella.

–He hablado con una monja que estaba sentada a su lado. Al parecer el sacerdote que estaba con ella se había ido a casa a descansar. La monja dice que no tiene a nadie en el mundo. Eso es muy duro para una chica tan joven. También dice que es muy guapa, aunque es difícil de ver por el momento. El cirujano plástico ya la ha cosido, así que en principio no tendrá problemas. Es la cabeza lo que debe preocuparnos.

Charles se sentía enfermo cuando colgó. ¿Cómo era posible que con sólo veintidós años Grace no tuviera a nadie en el mundo más que a un cura y una monja?

Charles intentó seguir trabajando pero finalmente no pudo soportarlo más.

A las siete cogió un taxi y se fue al Bellevue. La hermana Eugene ya se había marchado, pero llamaba regularmente desde St. Andrew's para interesarse por el estado de Grace. El padre Tim había prometido volver por la noche.

Grace seguía igual. Charles se sentó junto a ella, horrorizado por su aspecto. Sólo sus largos y gráciles dedos eran reconocibles. Le cogió la mano y la acarició suavemente.

–Hola, Grace, he venido a verte –musitó para no molestar a nadie, esperando que ella le oyera–. Te pondrás bien, ya verás... y no te olvides de la cena en el veintiuno. Te llevaré yo mismo si te recuperas... y, sabes, estaría bien que abrieras los ojos... así es un poco aburrido... abre los ojos, Grace... eso es, abre los ojos...

Continuó hablándole con tono apaciguador, y justo cuando se disponía a marcharse, vio que sus párpados se agitaban e hizo señas a la enfermera con el corazón palpitándole. Quería que Grace viviese.

–Creo que ha movido los párpados –explicó.

–Seguramente no es más que un reflejo –dijo la enfermera con una sonrisa comprensiva, pero en ese momento Grace volvió a hacerlo y la enfermera se levantó para examinarla.

–Mueve los ojos otra vez, Grace –musitó Charles–. Vamos, sé que puedes. Sí puedes. –Lo hizo. Grace abrió los ojos brevemente, gimió y volvió a cerrarlos. Charles sintió deseos de gritar de alegría–. ¿Qué significa eso? –preguntó a la enfermera.

–Que está recuperando el conocimiento. –La mujer sonrió–. Voy a llamar al médico.

–Eso ha estado muy bien, Grace –dijo Charles, acariciándole de nuevo los dedos. Tenía que vivir para demostrar que podía hacerlo, que un delincuente no podía arrebatarle la vida porque sí–.

Vamos, Grace, no puedes quedarte ahí tumbada, tenemos trabajo... ¿Y esa carta que me prometiste hacer? –Decía lo primero que se le ocurría y estuvo a punto de echarse a llorar al ver que Grace fruncía el entrecejo, abría los ojos y lo miraba inexpresivamente.

–¿Qué carta? –farfulló Grace y cerró los ojos.

Él lloraba; las lágrimas le corrían por las mejillas mientras la contemplaba. Llegó entonces el médico y Charles le explicó lo sucedido. Hicieron un nuevo encefalograma; las ondas cerebrales seguían muy débiles, pero empezaba a reaccionar lentamente. Grace apartó la cara cuando intentaron enfocarle los ojos con una linterna y gimió, y cuando la tocaron gritó. Sentía dolor, una buena señal según los médicos.

A medianoche Charles seguía con ella. Definitivamente parecía que no había lesión cerebral, aunque todavía debían hacerle más pruebas.

El padre Tim se hallaba con Charles en la UCI cuando el médico les comunicó el diagnóstico favorable. Luego los dos hombres salieron al pasillo mientras la enfermera ponía un calmante a Grace, que sufría grandes dolores.

–Dios mío, se va a salvar –exclamó el padre Tim con alegría. Había rezado todo el día por Grace, además de oficiar dos misas por ella. Le habían informado que Sam Jones había sido detenido y que admitía haber atacado a Grace porque era la primera persona que había visto salir de St. Andrew's–. Es una gran chica. No sabe usted cuánto ha hecho por nosotros, señor Mackenzie. Es una santa.

–¿Por qué lo hace? –preguntó Charles, mientras se sentaban a tomar un café.

–Creo que en la vida de Grace hay muchas cosas que ninguno de nosotros conoce –respondió el cura en voz baja–. Creo que la situación de las mujeres y los niños maltratados no es ajena a ella. Creo que ha sufrido mucho y ha sobrevivido, y ahora quiere ayudar a los demás a hacer lo mismo. Sería una buena monja. –Sonrió.

–¡No se atreva a sugerírselo! –le espetó Charles, agitando el dedo índice a modo de advertencia–. Debería casarse y tener hijos.

–No estoy seguro de que llegue a hacerlo –dijo el padre Tim–. Para ser sincero no creo que sea eso lo que quiere. Algunos se curan, como ella, pero muchos de los niños que sufren tanto no vuelven a confiar nunca en sus semejantes. Creo que es un milagro que Grace haya llegado hasta aquí y que sea capaz de dar tanto a los demás. Quizá no se le pueda pedir más.

—Si puede darle tanto a tantos, ¿por qué no a un marido?

—Eso es más difícil. —El religioso sonrió, y decidió contárselo—. A Grace le asustaba ir a California con usted, y se sintió inmensamente agradecida porque no le hizo daño ni se aprovechó de ella.

—¿Aprovecharme? ¿Qué quiere decir?

—Creo que Grace ha visto mucho sufrimiento... Muchos hombres hacen cosas innombrables. En nuestro centro lo vemos cada día. Creo que ella esperaba que usted intentaría algo deshonesto.

Charles se azoró ante la idea. Le horrorizaba que Grace hubiera pensado eso de él y que incluso se lo hubiera dicho a otra persona.

—Supongo que por eso estaba siempre tan nerviosa cuando vino a trabajar a mi despacho. No confiaba en mí.

—Seguramente. No confía demasiado en nadie y después de lo que le acaba de pasar, peor aún, aunque al menos no se trataba de algo personal. Cuando alguien a quien amas te hace daño te destruye el alma... como una madre a su hijo o un hombre a su mujer.

El sacerdote era un hombre de amplia experiencia y Charles le escuchó con interés preguntándose hasta qué punto lo que decía podía aplicarse a su secretaria, puesto que no parecía muy seguro de la historia de Grace. Sin embargo, la conocía mejor que él y lo que decía sobre ella le conmovía. No podía imaginar lo que Grace escondía tras su fría fachada y sus maneras apacibles.

—¿Sabe algo de sus padres? —preguntó.

—No habla nunca de ellos. Sólo sé que han muerto. No tiene familia, pero no creo que eso le preocupe. Vino aquí desde Chicago y no habla jamás de amigos ni de parientes. Creo que es una chica muy solitaria, pero lo acepta. Su único afán en la vida es trabajar para usted y venir a St. Andrew's. Con nosotros trabaja veinticinco o treinta horas a la semana.

—Eso no le deja mucho tiempo para nada más, excepto dormir. Para mí trabaja cuarenta y cinco o cincuenta horas.

—Eso es todo lo que hace, señor Mackenzie.

Charles estaba impaciente por hablar con la propia Grace. De repente ya no era sólo la chica con la que trabajaba cada día; tenía muchas preguntas que hacerle.

La enfermera volvió a dejarles entrar, y el padre Tim se quedó un poco apartado para que Charles hablara con ella. Intuía que su interés era mayor de lo que él mismo o ella sospechaban.

Grace estaba medio inconsciente a causa de los calmantes, pero al menos no sufría.

—Gracias por venir... —Intentó sonreír, pero tenía los labios demasiado hinchados.

—Siento lo ocurrido, Grace. —Tendría que hablar con ella sobre lo de trabajar en St. Andrew's, pero eso sería después, si quería escucharle—. Han cogido al tipo que lo hizo.

—Estaba furioso... por su mujer... Isella. —Recordaría ese nombre el resto de su vida.

—Espero que lo cuelguen —exclamó Charles. Ella abrió los ojos para mirarle y esta vez consiguió esbozar una sonrisa—. ¿Por qué no duermes? Mañana volveré.

Grace asintió. El padre Tim pasó también unos minutos con ella y luego la dejaron dormir. Charles dejó al sacerdote en St. Andrew's y luego dirigió el taxi hacia su casa, tras prometer que se mantendría en contacto con él. Aquel religioso le gustaba. También había prometido visitar el centro; era un modo de conocer mejor a Grace.

Los tres día siguientes Charles canceló sus comidas, incluso la que tenía prevista con su amigo productor, para visitar a Grace. Cuando trasladaron a Grace a una habitación, llevó a Winnie a verla. Winnie lloró y se retorció las manos y la besó en el único trocito de la cara que no estaba cubierto por vendas o contusiones. Había mejorado bastante. Gran parte de la hinchazón había desaparecido, pero le dolía todo y apenas podía moverse. Los riñones evolucionaban favorablemente y el bazo también, pero ella se sentía como si la hubieran hecho pedazos.

El sábado, seis días después del desgraciado episodio, la enfermera que Charles había contratado para ella la obligó a levantarse e ir al cuarto de baño. Le dolía tanto que casi se desmayó, pero celebró su victoria con un vaso de zumo cuando volvió a la cama. Estaba pálida como la cera pero sonreía cuando llegó Charles con un ramillete de flores. Le había llevado flores a diario, y revistas, bombones y libros. Quería animarla y no sabía muy bien cómo hacerlo.

–¿Qué estás haciendo aquí? –Grace se ruborizó levemente al verlo y su rostro recuperó algo de color–. Hoy es sábado, ¿es que no tienes nada mejor que hacer? –le regañó, volviendo a ser ella misma.

También iba recuperando su aspecto natural. Su rostro parecía un arco iris de azules, verdes y púrpura, pero las suturas prácticamente no se veían. Lo que preocupaba a Charles era su espíritu, pero era demasiado pronto para hacerle preguntas.

–¿No tenías planes para el fin de semana? –insistió Grace, que recordaba haber alquilado una pequeña casa en Quogue a su nombre para que asistiera a una regata en Long Island.

–Los he cancelado. –Charles la miró detenidamente–. Tienes muy buen aspecto. –Sonrió, tendiéndole las revistas que le había comprado.

Junto con las demás chucherías, le había llevado una bata, zapatillas, un cojín y colonia. A Grace le resultaba algo embarazoso, pero tenía que admitir que le gustaba. Se lo había mencionado a Winnie por teléfono y la buena señora había empezado a cloquear como una gallina. Grace rió y le dijo que era escandaloso que siguiera esperando el romance. «Pues claro», había exclamado Winnie orgullosamente y prometió visitarla el domingo.

–Quiero irme a casa –dijo Grace con expresión compungida.

–No creo que puedas hacerlo durante un tiempo –dijo Charles con una sonrisa. Le habían dicho que tendría que permanecer en el hospital tres semanas.

–Quiero volver al trabajo. –También le habían dicho que tendría que usar muletas un par de meses, pero ella pensaba volver al bufete en cuanto saliera del hospital, así como a St. Andrew's.

–No te precipites, Grace. ¿Por qué no te tomas tiempo para recuperarte y vas a divertirte a alguna parte?

–¿Adónde? –preguntó ella sarcásticamente–. ¿A la Riviera?

Aún no llevaba el tiempo suficiente en el bufete para que le dieran una semana de vacaciones, y tendría que trabajar un año como mínimo para que le dieran dos. Era ya excesivo que el bufete le pagara los gastos que no cubriera su seguro médico, según le había dicho el señor Mackenzie. Probablemente su estancia en Bellevue y todo el tratamiento rondaría los cincuenta mil dólares.

—Claro, ¿por qué no a la Riviera? Alquila un yate –bromeó Charles–. Haz algo divertido para variar.

Grace sonrió y siguieron hablando durante un rato. Era sorprendente lo fácil que le resultaba hablar con su jefe, y él no parecía querer irse de su lado. Seguía allí cuando la enfermera se fue a comer. Ayudó a Grace a llegar cojeando hasta la silla, y le puso un almohadón detrás para que se recostara, victoriosa pero pálida y exhausta.

—¿A qué se debe que no hayas tenido hijos? –preguntó Grace de repente mientras charlaban y él le servía un ginger ale. Pensó que hubiera sido un buen padre, pero no lo expresó en voz alta.

—Mi mujer detestaba a los niños. –Sonrió–. Ella misma quería seguir siendo una niña. Las actrices son así. Y yo la complacía –concluyó, algo avergonzado.

—¿Lo lamentas? No haber tenido hijos, quiero decir. –Hablaba como si fuera demasiado viejo para tenerlos y Charles se rió al darse cuenta.

—Cuando Michelle me dejó, pensé que volvería a casarme y tendría hijos, pero quizá mi vida ahora sea demasiado cómoda para introducir un cambio semejante. –Gozaba de su libertad, eludiendo comprometerse, y resultaba tentador permanecer así para siempre. Pero la pregunta de Grace le dio pie para indagar un poco más en su vida–. ¿Y qué me dices de ti? ¿Por qué no quieres casarte y tener hijos?

—¿De dónde has sacado esa idea? –preguntó Grace a su vez, sorprendida. Apartó la mirada, incómoda y temerosa. Pero cuando volvió a mirarle a la cara, vio a alguien en quien podía confiar–. ¿Cómo lo has sabido?

—Una chica de tu edad no se pasa el tiempo libre haciendo trabajos voluntarios y con solteronas de sesenta años como Winnie, a menos que tenga muy poco interés en encontrar marido. ¿Estoy en lo cierto? –inquirió, mirándola con una sonrisa.

–Sí.

–¿Por qué?

Grace tardó un rato en contestar. No quería mentirle, pero tampoco estaba preparada para contarle la verdad.

–Es una larga historia.

–¿Tiene que ver con tus padres?

–Sí.

–¿Fue algo malo? –Grace asintió y él sintió un hondo pesar–. ¿Te ayudó alguien?

–Cuando me ayudaron ya era demasiado tarde. Todo había terminado.

–Nunca termina todo y nunca es demasiado tarde. No tienes por qué vivir con ese dolor el resto de tu vida, Grace. Tienes derecho a un futuro con un hombre decente.

–Tengo un presente que significa mucho para mí. En el pasado ni siquiera tenía eso. No le pido demasiado al futuro –dijo con expresión de pesar.

–Pues deberías hacerlo –insistió él–. Eres muy joven aún, prácticamente te doblo la edad. Tu vida acaba de empezar.

Grace meneó la cabeza con una sonrisa de sabiduría y tristeza.

–Créeme, Charles –él había insistido en que lo tuteara desde que estaba en el hospital–, la mitad de mi vida ya ha pasado.

–Eso es lo que te parece, pero te falta mucho camino por recorrer y por eso necesitas algo más que trabajar para mí y en St. Andrew's.

–¿Intentas ligarme con alguien? –Grace se echó a reír estirando sus largas piernas. Charles era muy amable, pero no sabía de lo que hablaba. No trataba con una jovencita vulgar y corriente con algunos malos recuerdos y un futuro rosa, no conocía a nadie como ella y, en realidad, no sabía muy bien qué hacer por ella.

–Ojalá conociera a alguien digno de ti –replicó él. Todos sus conocidos eran demasiado viejos o demasiado estúpidos.

La conversación derivó hacia otros derroteros. Charles le contó que le encantaba hacer vela, que pasaba los veranos de su infancia en Martha's Vineyard y que aún tenía una casa allí a la que iba en raras ocasiones. Finalmente Charles comentó que iba a ver a unos amigos de Connecticut al día siguiente y se marchó cuando ya anochecía. A Grace le emocionó que le hubiera dedicado tanto tiempo.

El domingo por la tarde la visitaron Winnie y el padre Tim. Luego, estaba a punto de instalarse a ver la televisión antes de ponerse a dormir cuando entró Charles en pantalón caqui y camisa azul con aspecto de anuncio y oliendo a campo.

–De vuelta a casa he pensado en pasar a ver cómo estabas –dijo. Parecía feliz de verla y Grace le dedicó una sonrisa radiante.

En realidad lo había echado de menos esa tarde y eso la inquietaba un poco. Al fin y al cabo era su jefe y ella no tenía derecho a esperar sus visitas. Aun así, se alegró más de lo que imaginaba.

–¿Lo has pasado bien en el campo? –preguntó.

–No –respondió él con sinceridad–. He pensado en ti toda la tarde. Eres más divertida que mis amigos.

–Ahora sí me has convencido de que estás loco.

Charles se sentó a los pies de la cama y le contó divertidas anécdotas sobre su tarde en el campo. A las diez de la noche, cuando él se fue, Grace deseó que se quedara.

Pero después, cuando estaba acostada pensando en él, sintió el pánico. ¿Qué estaba haciendo? ¿Qué quería de él? Si se abría a su jefe de aquella manera sólo conseguiría salir herida. Se obligó a recordar la angustia y la vergüenza que había pasado con Marcus, que tan amable y paciente había sido al principio y luego la había traicionado. Quizá fuera una conquista más para Charles Mackenzie. Sintió una opresión en el pecho y en ese momento, como si le hubiera leído el pensamiento, sonó el teléfono junto a su cama. Era Charles.

–Quiero decirte una cosa... A lo mejor pensarás que estoy loco, pero te la diré de todas maneras: quiero ser tu amigo, Grace. Estaba preocupado, intentando imaginar qué estarías pensando. No sé qué nos está sucediendo. Sólo sé que pienso en ti constantemente y me preocupa lo que te ocurrió en el pasado, aunque ni siquiera puedo imaginar qué fue, pero no quiero perderte... No quiero asustarte, ni que te inquietes por tu trabajo. Seamos sólo dos personas durante un tiempo, dos personas que se interesan la una por la otra, y avancemos despacio.

Grace apenas daba crédito a sus oídos, pero en cierto sentido era un alivio.

—¿Qué estamos haciendo, Charles? —dijo con nerviosismo—. ¿Qué pasará con mi trabajo? ¿Qué ocurrirá cuando vuelva?

—Tardarás bastante en volver, Grace. Para entonces sabremos muchas cosas. Creo que ambos sentimos algo que ahora mismo no comprendemos. Quizá seamos sólo amigos, quizá lo ocurrido nos ha asustado a los dos. Tal vez sea algo más. Pero es necesario que sepas quién soy y yo quiero saber quién eres... Quiero conocer tu dolor, saber qué te hace reír, estar contigo... y ayudarte.

—¿Y después qué? ¿Me dejarás? ¿Te buscarás una nueva secretaria que te divierta unas semanas y te cuente sus secretos? —Grace no se decidía a confiar plenamente en él.

Charles recordó las palabras del padre Tim sobre las dificultades de personas como ella para volver a confiar en los demás, pero conseguiría que confiara en él por mucho que le costara.

—No eres justa conmigo —objetó—. Nunca había estado en una situación como ésta. Nunca he salido con ninguna mujer del bufete ni con nadie que trabajara para mí. —Sonrió a su pesar—. Y no se puede decir que esté saliendo contigo. No puedes ir a ninguna parte, excepto de la cama a la silla, y ni siquiera yo tendría el mal gusto de acosarte en estas condiciones.

Grace rió. La voz de Charles, profunda y sensual, la conmovía, y ella quería confiar en él, pero... ¿podía?

—No lo sé —dijo todavía con nerviosismo.

—No tienes que saber nada por ahora... salvo si te parece bien que vaya a visitarte. Te he llamado porque temía que sintieras pánico al quedarte sola y ponerte a pensar.

—Es verdad... —dijo Grace con una sonrisa de adolescente—. Esta noche empezaba a darme miedo lo que estamos haciendo.

—No estamos haciendo nada, así que limítate a recuperarte. Y uno de estos días —añadió con tanta suavidad que su voz era casi una caricia—, cuando te sientas en forma otra vez, quiero que me cuentes lo que te ocurrió en el pasado. No puedes esperar que te comprenda hasta que no lo sepa. ¿Se lo has contado a alguien? —Eso también le preocupaba. ¿Cómo podía vivir con esos oscuros secretos?

–A dos personas –admitió Grace–. A una mujer maravillosa, una psiquiatra... Murió en un accidente de aviación cuando iniciaba su luna de miel hace casi tres años. Y a mi abogado, pero hace mucho tiempo que no lo veo.

–No has tenido mucha suerte en la vida, ¿verdad, Grace?

–No lo sé –dijo Grace, meneando la cabeza tristemente y encogiéndose de hombros–. Últimamente sí. No puedo quejarme. –En ese momento decidió dar un gran salto–. Tuve suerte al conocerte a ti.

Charles sabía lo que le había costado pronunciar esas palabras.

–No tanta como yo. Ahora duerme, cariño... –dijo con voz queda–. Iré a verte a la hora de comer. Y puede que incluso a la hora de cenar. A lo mejor puedo llevarte algo del Club 21.

–Iba a llevar a Winnie la semana que viene –dijo Grace, sintiéndose culpable.

–Ya tendrás tiempo para eso cuando te repongas. Ahora duerme –susurró, deseando poder rodearla con brazos protectores. Sentía por Grace lo que ninguna otra mujer le había hecho sentir, quería cuidarla y protegerla de todo daño.

Se desearon buenas noches y colgaron. Grace siguió pensando en él durante largo rato. Todo lo que le había dicho la asustaba pero, curiosamente, también le gustaba, y sentía un hormigueo en el estómago que nunca había experimentado hasta conocer a Charles Mackenzie.

12

Charles fue a verla dos veces al día siguiente y una o dos veces al día durante las tres semanas que estuvo en Bellevue.

En el bufete, Charles se las arreglaba con secretarias temporales, por lo que Grace se sentía culpable, pero él le dijo que no tuviera prisa por volver al trabajo hasta estar totalmente recuperada.

Grace sabía que Charles había cancelado prácticamente todos sus planes previos para pasarse las horas con ella en el hospital. Charlaban, reían, jugaban a cartas y bromeaban. Charles no forzó sus confidencias. La ayudaba a pasear por el pasillo y le aseguraba que las cicatrices de la cara no eran visibles, y cuando ella se quejó de que las camisas de dormir del hospital eran horribles, le compró exquisitos camisones de Pratesi. En cierto sentido aquello era muy embarazoso y Grace temía adónde pudiera conducir, pero no era capaz de detenerlo. Si Charles no iba a comer con ella, no comía, y si no podía pasar la velada en el hospital, se sentía triste y sola. Cada vez que veía aparecer a Charles en su habitación, su rostro adquiría la expresión de un niño que ha encontrado a su único amigo, o a su osito de peluche, o incluso a su madre. Él se ocupaba de todo, hablaba con los médicos, pedía segundos dictámenes, rellenaba los impresos del seguro. En el bufete ignoraban por completo la situación, incluso Winnie. Sin embargo, Grace imaginaba que todos sabían que su jefe le hacía compañía día y noche y que iban a airearlo en los tablones de anuncios.

—¿Qué van a pensar en la oficina? —dijo el día en que salió del hospital y Charles la llevó a casa en una limusina de alquiler.

–Pues no creo que le importe a nadie excepto a nosotros. Todo el mundo está ocupado arruinando su vida, pero no me parece que nosotros estemos arruinando la nuestra. Eres lo mejor que me ha pasado en la vida.

Charles dejó a Grace en su apartamento y se fue. Regresó dos horas más tarde con champán, globos, comida y, lo más importante, un pequeño estuche azul que contenía una pulsera de oro.

–¿A qué viene esto? –preguntó Grace, abrumada por su generosidad. La pulsera era de Tiffany y le sentaba de maravilla, pero no sabía si debía aceptarla.

–¿Sabes qué día es hoy? –dijo Charles sonriendo. Grace negó con la cabeza. Había perdido la cuenta de las fechas mientras estaba en el hospital–. Es tu cumpleaños, tonta. Por eso les pedí que te dieran el alta hoy en lugar del lunes. ¡No puedes pasar el día de tu cumpleaños en un hospital!

Los ojos de Grace se llenaron de lágrimas de felicidad. Charles había comprado incluso un delicioso pastel de cumpleaños de chocolate en Greenberg's.

–¿Cómo es posible que hagas todo esto por mí? –De repente se sentía tímida y feliz a la vez. Charles no había hecho más que mimarla desde que sufriera el asalto.

–Fácil –replicó él–, no tengo hijos. Quizá debería adoptarte. Eso simplificaría las cosas para ti, ¿no crees?

Grace rió. Ciertamente hubiera sido más fácil que tener que afrontar los sentimientos y miedos que le producía enamorarse de él.

Su relación cambió sutilmente a partir de aquel momento. Se hizo más íntima, más cercana, y les resultó difícil aparentar que sólo eran amigos. Al principio Grace se sentía cohibida y él fingió no notarlo. Además del pastel y el regalo de cumpleaños, Charles había llevado consigo una divertida cofia de enfermera; se la puso y obligó a Grace a tumbarse en la cama para descansar un rato. Vio la televisión con ella y le preparó la cena. Grace se acercó cojeando a su pequeña cocina para ayudarle, pero él la hizo sentar.

–No soy una inválida, ¿sabes? –protestó ella.

–Sí, lo eres. Y no olvides que yo soy el jefe –bromeó Charles. Después de cenar se tumbaron en la cama para charlar. Charles le cogió la mano y ella temió lo que podía ocurrir si él intentaba algo más. Finalmente, incapaz de soportarlo por más tiempo, se volvió y le hizo una pregunta que llevaba mucho tiempo guardada.

–¿Me tienes miedo, Grace? Físicamente, quiero decir. No quiero hacer nada que pueda asustarte o herirte.

A Grace le conmovió que se lo preguntara. Llevaban dos horas tumbados en la cama uno al lado del otro como viejos amigos, pero con una corriente de mutua atracción.

–Algunas veces los hombres me dan miedo –respondió Grace.

–Alguien te hizo algo horrible, ¿verdad? –Ella asintió–. ¿Un extraño?

Grace meneó la cabeza y no dijo nada durante un buen rato.

–Mi padre –contestó al fin. Pero había otras cosas y sabía que debía explicarlas. Suspiró, volvió a coger la mano de Charles y le besó los dedos–. Durante toda mi vida siempre ha habido alguien que intentaba hacerme daño o aprovecharse de mí. Después de... después de que mi padre muriese, mi primer jefe intentó seducirme. Estaba casado... todo fue muy sórdido. Sencillamente dio por supuesto que tenía derecho a utilizarme. Y otro hombre con el que tuve que tratar intentó hacer lo mismo. –Hablaba de Louis Márquez, pero todavía no quería explicarlo todo, aunque sabía que habría de hacerlo con el tiempo si la relación continuaba en serio–. Este otro hombre me amenazaba con hacerme perder mi trabajo si no me acostaba con él. Aparecía de improviso en mi casa. Era repugnante. Y luego salí con otro más o menos igual. Me utilizó, me puso en ridículo sin importarle lo más mínimo. Me echó algo en la bebida pero al final no me violó. Al principio creí que lo había hecho después de drogarme, pero no, se limitó a hacerme pasar por idiota. Era un auténtico cabrón.

Charles estaba horrorizado. No concebía que hubiera gente que hiciera tales cosas, sobre todo a alguien que él apreciaba.

–¿Cómo sabes que no te violó? –quiso saber con el corazón encogido.

–Mi compañera de casa me llevó a su ginecóloga. No había hecho nada, pero él fingió que sí y se lo dijo a todo el mundo. Se lo dijo a mi jefe y creo que por eso esperaba que me acostase con él. Ése fue el motivo de que dejara mi trabajo y me fuera de Chicago.

—Suerte para mí. —Charles sonrió, le rodeó los hombros con un brazo y la atrajo hacia sí.

—Ésos fueron los únicos hombres con los que tuve trato. Sólo salí con aquel tipo de Chicago y me trató como a una idiota. Nunca salí con chicos en el instituto por culpa de mi padre...

—¿Dónde estudiaste después?

—En Dwight, Illinois —contestó Grace, sonriendo al recordarlo.

—¿Y con quién saliste?

—Con nadie. —Rió al pensar en el lugar donde había estado y las alternativas que ofrecía—. Era un colegio sólo para chicas, por así decirlo. —No quería contárselo todo de golpe el día de su cumpleaños, después de habérselo pasado tan bien.

Charles no quería presionarla, pero necesitaba comprender mejor la situación.

—¿Estoy en lo cierto al creer que no eres virgen?

—Sí. —Grace lo miró. Estaba arrebatadoramente hermosa con la bata de raso azul que él le había regalado.

—Pero no ha habido nadie en mucho tiempo, ¿es así?

—Te prometo —dijo Grace asintiendo— que hablaremos de ello otro día, pero esta noche no...

—Cuando quieras —repuso Charles, que tampoco quería estropear aquella maravillosa velada—. Sólo quería saberlo. No quiero que te asustes por mi culpa.

Al mismo tiempo que pronunciaba estas palabras mirando a Grace, que tenía la cabeza vuelta hacia él, escuchándole, no pudo resistirse y le cogió el rostro entre las manos para darle un suave beso. Ella pareció cauta al principio, pero luego Charles notó que reaccionaba, se tumbó a su lado, la estrechó contra sí y volvió a besarla con deseo irrefrenable. Sin embargo, sus manos permanecieron quietas.

—Gracias —susurró ella y lo besó a su vez— por ser tan bueno y paciente conmigo.

—No abuses de tu suerte —dijo Charles con un gemido. No iba a ser fácil, pero estaba resuelto a conseguir que Grace cruzara aquel puente. Quería salvarla.

Se marchó tarde después de taparla, dejándola medio dormida, y darle un beso de buenas noches. Grace le había dado una llave para no tener que levantarse. A la mañana siguiente, cuando Grace se peinaba en el cuarto de baño, tuvo un sobresalto al oírle abrir la puerta. Charles llevaba zumo de naranja, bollos con queso y el *New York Times*, y le hizo huevos revueltos con bacon.

–Mucho colesterol. Es bueno para ti, créeme.

Grace rió y fue a vestirse. Después de desayunar dieron un corto paseo por la Primera Avenida. De nuevo en casa, Charles vio un partido de béisbol en la televisión mientras ella dormía en sus brazos plácidamente, y cuando despertó lo miró preguntándose cómo podía ser tan afortunada.

–¿Qué está haciendo aquí, señor Mackenzie? –Sonrió con expresión somnolienta y él se inclinó para besarla.

–He venido para que pueda practicar taquigrafía.

Ambos rieron.

Por la noche pidieron una pizza para cenar. Charles se había llevado trabajo pendiente, pero se negó a que ella le ayudara. Cuando hubo terminado, Grace lo miró con aire culpable. No tenía sentido que siguiera guardando sus secretos por más tiempo.

–Creo que debería contarte algunas cosas, Charles –dijo–. Tienes derecho a saberlas y tal vez cambien tus sentimientos hacia mí cuando las sepas.

Charles le cogió ambas manos antes de que empezara y la miró a los ojos.

–Quiero que sepas que, pasara lo que pasara, te amo. Quiero que lo oigas ahora... y después. –Era la primera vez que expresaba su amor y Grace se echó a sollozar de felicidad.

–Yo también te amo, Charles –dijo, abrazándole con los ojos cerrados y las lágrimas resbalándole por las mejillas–. Pero hay muchas cosas que ignoras. –Respiró hondo, palpó el inhalador que llevaba en el bolsillo y empezó–. Cuando era pequeña mi padre pegaba a mi madre cada día y cada noche. Yo oía los gritos de mi madre y el sonido de los puños... y por la mañana veía los moretones. Ella mentía y fingía que no había sido nada, pero cuando él volvía a casa del trabajo empezaba a gritar, mi madre lloraba y él volvía a golpearla. Cuando en tu casa ocurre algo así, al cabo de un tiempo dejas de vivir una vida normal. No puedes tener amigos porque podrían descubrirlo... No se lo cuentas a nadie porque podrían hacerle algo a tu padre. Mi madre me suplicaba que no se lo dijera a nadie, así que mentía y fingía no saberlo, y actuaba como si no pasara nada. Así, poco a poco, te conviertes en un zombi. Eso es todo lo que recuerdo de mi infancia.

Suspiró de nuevo y Charles le apretó la mano con fuerza.

–Después mi madre enfermó de cáncer –prosiguió Grace–. Yo tenía trece años. Era cáncer de útero. Tuvieron que aplicarle radiación y... –Vaciló, buscando las palabras adecuadas para lo que le producía una enorme vergüenza–. Creo que eso la cambió... así que... –Nuevamente sus ojos se llenaron de lágrimas y notó que le faltaba el aire, pero combatió el asma con toda su fuerza de voluntad–. Mi madre me dijo que tenía que cuidar de mi padre, ser buena con él, ser su niña, y así él me querría más que nunca. Al principio no comprendí lo que me pedía, pero una noche ella y mi padre entraron en mi habitación y mi madre me sujetó mientras él lo hacía.

–Oh, Dios mío. –Charles tenía los ojos anegados en lágrimas.

–Siguió haciéndolo todas las noches hasta que supe que no tenía más remedio que aceptarlo. Si no lo hacía, por muy enferma que estuviera mi madre, la golpearía. Yo no tenía amigos. No podía decírselo a nadie. Me odiaba a mí misma, odiaba mi cuerpo. Llevaba ropas holgadas y viejas porque no quería que nadie lo viera. Me sentía sucia y sabía que estaba mal, pero si no me avenía, nos golpeaba a las dos. Algunas veces me pegaba por mero pasatiempo y luego me violaba. Disfrutaba con la violencia. Le gustaba hacernos daño. Una vez en que no quise hacerlo porque... –se ruborizó como si aún fuera una niña–, porque tenía... la regla... le pegó tan fuerte que mi madre estuvo llorando una semana entera. Entonces tenía ya cáncer de huesos y estuvo a punto de morir de dolor. Después de eso le obedecí en todo sin importar el daño que me causara. –Respiró profundamente.

Charles no dejaba de sollozar. Ella le enjugó las lágrimas y le besó.

–Oh, Grace, lo siento. –Hubiera deseado poder borrar el pasado de ella y todo su dolor.

–Estoy bien... ahora estoy bien... –dijo ella, y continuó con su relato–. Mi madre murió al cabo de cuatro años. Al funeral acudieron cientos de personas. Todo el mundo quería a mi padre. Era abogado y amigo de todos. Jugaba a golf e iba a las cenas del Rotary. Según se decía, era el hombre más decente de toda la ciudad. Nadie sabía que en realidad era un hombre enfermo y un auténtico cabrón.

»El día del funeral por la tarde, la gente vino a casa a comer y beber y charlar para consolarle, pero a él no le importaba. Seguía teniéndome a mí. No sé por qué, pero de alguna forma en mi mente todo estaba relacionado con mi madre. Lo hacía por ella, para que no sufriera, pero creía que después de su muerte mi padre se buscaría a otra. Sin embargo, ¿para qué iba a buscar lo que ya tenía en casa? Al menos de momento. Así que, cuando se fueron todos, limpié la casa y me encerré en mi habitación. Él vino a buscarme, amenazó con derribar la puerta y al final la forzó. Luego me arrastró hasta su habitación, cosa que no había hecho nunca. Ir a su dormitorio fue como convertirme en mi madre, como darme cuenta de que sería para siempre, que no se detendría hasta que uno de los dos muriera, y de repente no pude continuar. –Grace respiraba entrecortadamente y Charles había dejado de llorar, horrorizado por lo que estaba oyendo–. No sé bien qué ocurrió después. Me golpeó, me hizo daño de verdad, me violó, iba a ser su esclava para siempre. Entonces recordé la pistola que mi madre guardaba en su mesita de noche. No sé qué iba a hacer con ella, si golpearlo, asustarlo o pegarle un tiro. Sólo sé que estaba medio loca de dolor y de miedo. Él vio la pistola, intentó quitármela, y lo siguiente que recuerdo fue que se disparó y que él se desangraba sobre mí. Le atravesé la garganta de un tiro, que segó su médula espinal y le perforó el pulmón. No recuerdo nada más hasta que llegó la policía. Creo que la llamé yo misma, y lo siguiente que sé es que estaba hablando con ellos envuelta en una manta.

–¿Les dijiste lo que te había hecho? –preguntó Charles.

–Por supuesto que no. No podía hacerle eso a mi madre. Ni a él. Creía que le debía el silencio. Supongo que a mi manera estaba tan loca como él. Pero eso suele ocurrir con los niños y las mujeres en situaciones parecidas, prefieren morir antes que contárselo a alguien. Llamaron a una psiquiatra para que hablara conmigo cuando me encerraron en el calabozo esa misma noche, y ella me envió al hospital. Allí descubrieron que me habían violado o que «alguien había tenido relaciones sexuales» conmigo, según el fiscal.

–¿Llegaste a decirles la verdad?

–Al principio no. Molly, la psiquiatra, insistió en que se lo dijera. Ella lo supo enseguida, pero yo le mentía. Hasta que al final mi abogado me convenció y se lo conté.

–¿Y entonces qué? Supongo que te dejarían en libertad.

–No exactamente. El fiscal concibió la teoría de que yo iba tras el dinero de mi padre, cuando no había para heredar más que una casa pequeña e hipotecada y la mitad de su bufete, que era muchísimo menos importante que el tuyo. De todas formas yo no podía heredarlo porque lo había matado. Yo no tenía amigos y no se lo había contado a nadie. Mis profesores dijeron que yo era extraña y reservada, y mis compañeros también. Fue fácil creer que me había vuelto loca y lo había matado. Su socio en el bufete mintió y afirmó que yo le había preguntado por el dinero después del funeral de mi madre. Además dijo que mi padre le debía mucho dinero. Al final se lo quedó todo y me dio cincuenta mil dólares para que no volviera a la ciudad. Aún los tengo, por cierto. En cierto modo siento repugnancia a gastarlos.

»En todo caso, el fiscal decidió que había matado a mi padre por la herencia y que seguramente me había acostado con alguno esa noche y que al volver yo a casa mi padre se había puesto furioso, y por eso lo había matado. –Sonrió amargamente, recordando los detalles–. Llegaron a afirmar incluso que seguramente había intentado seducir a mi padre. Encontraron mi camisón rasgado en dos donde él lo había tirado y dijeron que yo misma me había exhibido ante él y que, al ser rechazada, le había disparado. Tenía diecisiete años, pero me juzgaron como adulta y me acusaron de asesinato en primer grado, lo que significaba pena de muerte. Aparte de Molly y David, mi abogado, nadie me creyó. Todos me odiaban por haber matado al hombre perfecto. Ni siquiera la verdad consiguió salvarme.

»Me declararon culpable de homicidio voluntario y me condenaron a dos años de cárcel y dos años de libertad condicional. Cumplí los dos años en el Centro Correccional de Dwight, donde

–esbozó una sonrisa triste– obtuve un diploma universitario por correspondencia. Y de no haber sido por dos de las reclusas, Luana y Sally, que eran amantes, seguramente estaría muerta. Una noche me secuestró una de las bandas para abusar de mí, pero Sally, que era mi compañera de celda, y Luana se lo impidieron. Eran las mujeres más duras y también más buenas que puedas imaginar. Nadie se atrevió a tocarme a partir de entonces, ni tampoco lo hicieron ellas. Ni siquiera sé dónde están ahora. Seguramente Luana sigue en prisión, pero Sally ya habrá cumplido su condena, a menos que haya cometido alguna estupidez para poder quedarse con Luana. Cuando salí, me dijeron que las olvidara y no volviera la vista atrás.

»No regresé a mi casa. Fui a Chicago, donde mi agente de vigilancia me amenazaba con enviarme de vuelta a la cárcel si no me acostaba con él, pero a trancas y barrancas conseguí esquivarlo. El resto ya lo sabes. Te lo conté la otra noche. Trabajé en Chicago los dos años de libertad condicional. Nadie sabía quién era ni de dónde venía. Tú eres la primera persona a la que se lo he contado desde Molly y David. –Grace se sentía extenuada, pero mucho más ligera.

–¿Y el padre Tim? ¿Lo sabe él?

–Algo ha adivinado, pero yo no le he dicho nada. No lo creí necesario. Trabajé en St. Mary's en Chicago y ahora en St. Andrew's porque es la forma de pagar por lo que hice. Y quizá pueda evitar que otra pobre criatura tenga que pasar por lo mismo que yo.

–Dios mío, Grace... ¿cómo has podido sobrevivir a todo eso? –Charles la abrazó con fuerza, acunando su cabeza contra el pecho, incapaz de imaginar el dolor y el sufrimiento que había tenido que soportar.

–Sencillamente he sobrevivido –replicó ella–. Pero sólo en ciertos aspectos. Sólo he salido con un hombre. Nunca me he acostado con ninguno aparte de mi padre, y no estoy segura de poder hacerlo. El tipo que me drogó dijo que estuve a punto de matarle cuando intentó tocarme, y quizá tuviera razón. No creo que el sexo pueda formar parte de mi vida nunca más. –Sin embargo, había besado a Charles y él no la había asustado. Lo miró a los ojos buscando algún signo de reproche, pero sólo vio pena y compasión.

–Ojalá hubiera podido matarlo yo por ti. ¿Cómo es posible que te mandaran a la cárcel? ¿Cómo pudieron estar tan ciegos?

–Son cosas que pasan. –No sentía rencor; hacía tiempo que lo había aceptado.

–¿Qué te hace pensar que no podrías tener relaciones íntimas, si no lo has intentado?

–Es verdad, pero tengo miedo de revivir la pesadilla.

–El resto lo has dejado atrás, ¿por qué no dejas eso también? Te lo debes a ti misma, Grace, y a la persona que te ame. En este caso, yo –añadió, sonriente–. ¿Aceptarías recibir terapia si fuera necesario? –preguntó.

–Quizá –respondió ella. En cierto modo sería como traicionar a Molly, y temía que incluso la terapia fuera más de lo que podía soportar.

–Tengo la impresión de que eres más fuerte de lo que crees, de lo contrario no habrías podido superar tantas cosas. Tienes miedo, pero ¿quién no lo tendría en tu caso? Además, aún eres muy joven.

–Tengo veintitrés años –protestó ella.

–No me impresionas, jovencita –dijo él sonriendo y le dio un beso–. Tengo casi veinte años más que tú.

Grace lo miraba con gran seriedad.

–Con sinceridad, ¿lo que te he contado es más de lo que puedes admitir?

–Nada de todo eso fue culpa tuya, como no lo fue que te atacaran en Delancey Street. Fuiste la víctima de dos personas enfermas que te utilizaron. Aunque te acostaras con tu padre, no tenías alternativa. Cualquier otra niña aterrorizada hubiera creído que así ayudaba a su madre moribunda. ¿Cómo podías resistirte? En realidad, creo que fuiste una víctima hasta que abandonaste Chicago para venir a Nueva York. ¿No crees que es hora de cambiar? Hace diez años que empezó la pesadilla. Prácticamente la mitad de tu vida. ¿No crees que tienes derecho a una vida mejor? Yo creo que sí. –Charles la besó con toda la fuerza de su amor. Estaba profundamente enamorado de Grace y aceptaba su pasado mirando hacia el futuro–. Te amo. No me importa lo que hiciste, sólo siento en el alma que sufrieras tanto. Desearía poder borrarlo todo, cambiar tus recuerdos, pero no puedo. Te acepto tal como eres. Te amo tal como eres, y todo lo que quiero es lo que podamos entregarnos el uno al otro ahora. Agradezco a mi buena estrella el día en que entraste en mi despacho.

–Yo soy la afortunada –dijo ella, asombrada–. ¿Por qué me dices todo esto? –preguntó, de nuevo al borde de las lágrimas.

–Porque lo siento. Relájate y deja de preocuparte. Ya te has preocupado bastante, ahora me toca a mí hacerlo por los dos. ¿De acuerdo? –dijo con una sonrisa, secándole las lágrimas.

–De acuerdo, Charles... Te amo.

–No tanto como yo a ti –afirmó él, atrayéndola hacia sí.

Al cabo de unos minutos rió quedamente.

–¿Qué te hace gracia? –susurró Grace acariciando sus labios con los dedos.

–Estaba pensando que lo único que te salva de que te haga el amor es ese hierro que te han puesto en la pelvis. En serio.

–¡Eres un descarado! –bromeó Grace.

Durante las dos semanas siguientes Charles cuidó de ella y durmió a su lado los fines de semana. A Grace le resultaba muy agradable despertarse entre sus brazos por la mañana. Charles le contaba historias sobre su infancia como hijo único y mimado y sobre sus padres, que ya habían muerto. Y ella le contaba cosas curiosas sobre Luana y Sally y la vida en la cárcel. El primer fin de semana, Charles alquiló una limusina y la llevó a comer a la Cobbs Mill Inn, en Weston. Volvieron a Nueva York relajados y exhaustos.

Los médicos decían que su convalecencia iba bien y que podría trabajar al cabo de una semana más, pero Charles la convenció de que se lo tomara con calma. Grace fue en taxi a visitar a sus amigos de St. Andrew's y todos se alegraron de verla. Les prometió que volvería a trabajar con ellos cuando no llevara muletas, seguramente en septiembre.

El fin de semana siguiente Charles la llevó a los Hamptons. Se alojaron en un precioso hotelito junto al mar. Llegaron el viernes por la noche y Grace le pidió que la llevara a dar un paseo por la playa, se tumbó en la arena, oyendo el sonido del océano, y Charles se sentó a su lado.

—No sabes lo increíble que es esto para mí. Nunca había visto el mar.

—Espera a que veas Martha's Vineyard. —Prometió llevarla después del día del Trabajo.

Sin embargo, Grace seguía preocupada por el futuro. ¿Qué harían cuando ella volviera al trabajo? Tendrían que mantener su relación en secreto, una relación que aún no era íntima, pero sobrepasaba la simple amistad.

—¿En qué estabas pensando? —preguntó Charles en la oscuridad de la playa.

—En ti.

—¿Y qué pensabas de mí?

—Me preguntaba cuándo vamos a dormir juntos —dijo ella con tono despreocupado.

Charles la miró, confundido.

—¿Qué quieres decir? —Sonrió—. Creí que ya dormíamos juntos. A veces hasta roncas.

—Ya sabes a qué me refiero —dijo ella, dándole un suave empujón.

—Quieres decir... —Charles enarcó una ceja y fingió sorpresa—. ¿Estás sugiriendo...?

—Eso creo. —Grace se ruborizó—. Ayer me vio el cirujano ortopédico y me dijo que estoy bien. Mi pelvis ya no tiene por qué preocuparnos, sólo mi cabeza.

Charles se echó a reír. Estaba agradecido por haber podido disfrutar de las últimas semanas para conocerse mutuamente sin las complicaciones del sexo. Después de un mes se sentían como si se conocieran de toda la vida.

—¿Es una proposición? —preguntó con una sonrisa que hubiera derretido el corazón de cualquier mujer—. ¿O sólo estás jugando conmigo?

—Seguramente las dos cosas. —Grace llevaba varios días pensando en ello y necesitaba saber qué ocurriría si quería tener esperanzas de futuro.

—¿Es ésa la señal para que me ponga en pie y te lleve en brazos hasta nuestra habitación, dejando aquí las muletas?

—Eso suena muy bien.

A pesar de su terrible pasado, Grace tenía un gran sentido del humor y hacía que Charles se sintiera joven, relajado y muy diferente a la vida que llevaba con su primera mujer, siempre tan vehemente y nerviosa.

—Vamos, volvamos al hotel.

La ayudó a levantarse y regresaron lentamente. En el camino se pararon a tomar un helado.

—¿Te gustan los banana splits? —preguntó Grace mientras lamía su cucurucho.

Charles sonrió. Algunas veces era como una niña y otras como una mujer de mundo. A él le encantaba ese contraste. Era la ventaja de la juventud, que hacía el futuro más atractivo. Quería tener hijos con ella, vivir con ella, hacerle el amor... pero primero tenía que comerse su helado.

—Sí, me gustan —contestó—. ¿Por qué?

—A mí también. Me gustaría tomar uno mañana.

—Muy bien. ¿Volvemos? —Habían tardado cuatro horas en llegar desde Nueva York y era casi medianoche.

—Sí, ya podemos volver al hotel. —Grace sonrió, enigmática y seductora de nuevo.

Estar con ella era como contemplar a diversas criaturas apareciendo tras las nubes.

Su habitación estaba tapizada en zaraza estampada de rosas y muebles victorianos. Había un lavabo de mármol y la cama tenía dosel. Charles había pedido que dejaran champán enfriándose en la habitación y un gran ramo de lilas y rosas, las flores favoritas de Grace.

—Piensas en todo —dijo Grace, dándole un beso.

—Sí —replicó él orgullosamente—, y eso que ni siquiera puedo pedirle a mi secretaria que lo haga por mí.

Grace lo contempló arrobada mientras le servía champán, pero sólo bebió un sorbo y lo dejó. Estaba demasiado excitada para beber. Aquello era como una luna de miel y no sabían qué podían esperar.

—¿Asustada? —susurró Charles cuando se metieron en la cama. Ella asintió—. Yo también —confesó.

Grace hundió el rostro en su cuello y le abrazó. Habían apagado las luces, pero una vela ardía al otro extremo de la habitación, creando una romántica atmósfera.

–¿Qué hacemos ahora? –le susurró Grace al oído tras una pausa.

–Durmamos –contestó él.

–¿En serio? –preguntó sorprendida.

–No –contestó él con una sonrisa.

La besó, deseando casi que todo hubiera acabado, pero sin atreverse a actuar ni saber qué hacer. Debía tener cuidado, además, de no hacerle daño a causa de sus diversas heridas. Pero cuando se besaron ella olvidó la sordidez de su pasado. No había recuerdos, ni tiempo, ni ninguna otra persona, sólo Charles y su increíble gentileza, su infinita pasión y su amor por ella. Lentamente, se unieron hasta convertirse en un solo cuerpo y Grace sintió que se fundía en él. Experimentaron un placer exquisito que los arrebató hasta que de repente alcanzaron el orgasmo, al unísono. Grace yació en sus brazos completamente asombrada. No se parecía en nada a lo que le había ocurrido antes, todo se había borrado y sólo quedaba Charles y su amor. Poco después era Grace quien lo deseaba, quien lo provocaba y jugueteaba con él hasta que Charles no pudo contenerse más.

–Dios mío –exclamó él más tarde–, eres demasiado joven para mí. Me vas a matar... pero qué muerte más dulce. –Se dio cuenta de que tal vez acababa de meter la pata y la miró con expresión de miedo, pero Grace se echó a reír y exigió su banana split.

Disfrutaron de un fin de semana maravilloso, la mayor parte del tiempo en la habitación, descubriéndose mutuamente, y el resto en la playa, al sol. Cuando volvieron a Nueva York el domingo por la noche, hicieron el amor en el apartamento de Grace y comprobaron que tenía la misma magia.

–Por cierto –susurró Charles con tono somnoliento, dándose la vuelta hacia ella–, estás despedida.

Grace se incorporó de golpe, asustada. ¿Qué quería decir?

–¿Qué? –exclamó, y Charles abrió un ojo con sorpresa–. ¿Qué quieres decir? –Grace lo miraba fijamente.

–Lo que has oído, que estás despedida. –Sonreía alegremente.

–¿Por qué? –quiso saber ella, al borde de las lágrimas. Le encantaba trabajar para él. No era justo. ¿Por qué lo hacía?

–No me acuesto con mis secretarias –explicó él–. No pongas esa cara. Tengo pensado un nuevo trabajo para ti. Es un ascenso, o podría serlo, según como lo mires. ¿Qué te parecería ser mi mujer? –preguntó.

–¿Hablas en serio? –Grace temblaba, atónita por la propuesta.

–¿A ti qué te parece? Pues claro que hablo en serio. ¿Qué contestas?

–¿De verdad? –Grace seguía sin creérselo mientras lo miraba.

–¡Pues claro que sí! –Rió.

–¡Dios mío!

–¿Qué?

–Me encantaría. –Grace se inclinó para darle un beso y Charles la atrajo hacia sí.

13

Grace no volvió al trabajo. Seis semanas más tarde, en septiembre, se casaron. Pasaron la luna de miel a Saint Bart y después Grace trasladó sus escasas pertenencias al apartamento de él. Charles vivía en la calle 69 Este, en una casa pequeña pero muy elegante. Llevaban exactamente una semana en casa cuando tuvieron su primera pelea. Grace quería volver a trabajar como voluntaria en St. Andrew's y le escandalizó que Charles quisiera impedírselo.

–¿Estás loca? ¡Ya no recuerdas lo que te ocurrió la última vez! ¡Ni hablar! –Charles se mostró inflexible. Podía hacer todo lo que quisiera, menos eso.

–Fue una casualidad –insistía Grace, pero él era aún más tozudo.

–No fue casualidad. Todas esas mujeres tienen maridos peligrosos en potencia. Tú vas allí y les aconsejas que los dejen, y ellos pueden ir por ti igual que Sam Jones. –Jones había hecho un trato con el fiscal para obtener una sentencia más leve y se hallaba en Sing Sing–. No vas a volver allí. Hablaré con el padre Tim si es necesario, Grace. Te lo prohíbo.

–Bueno, ¿y qué se supone que he de hacer todo el día? –preguntó ella con lágrimas en los ojos.

Tenía veintitrés años y disponía de todo el tiempo del mundo hasta que su marido volvía a casa a las seis. Charles tampoco quería que trabajara en el bufete. Podía ir a comer con Winnie de vez en cuando, pero eso no bastaba para mantenerla ocupada, y Winnie hablaba de irse a Filadelfia para estar cerca de su madre.

–Ve de compras. Estudia. Encuentra un comité de beneficencia que te guste e ingresa en él. Ve al cine –dijo Charles con firmeza. Intentaba volver a casa cada día para comer, pero no siempre podía.

Grace acudió al padre Tim en busca de apoyo, pero él secundó la decisión de Charles, pese a que perdía a una magnífica colaboradora. El sacerdote creía que Grace había pagado ya un precio muy alto y que había llegado el momento de que viviera su vida.

–Disfruta de tu matrimonio y ocúpate de ti misma, Grace. Te lo has ganado –le aconsejó.

Pero Grace seguía necesitando algo que hacer. Pensaba en ponerse a estudiar cuando en noviembre, seis semanas después de su boda, se hizo innecesario.

–¿A qué viene esa expresión satisfecha? Pareces el gato que se comió al canario. –Charles acababa de llegar corriendo para comer con ella. Empezaba a ser famoso en el bufete por sus largas comidas y sus socios le hacían bromas sobre el trabajo que daba tener una mujer joven, pero él sabía que todos estaban celosos y hubieran dado cualquier cosa por estar en su lugar–. ¿Qué has estado haciendo? –preguntó, imaginando que había encontrado por fin en qué ocuparse–. ¿Adónde has ido hoy?

–Al médico.

–¿Cómo está tu pelvis?

–Bien. Está completamente curada. –Grace sonreía de oreja a oreja y Charles rió. Estaba tan guapa cuando tenía algún secreto que contar–. Pero hay algo más.

–¿Algo malo? –preguntó él, poniéndose serio.

–No. –Grace le besó en los labios mientras le bajaba la cremallera del pantalón. Teniendo en cuenta la prudencia con que habían empezado su relación, desde luego se habían resarcido–. Vamos a tener un hijo –susurró, cuando él estaba ya a punto de tumbarla sobre la cama.

–¿Un hijo? ¿Ahora? –inquirió Charles completamente atónito.

–Ahora no, tonto, en junio. Creo que me quedé embarazada en Saint Bart's.

–¡Guau! –Iba a ser padre por primera vez a los cuarenta y tres años de edad y no se había sentido tan feliz en toda su vida. Estaba impaciente por contárselo al mundo entero–. ¿Podemos hacer el amor todavía?

–¿Bromeas? Podemos hacerlo hasta junio.

–¿Estás segura de que no pasará nada?

–Absolutamente segura.

Hicieron el amor, como siempre, en lugar de comer, y luego él compró un *hot dog* en un puesto callejero y volvió deprisa al bufete, sintiéndose el hombre más feliz del mundo.

Pasaron las Navidades en St. Moritz. En Semana Santa quiso llevar a Grace a Hawai, pero se quedaron en Palm Beach porque estaba ya de siete meses.

Grace tuvo un embarazo sin complicaciones. Al médico le preocupaba un poco lo que podía pasarle a su pelvis cuando diera a luz, y le había advertido que, al menor signo de tensión, le haría una cesárea. En mayo Grace había preparado la habitación para el bebé. Por la noche daban largos paseos por Madison Avenue o Park Avenue y hablaban sobre su futura paternidad.

Charles le preguntó una vez cómo se sentiría si su pasado salía a la luz algún día, y ella contestó que no le gustaría nada.

–¿Por qué lo preguntas? –quiso saber ella.

–Porque esas cosas salen a relucir a veces –dijo él.

Era algo que había aprendido con su anterior mujer. Cuando se divorciaron, vio publicados todo tipo de infundios, que ella tomaba drogas, que era lesbiana, e incluso que él era homosexual. Al final los habían dejado en paz y cada uno había continuado viviendo por su lado, pero la historia de Grace sería mucho más escandalosa si llegara a saberse. Afortunadamente ninguno de los dos era famoso.

Las contracciones empezaron una noche en que volvían caminando a casa. Habían estado comprando en Madison Avenue y Grace tardó un rato en darse cuenta de lo que ocurría. Llamaron al médico y éste les aconsejó que se lo tomaran con calma. Los partos de las primerizas solían ser muy lentos.

–¿Estás bien? –le repetía Charles, mientras ella permanecía tumbada en la cama, viendo la tele y comiendo–. ¿Estás segura de que haces lo que debes? –insistía con nerviosismo.

Se sentía muy viejo al mirarla, y temía que lo pasara mal o que el niño naciera antes de darles tiempo de llegar al hospital, pero ella parecía muy tranquila mientras veía sus programas favoritos, bebía ginger ale y tomaba helado.

A medianoche las contracciones empezaron a ser tan dolorosas que apenas podía hablar. Charles supo que había llegado el momento de llamar al médico.

Éste les dijo que fueran al hospital. Charles ayudó a su mujer a bajar las escaleras oyendo sus quejas con una sonrisa. Era el momento más excitante de su vida en común. Grace llegó a la sala de dilatación algo más calmada, pero sorprendida por lo mucho que dolían las contracciones. A las dos de la madrugada jadeaba y decía que no podía soportarlo más.

Grace hizo todo lo que le enseñaron, pero no servía de nada y empezaba a pensar que tendrían que practicar una cesárea. Cuando aumentaron los dolores y Grace empezó a gritar, Charles pidió a las enfermeras que le dieran algún medicamento.

–Todo va bien, señor Mackenzie –le dijeron–. Su mujer se está portando muy bien. –Pero Grace parecía a punto de morirse.

Finalmente la llevaron a la sala de partos. Charles no había visto jamás nada tan doloroso, pero el médico no quería darle anestesia, porque afirmaba que el parto natural era mejor tanto para la madre como para el bebé. Charles sintió deseos de matarlo allí mismo.

Grace siguió empujando durante una hora, fuera de sí por el dolor. Mientras la contemplaba Charles juró que no volvería a hacerle pasar por aquella agonía si todo salía bien. Y estaba a punto de jurar que no volvería a tocarla, cuando Grace emitió un terrible y prolongado aullido y de repente Charles se encontró mirando el rostro del hijo que llamarían Andrew Charles Mackenzie. Tenía los ojos azules y los cabellos caoba de Grace, pero en todo lo demás era idéntico a Charles, que contempló a su hijo riendo y llorando a la vez.

–¡Oh, Dios mío, qué guapo es! –exclamó Charles, maravillado, y besó a su mujer.

Grace sonreía a su marido con arrobo tras el difícil parto.

–¿Está bien el bebé? –preguntaba sin cesar, y tan pronto como lo limpiaron y comprobaron el estado de sus pulmones, se lo colocaron sobre el pecho.

–Grace... ¿cómo podré agradecértelo? –dijo Charles, amándola más que nunca y preguntándose cómo había podido vivir sin aquel hijo durante tanto tiempo.

Al día siguiente por la mañana el tocólogo los envió a casa y explicó, para sorpresa de Charles, que tras un parto natural y estando la madre y el bebé, que pesaba tres kilos y medio, en perfectas condiciones, no había motivo para quedarse en el hospital. A él le aterraba llevar al bebé tan pronto a casa, pero Grace actuaba con total tranquilidad, como si fuera lo más natural del mundo. A Charles le costó un poco más, pero al cabo de una semana era todo un experto y alardeaba sin cesar ante sus colegas. Lo único que no envidiaban sus amigos eran las noches. Charles se marchaba cada día al bufete con la impresión de haber pasado la noche corriendo en la rueda de la jaula de un hámster. Andrew se despertaba con hambre cada dos horas y tardaba una hora más o menos en volver a dormirse. Charles tardaba unos minutos más y sólo dormía dos horas y media por noche, pero le gustaba su nueva vida.

En julio alquilaron una casa en East Hampton, donde celebraron el cumpleaños de Grace. Charles iba allí dos o tres veces por semana desde el trabajo y Grace iba y volvía a Nueva York para estar con él. En agosto Charles se tomó dos semanas de vacaciones que pasaron en su vieja casa de Martha's Vineyard. La felicidad de Grace aumentó más, si cabe, cuando llegó el otoño y supo que estaba embarazada de nuevo, y Charles se mostró igualmente feliz.

–¿Por qué no tenemos gemelos esta vez y así acabamos antes? –bromeó. Disfrutaba enormemente con su hijo y le parecía increíble que su vida pudiera cambiar tan deprisa.

Su segundo hijo tardó más en nacer y de nuevo Charles prometió a los cielos que jamás volvería a tocar a su mujer, pero en esta ocasión el médico accedió a ponerle anestesia. Tras diecinueve horas desde el inicio del parto, Abigail Mackenzie abrió los ojos al mundo y miró a su padre con expresión de asombro. Era una versión en miniatura de su madre, pero con los cabellos negros. Completó la felicidad de su llegada naciendo el día en que su madre cumplía veinticinco años.

Con el tiempo, la vida de Grace se llenó completamente con sus hijos. Los llevaba al parque a jugar, a gimnasios para niños y a clases de música, completamente inmersa en su mundo. Le preocupaba que Charles se aburriera con ella, pero él también era feliz así, con una esposa joven y unos hijos maravillosos.

Grace no volvió a dedicarse a trabajos caritativos, aunque seguía hablando de ello. Con ocasión del nacimiento de Andrew, había hecho un donativo en su nombre al centro de St. Andrew's. Les entregó de hecho hasta el último centavo del dinero que le había dado Frank Wills, reliquia de un pasado en el que sólo había dolor. Tras el nacimiento de Abigail, les había entregado otro donativo, pero nunca tenía tiempo para visitar a sus antiguos amigos.

En los tres años que siguieron al nacimiento de Abigail, Grace dedicó sus días a los niños y las noches a su marido. Iba con él a cenas y fiestas, o al teatro, y descubrió, gracias a Charles, que le gustaba la ópera. Era tan feliz que a veces se sentía culpable pensando en las personas que sufrían.

En ocasiones pensaba en Luana y Sally, en las mujeres que había ayudado en St. Andrew's o en David Glass, pero por lo general le resultaba difícil recordar que había tenido otra vida antes de casarse con Charles.

Cuando empezaron a llevar a Abigail al parvulario, quisieron tener otro hijo, pero Grace no se quedaba embarazada. Sólo tenía veintiocho años y el médico no hallaba motivo que lo impidiera. En todo caso y teniendo en cuenta sus circunstancias, se sentía dichosa de haber podido tener dos hijos. En ocasiones, mientras hacía pasteles con ellos, o recortaba muñecas de papel o les hacía dibujos con espaguetis, se quedaba mirándolos, embelesada.

Una mañana, mientras esperaba la hora de ir a buscarlos al parvulario, Grace leía el periódico en la cocina y tomaba una taza de café. De repente vio un titular que le oprimió el corazón. Un psiquiatra de Nueva York había matado a su hija adoptiva de seis años mientras su histérica esposa, a la que maltrataba, lo miraba con impotencia. Los ojos de Grace se llenaron de lágrimas. Era inconcebible que un psiquiatra con consulta privada y un puesto de profesor en la universidad hubiera matado a la niña, a la que habían adoptado desde su nacimiento. Se comentaba también que un hijo natural había muerto de accidente dos años antes, lo que a la luz de los acontecimientos se ponía ahora en duda. Grace se echó a llorar al imaginar los gritos de la niña mientras su padre la golpeaba. Lo veía tan claramente que aún sollozaba cuando fue a buscar a sus hijos. Durante el camino de vuelta Andrew le preguntó qué le pasaba.

—Nada —contestó ella, pero luego lo pensó mejor, quería ser sincera con él—. Estoy triste —dijo.

—¿Por qué, mamá? —A los cuatro años Andrew seguía siendo el vivo retrato de su padre. Grace sonreía con sólo mirarlo, pero ese día, ver a sus hijos le produjo un mayor dolor por la niña asesinada—. ¿Por qué estás triste?

—Alguien le ha hecho daño a una niña —dijo ella—, y me he entristecido al enterarme.

—¿Ha ido al hospital? —preguntó el niño. Le encantaban las ambulancias, los coches de la policía y las sirenas, aunque también le asustaban un poco.

Grace no atinó a decirle que había muerto, tal vez era demasiado para un niño de cuatro años.

—Creo que sí, Andrew. Está muy enferma.

—¿Por qué no le hacemos un dibujo?

Grace asintió y giró el rostro para que el niño no la viera llorar. Ya no habría más dibujos para aquella niña...

En los días siguientes hubo un gran clamor social. Los profesores de la escuela privada en que estudiaba la niña se defendieron afirmando que no sospechaban nada. Se trataba de una niña frágil que se hacía moretones con facilidad, pero nunca había dicho nada de lo que ocurría en su casa. Grace estaba furiosa. Los niños nunca decían nada de los malos tratos en su casa y los profesores lo sabían, por lo que debían estar especialmente alerta.

Durante días los neoyorquinos dejaron flores y ramos frente al edificio de Park Avenue en el que vivía la niña, y cuando Grace y Charles pasaron en taxi para ir a cenar con unos amigos, Grace notó un nudo en la garganta al ver un gran corazón hecho de capullos de rosa con el nombre de la niña escrito en una cinta rosa.

—No puedo soportarlo —exclamó entre sollozos, hundiendo el rostro en el pañuelo que le tendió Charles—. Sé lo que es... ¿Por qué no lo entienden los demás? ¿Por qué no hacen algo para impedirlo? –La auténtica tragedia era que algunas veces la gente sabía lo que ocurría y no hacía nada. Era esa indiferencia la que Grace quería cambiar.

Charles la rodeó con el brazo, recordando lo que su propia mujer había tenido que sufrir.

–Quiero volver a trabajar –dijo Grace, y su marido la miró sobresaltado.

–¿En una oficina? –No entendía para qué quería trabajar cuando era tan feliz en casa con sus hijos.

–Claro que no –dijo Grace, sonriendo y sonándose la nariz–, a menos que necesites una nueva secretaria.

–Que yo sepa no. Entonces, ¿en qué estabas pensando?

–Pensaba en esa pobre niña... Me gustaría volver a trabajar con mujeres y niños maltratados.

–En St. Andrew's no –repuso él con firmeza. Desde que estaban casados Grace sólo había ido allí de visita, y hacía un año que habían trasladado al padre Tim a un centro similar de Boston, desde donde les había enviado una postal navideña.

–¿Qué te parece si fundara una especie de organización? No sólo se ocuparía de los barrios más pobres, sino también de los de clase media, donde los malos tratos son menos habituales y se ocultan mejor. Se trataría de educar a los maestros, los padres, los sacerdotes, las puericultores, todos los que tratan con niños, para que sepan qué buscar y cómo actuar cuando encuentren algo, y también de hablar con el público en general, gente como tú y como yo, gente que ve a niños maltratados cada día sin saberlo.

–Me parece que quieres abarcar mucho –replicó Charles–, pero es una gran idea. ¿Sabes si existe algún programa al que puedas unirte?

–Tal vez. –Cinco años atrás, cuando trabajaba en St. Andrew's, no existían tales programas, y los diversos comités para ayudar a víctimas de abusos y malos tratos de los que había oído hablar parecían mal dirigidos e ineficaces–. En realidad no sé por dónde empezar. Quizá debería hacer averiguaciones.

–Quizá deberías dejar de preocuparte tanto –dijo él con una

sonrisa, inclinándose para besarla–. La última vez que te dejaste llevar por ese enorme corazón tuyo, acabaste en el hospital. Tal vez sea hora de que dejes ese trabajo a otras personas. No quiero que vuelvan a hacerte daño.

–Si no me hubiera ocurrido aquello no te habrías casado conmigo –repuso ella con agudeza.

Charles sonrió.

–No estés tan segura. Hacía tiempo que te tenía echado el ojo, pero no comprendía por qué me odiabas tanto.

–No te odiaba. Me dabas miedo, que es otra cosa.

Sonrieron, recordando viejos tiempos.

Cuando volvieron de cenar, Grace insistió en su idea, y estuvo hablando de ella durante semanas hasta que Charles acabó cediendo.

–Muy bien, lo he comprendido. Quieres hacer algo. Bien, ¿por dónde empezamos?

Finalmente Charles habló con unos cuantos amigos y con algunos socios de su bufete. Algunas de sus esposas también se interesaron y otras le proporcionaron referencias y sugerencias útiles. Al cabo de dos meses Grace disponía de abundante material y sabía exactamente qué quería hacer. Habló con un psicólogo que conocía y con el director del colegio de sus hijos. Incluso llamó a la hermana Eugene y ésta le dio nombres de personas que estarían dispuestas a ayudar sin esperar ganar dinero a cambio. Grace necesitaba voluntarios, psicólogos, maestros, algunos hombres de negocios, mujeres e incluso antiguas víctimas. Su intención era crear un equipo de personas dispuestas a decirle a la gente lo que debían saber sobre abusos infantiles de todo tipo.

Creó así su organización y le dio un sencillo nombre: «Ayuda a los Niños.» En un principio la dirigía desde su hogar, pero al cabo de seis meses alquiló una oficina en Lexington Avenue a dos manzanas de su casa. Disponía entonces de un equipo de veintiuna personas que daban charlas en colegios, a grupos de padres, en asociaciones de maestros y a gente que dirigía actividades complementarias como el ballet o el béisbol. Grace se asombraba de la cantidad de peticiones que recibían, y tembló como una hoja la primera vez que dio una charla. Le contó a un grupo de desconocidos su propia experiencia con su padre, del que todos creían que era el hombre perfecto.

–Tal vez lo fuera –dijo con voz temblorosa, esforzándose por contener las lágrimas–, pero no para mí ni para mi madre.

No les contó que lo había matado para salvarse, pero consiguió conmover a su auditorio. Todos los oradores de la organización contaban historias parecidas, algunas personales, otras de alumnos o pacientes. Sus mensajes iban directos al corazón.

Para completar su labor, Grace estableció una línea telefónica a la que podían llamar personas que conocieran casos de amigos o vecinos que maltrataran a mujeres o hijos. Recaudó fondos para colocar anuncios y carteles con el número de teléfono y se las compuso para que funcionara las veinticuatro horas del día, lo que era en verdad toda una hazaña. No obstante, se organizaba de manera que podía estar con sus hijos por la tarde. Cinco fundaciones diferentes financiaban Ayuda a los Niños, pero necesitaba contribuciones gratuitas de publicistas para una campaña televisiva con la que pensaba llegar más con su mensaje a la comunidad. Su tarea se concentraba sobre todo en los niños y en quienes podían observar algo anormal en ellos. Le interesaban menos los padres que los maltrataban porque solían estar demasiado enfermos para querer escuchar y era raro que ellos mismos solicitaran ayuda.

Resultaba difícil juzgar los resultados obtenidos, pero lo cierto era que su línea telefónica estaba colapsada día y noche. Solían ser vecinos, amigos o maestros que no estaban seguros de que debieran actuar, e incluso habían empezado a recibir llamadas de niños que contaban historias espeluznantes. Charles y Grace realizaban dos largos turnos a la semana para contestar llamadas, y les destrozaba el corazón oír aquellas historias.

Grace estaba tan ocupada que apenas se daba cuenta del paso del tiempo. Para su sorpresa, recibió una carta de la primera dama, en la que ésta alababa su trabajo y la comparaba con la madre Teresa de Calcuta.

–¿Será una broma? –comentó Grace a su marido con una risita nerviosa, mostrándole la carta.

Le importaba sobre todo ayudar a los niños, pero también era agradable que reconocieran su trabajo. Charles se alegró por ella y se emocionó al saber que estaban invitados a cenar a la Casa Blanca. Aquel era el Año de la Infancia, y querían entregar un premio a Grace por su contribución.

—No puedo aceptarlo —dijo Grace, sintiéndose incómoda—. Piensa en toda la gente que ha tenido que trabajar para levantar la organización, y en todos los que trabajan con nosotros de un modo u otro sin cobrar nada. ¿Por qué he de llevarme yo todo el mérito? —No le parecía justo y no quería ir a la cena. En su opinión el premio debía entregarse a Ayuda a los Niños y no a ella individualmente.

—Piensa en quién tuvo la idea y la puso en marcha —dijo Charles. Su mujer no era consciente de su gran aportación al mundo y por ello la amaba y respetaba aún más. Era una mujer que había conseguido convertir una vida llena de dolor en una bendición para los demás—. Creo que deberíamos ir a Washington. Yo desde luego disfrutaría. Te diré lo que haremos: yo recojo el premio y les digo que todo fue idea mía —bromeó.

Grace se resistió durante dos semanas, pero Charles había aceptado ya en su nombre y, a regañadientes, acabó contratando a una niñera que conocían para que ayudara a su ama de llaves. Volaron a Washington una tarde de diciembre en medio de la nieve. Grace lo consideró un mal presagio, pero tan pronto llegaron a Pennsylvania Avenue comprendió que había sido una tonta. El árbol de Navidad de la Casa Blanca lanzaba alegres destellos convirtiendo el escenario en un cuadro de Norman Rockwell.

Unos marines los condujeron al interior de la Casa Blanca. Grace sintió flaquear las piernas cuando estrechó la mano del presidente y luego la de la primera dama. En la recepción había varios abogados y congresistas amigos de Charles, que se los presentó a su mujer, llevándola del brazo para infundirle valor. Un viejo amigo de Nueva York, congresista y antiguo socio de su bufete, bromeó con Charles preguntándole cuándo pensaba meterse en política.

—No creo que sirva para eso. Estoy demasiado ocupado llevando a los niños al colegio y contestando al teléfono por Grace —replicó él, sonriente.

Charles incluso habló unos instantes con el presidente, quien afirmó conocer su bufete y le felicitó por el modo en que había llevado un delicado asunto en el que estaban implicados unos contratos del gobierno.

Después de cenar hubo baile y un magnífico coro de niños que cantó villancicos. Viéndolos, Grace sintió añoranza de sus hijos.

El congresista volvió a acercarse a Charles antes de que se fueran y le pidió que se lo pensara.

—La escena política te necesita, Charles. Me agradaría que habláramos en serio sobre el tema. —Ante la persistente negativa de Charles, añadió—: Hay todo un mundo ahí fuera, Charles, además de Park Avenue y Wall Street. Algunas veces uno se olvida de que está en una torre de marfil. Podrías hacer mucho bien. Te llamaré —dijo y se alejó.

Charles y Grace volvieron a su habitación del Willard a medianoche tras una velada maravillosa. Grace llevaba la placa recibida como tributo a su desinteresada ayuda a los niños.

—Tendré que enseñársela a los niños la próxima vez que digan que soy mala —comentó y la colocó sobre una mesa de la suite. Se alegraba de haber ido a Washington.

Luego, mientras estaban en la cama charlando sobre la gente que habían visto y la impresión que les había causado conocer al presidente y su esposa, Grace preguntó a Charles por su amigo congresista.

—¿Roger? Fue socio del bufete en cierta época. Es un buen hombre, siempre me ha caído bien.

—¿Y qué te parece lo que te ha dicho?

—¿Sobre lo de meterme en política? No me interesa.

—¿Por qué no? Lo harías muy bien.

—Quizá algún día me presente como candidato a la presidencia. Tú serías una primera dama preciosa —bromeó y se dio la vuelta para besarla con avidez, a lo que ella respondió con la misma pasión.

Estaban de vuelta en Nueva York a las dos de la tarde del día siguiente. Charles se sentía muy contento y decidió irse a casa con Grace en lugar de volver al despacho. Los niños los recibieron dando brincos, saltando sobre ellos y preguntando qué regalos les traían.

—Absolutamente nada —mintió Charles con rostro inexpresivo y ellos protestaron con incredulidad.

En las raras ocasiones en que Charles tenía que realizar algún viaje de negocios, nunca volvía con las manos vacías. Después de darles los regalos, Grace les habló de la Casa Blanca, de los niños del coro y del árbol de Navidad.

—¿Qué cantaron? —quiso saber Andrew, y Abigail preguntó cómo iban vestidos. Tenían entonces seis y cinco años, respectivamente.

La semana siguiente era Navidad, así que durante el fin de semana colocaron el árbol y lo decoraron entre todos.

Grace los llevó a patinar sobre hielo al Rockefeller Center y a ver a Santa Claus en Saks. También vieron los escaparates magníficamente decorados de la Quinta Avenida, e incluso fueron a buscar a su padre al bufete para llevarlo a comer al Serendipity de la Sesenta, entre la Segunda y la Tercera Avenida, y pidieron *hot dogs* y grandes helados. Grace pidió un banana split, lo que hizo reír a Charles al recordar aquel primer fin de semana juntos. Ella se lo comió entero y Charles la miró con asombro.

—¿Te burlas de mí? —preguntó Grace con una sonrisa y una pizca de nata en la nariz. Abigail se echó a reír al verla.

—Desde luego que no. Creo que es fantástico que no hayas desperdiciado nada.

—Sé bueno o pediré otro.

Grace seguía tan delgada como siempre, hasta que después de Año Nuevo, empezó a quejarse de que la ropa no le entraba. Durante las vacaciones había hecho varios turnos contestando al teléfono porque sabía que las Navidades eran fechas muy difíciles para familias con problemas. Como les pasaba a todos, mientras contestaba al teléfono, estaba sentada y comía galletas y palomitas a todas horas.

—Estoy como una foca —dijo Grace con tono desdichado, cuando se puso los tejanos para ir a pasear por el parque tras un lánguido fin de semana.

—A muchas mujeres les encantaría estar así de focas.

Lo cierto era que a sus treinta años Grace seguía pareciendo una modelo, y a sus cincuenta Charles era tan atractivo como siempre.

Formaban una bonita pareja mientras paseaban, ella con su

gran gorro y su chaqueta de piel de zorro, regalo de Navidad, perfectos para el riguroso invierno neoyorquino. Habían dejado a los niños a cargo de una niñera, porque su ama de llaves estaba fuera. Algunos domingos solían salir a pasear, o coger un taxi para ir al Soho a alguna cafetería, o a comer y recorrer luego las galerías de arte.

Aquella tarde se contentaron con pasear y acabaron en el hotel Plaza. Decidieron entrar en el antiguo edificio y tomar un chocolate caliente en el Palm Court.

–Los niños no nos lo perdonarán si se enteran –dijo Grace. A sus hijos les encantaba el Palm Court, pero también era muy romántico ir a solas con su marido.

Hablaron sobre ciertos planes para Ayuda a los Niños, mientras Grace tomaba un plato de galletas y dos chocolates con nata. Tan pronto los acabó se sintió mal y lamentó habérselos comido.

–Eres tan mala como Andrew –le regañó Charles entre risas.

Cuando salieron del Plaza alquilaron un coche de caballos que los llevó a casa acurrucados en el asiento, besándose, susurrando y riendo bajo gruesas mantas, igual que adolescentes o recién casados. Al llegar a casa, Charles entró corriendo para llamar a los niños, y el cochero accedió a darles la vuelta a la manzana a los cuatro. Después de despedir a la niñera, Grace preparó un plato de pasta para cenar.

En las semanas siguientes Grace estuvo ocupada con nuevos planes, pero siempre se encontraba cansada, tanto que llegó a saltarse dos turnos en la línea telefónica, cosa extraña en ella. Charles mostró preocupación en cuanto lo advirtió.

–¿Te encuentras bien? –Algunas veces le inquietaba que las experiencias vividas en el pasado acabaran pasando factura a su mujer y siempre que enfermaba se asustaba de veras.

–Por supuesto que sí –contestó ella, pero sus ojeras y su palidez la desmentían. Ya no padecía ataques de asma, pero empezaba a tener el mismo aspecto que cuando Charles la conoció: un poco estirada y seria.

–Quiero que vayas al médico –insistió él.

–Estoy bien –se empecinó ella.

–Hablo en serio.

—De acuerdo. —Pero al final no fue, excusándose en que estaba demasiado ocupada, y Charles tuvo que concertarle una visita por su cuenta y decirle que la llevaría él mismo al día siguiente si hacía falta.

Había pasado un mes desde Navidad y Grace se encontraba en plena campaña de recogida de fondos.

—¡Por el amor de Dios! —exclamó irritadamente cuando Charles le recordó la visita por la mañana—. Sólo estoy cansada, eso es todo. ¿A qué viene tanto jaleo? —le espetó. Charles la aferró por los hombros y la obligó a mirarle.

—¿Tienes idea de lo importante que eres para mí y para esta familia? Te amo, Grace. No juegues con tu salud. Te necesito.

—Muy bien —dijo ella, cediendo—. Iré.

Grace detestaba ir al médico. Los médicos le recordaban todas sus experiencias negativas.

—¿Alguna idea sobre lo que podría ser? ¿Cómo se siente? —le preguntó el médico de la familia con tono afable. Era un hombre de mediana edad con expresión inteligente y buen carácter, que nada sabía del pasado de Grace.

—Me encuentro bien. Sólo estoy cansada y Charles se ha puesto histérico.

—Tiene derecho a preocuparse. ¿Algo más aparte de fatiga?

—No mucho —respondió Grace, tras reflexionar brevemente y encogerse de hombros—. Algún mareo, dolores de cabeza. —Pese a la ligereza con la que hablaba, lo cierto era que se había mareado varias veces y que sentía náuseas a menudo. Ella lo atribuía a la tensión nerviosa—. He estado muy ocupada.

—Quizá lo que necesite sea un descanso. —El médico sonrió y le recetó unas vitaminas. No consideraba necesario hacerle pruebas serias. Grace era joven y fuerte, y tenía la presión baja, lo que justificaba los mareos—. Coma mucha carne roja —le aconsejó—, y espinacas. —Después la despidió dándole recuerdos para Charles.

Sintiéndose mejor que otros días, Grace regresó a casa caminando bajo el gélido aire de enero. Era un día frío y despejado, se sentía fuerte mientras caminaba y le parecía una estupidez haber ido al médico, pero al mismo tiempo agradecía que Charles se preocupara tanto por ella. Al dar la vuelta a la esquina, cerca ya de casa, sintió un ligero mareo, pero continuó andando hasta que, ante su misma puerta, el mareo aumentó y trastabilló. Extendió un brazo para sujetarse a algo y aferró a un hombre mayor que la miró extrañado. Ella lo miró como si no lo viera, dio dos pasos en dirección a su casa, dijo algo ininteligible y se desplomó en la acera.

14

Cuando Grace recobró el conocimiento frente a la puerta de su casa, se encontró rodeada por tres personas y dos policías; estos últimos habían acudido después de que el viejo que había estado a punto de arrastrar al suelo con ella telefoneara desde una cabina. Sentada en la acera y demasiado mareada aún para ponerse en pie, sentía más vergüenza que otra cosa.

–¿Qué le ha ocurrido? –preguntó uno de los policías. Era un hombre corpulento y afable, y observó con ojos perspicaces que Grace no estaba bebida ni drogada y que vestía ropas caras–. ¿Quiere que llamemos a una ambulancia o a su médico?

–No, de verdad; estoy bien –dijo ella, levantándose–. No sé qué me ha pasado. Ha sido sólo un mareo.

–Debería ir al médico, señora. Nosotros la llevaremos al New York Hospital con mucho gusto. Está en esta misma calle –insistió el agente.

–De verdad estoy bien. Vivo aquí mismo. –Señaló la casa. Dio las gracias al hombre mayor y se disculpó por haberle aferrado de aquella manera. Él le palmeó la mano y le aconsejó que echara una cabezada y comiera bien. Los policías la acompañaron hasta la puerta.

–¿Quiere que llamemos a alguien? ¿A su marido? ¿A una amiga o una vecina?

–No... yo... –Les interrumpió el teléfono. Grace contestó mientras los policías aguardaban en la puerta. Era Charles.

–¿Qué te ha dicho?

–Que estoy bien –dijo ella con cierta vacilación, pensando en lo que acababa de ocurrirle.

–¿Quiere que nos quedemos un rato? –preguntó el policía desde la puerta y Grace negó con la cabeza.

–¿Quién está ahí? –quiso saber Charles.

–No es nada, es que... –temió decirle la verdad–, el médico dice que estoy perfectamente y...

–¿Con quién hablabas? –Charles tenía un sexto sentido y notaba algo raro.

–Es un policía, Charles –contestó Grace al fin, con un suspiro, y en ese momento volvió a sentirse mal.

El policía vio que palidecía y volvía a caer, y llegó a tiempo de sostenerla. Grace se sentó en el suelo con la cabeza entre las rodillas, sintiéndose demasiado mal para hablar. Uno de los policías fue a traer un vaso de agua y el otro recogió el auricular.

–¿Oiga? ¿Qué pasa? –preguntaba un Charles frenético.

–Soy el agente Mason. ¿Con quién hablo? –dijo el policía con calma, mientras Grace lo miraba con impotencia.

–Soy Charles Mackenzie y mi mujer está ahí con usted. ¿Qué ocurre?

–Está bien, señor. Ha tenido un pequeño problema. Se ha desmayado en la puerta de casa. La hemos acompañado dentro y creo que se ha vuelto a marear. Seguramente es la gripe, que le ha afectado el estómago; todo el mundo está igual.

–¿Se encuentra bien? –preguntó Charles con expresión consternada al tiempo que cogía su abrigo.

–Creo que sí. No quiere ir al hospital.

–No le haga caso. ¿Podrían llevarla a Lenox Hill?

–Con mucho gusto.

–Estaré allí en diez minutos.

El policía colgó y miró a Grace con una sonrisa.

–Su marido quiere que la llevemos a Lenox Hill, señora Mackenzie.

–No quiero ir –replicó ella como una niña malcriada.

–Ha sido muy tajante. Ahora mismo se dirige hacia allí.

–Estoy bien, de verdad.

–Ya, pero no le hará ningún daño que la examine un médico.

Hay muchos virus sueltos por ahí. Una mujer se desmayó ayer en Bloomingsdale's a causa de esa gripe de Hong Kong. ¿Hace mucho que se encuentra mal? –preguntó mientras la ayudaba a salir.

–En serio que estoy bien –repitió Grace, pero el policía cerró la puerta y la metió en el coche patrulla.

De repente Grace se dio cuenta de que parecía una detenida. Le hubiera hecho gracia de no ser porque le recordó la noche en que mató a su padre. Cuando llegaron a Lenox Hill sufría un ataque de asma, el primero en dos años, y ni siquiera llevaba el inhalador.

Los policías la acompañaron al interior del hospital y explicaron a una enfermera que la señora tenía asma. Rápidamente le dieron un inhalador, pero cuando llegó Charles su mujer estaba blanca como la cera y le temblaban las manos.

–¿Qué te ha pasado? –preguntó horrorizado.

–El coche de la policía me ha puesto nerviosa –musitó ella.

–¿Por eso te has desmayado? –Charles estaba confundido.

–Por eso tengo un ataque de asma.

–¿Pero por qué te has desmayado?

–Eso no lo sé.

Los policías se fueron y ellos estuvieron una hora esperando a que examinaran a Grace, que poco a poco se recuperó. Charles le llevó caldo de pollo y un sándwich de una máquina.

Tenía buen apetito, explicó Grace al médico.

–Excelente –confirmó Charles.

El doctor la examinó con detenimiento y luego hizo una pregunta inesperada.

–¿Podría estar embarazada?

–No lo creo. –Grace no usaba anticonceptivos desde el nacimiento de Abigail, que iba a cumplir seis años en julio, pero no se había quedado embarazada–. Lo dudo.

–¿Toma la píldora? –Grace meneó la cabeza–. Entonces, ¿por qué no? ¿Algún motivo especial? –miró a Charles.

–Sencillamente no lo creo –repitió Grace.

–Pues yo creo que sí. –Charles esbozó una sonrisa–. ¿Podría comprobarlo? –preguntó al médico.

–Puede comprar un test de embarazo en la farmacia de la esquina, pero desde luego tiene todos los síntomas: náuseas, mareos, aumento del apetito, fatiga, somnolencia, y una falta de la regla que usted atribuía a los nervios. Mi opinión profesional es que va a tener un hijo. Puedo llamar a nuestro tocólogo para que la examine, si quiere, pero es más fácil comprar el test y hablar luego con su médico.

–Gracias –dijo Grace, atónita. No se le había ocurrido que pudiera estar embarazada después de tanto tiempo.

Compraron el test de embarazo y volvieron en taxi a casa. Charles la abrazó durante el trayecto, sintiéndose aliviado tras el susto.

Una vez en casa realizaron todos los pasos del test cuidadosamente. Grace sonrió mientras esperaban; ambos estaban convencidos del embarazo, y así era, en efecto.

–¿Cuándo crees que ocurrió? –preguntó Grace.

–Apuesto a que fue después de la cena en la Casa Blanca –respondió Charles con una carcajada y un beso.

Tenía razón. Al día siguiente Grace visitó a su tocólogo y éste confirmó que esperaba un bebé para finales de septiembre. Charles se quejó un poco de la edad que tendría cuando naciera su hijo, pero Grace no quería oír hablar de vejez.

–Aún eres un chiquillo –dijo.

El bebé resultó un precioso niño de cabellos rubios que se parecía un poco a los dos. Le llamaron Matthew y los niños se prendaron de él en cuanto lo vieron. Abigail se paseaba con él por la casa afirmando que era su bebé.

Con la llegada del nuevo hijo la casa de la calle Sesenta y nueve se quedó pequeña. La vendieron ese mismo invierno y compraron una en Greenwich. Era una bonita casa blanca rodeada por una valla y con un gran jardín. Charles compró también una perra labrador de color chocolate para los niños.

Ayuda a los Niños continuó su andadura. Grace iba a Nueva York dos veces por semana para supervisar el trabajo, pero contrató a una persona que dirigiera la oficina y abrió otra más pequeña en Greenwich, donde pasaba las mañanas. La mayoría de las veces se llevaba a Matthew en su cochecito.

Su vida se desarrollaba plácidamente y a los niños les encantó el nuevo colegio. Fue el verano siguiente cuando Charles recibió noticias de Roger Marshall, el antiguo socio del bufete que era congresista.

Roger insistía que Charles se metiera en política. El año siguiente quedaría un escaño vacante en el Congreso debido a la jubilación de un representante por Connecticut. Pero Charles se encontraba demasiado ocupado en el bufete con un trabajo que, por otra parte, le gustaba. Si se presentaba a las elecciones y ganaba, tendría que mudarse a Washington, al menos parte del año, lo que resultaría muy duro para Grace y los niños. Además, las campañas electorales eran costosas y extenuantes. Charlaron sobre la posibilidad mientras comían juntos, pero Charles acabó rechazándola. Sin embargo, más adelante otro congresista de su distrito murió de un ataque al corazón y Roger volvió a llamarle. Esta vez Grace le sorprendió animándole a aceptar.

—No hablas en serio —dijo Charles, mirando a su mujer con perplejidad—. No te interesa esa vida, ¿no? —Su experiencia como personaje famoso durante su matrimonio con la actriz no le había gustado, pero tenía que admitir que siempre le había intrigado el gobierno de la nación, y especialmente Washington.

Finalmente comunicó a Roger que lo pensaría. Cuando decidió volver a rechazarlo, Grace argumentó que podría hacer grandes cosas y que tal vez le gustara. Ella creía que significaba mucho para su marido, puesto que en los últimos tiempos admitía no hallar retos a su medida en el bufete y, por otro lado, empezaba a sentirse viejo ante la inminencia de su cincuenta y tres cumpleaños.

—Necesitas algo nuevo en tu vida, Charles —le dijo Grace—. Algo que te estimule.

—Te tengo a ti —dijo él y sonrió—. Eres un estímulo más que suficiente para cualquier hombre. Una esposa joven y tres hijos me mantendrán ocupados los próximos cincuenta años. Además, no creo que quieras verte envuelta en el frenesí de las elecciones y la política. Sería difícil para ti y para los niños. Es como vivir en un acuario a la vista de todo el mundo.

—Si eso es lo que quieres, ya nos arreglaremos. Washington no es la luna. No está tan lejos. Podemos mantener esta casa y pasar aquí alguna temporada. Incluso podrías venir entre semana durante el período de sesiones.

Charles se echó a reír al ver que su esposa lo tenía todo previsto.

–No estoy seguro de que debamos preocuparnos tanto. No creo que gane. Nadie me conoce.

–Eres un hombre respetado en esta comunidad, con buenas ideas, integridad y mucho interés por tu país.

–¿Cuento con tu voto? –preguntó, besándola.

–Siempre.

Finalmente Charles aceptó la propuesta de Roger y reunió un grupo de gente para ayudarle en la campaña electoral. Empezaron en serio en junio, con toda la ayuda de Grace, desde poner sellos a estrechar manos o ir de puerta en puerta distribuyendo folletos. Fue una campaña dirigida al «ciudadano de a pie» y, pese a que nunca hicieron un secreto del origen acomodado de Charles, también resultó evidente que era un hombre sincero y bien intencionado, que se preocupaba por la prosperidad de su país y el bienestar de sus conciudadanos. Charles se sorprendió al comprobar que los medios de comunicación se interesaban por él, cubrían todas sus apariciones y lo trataban con ecuanimidad.

–¿Y por qué no iban a hacerlo? –se extrañó Grace.

–Porque no son siempre así. Espera y verás. Tarde o temprano me atacarán.

–No seas tan desconfiado.

Grace se mantuvo en un segundo plano durante la campaña, excepto cuando Charles la necesitaba a su lado o para hacerle propaganda de puerta en puerta, aunque tuviera que llevar consigo a los niños. Pero nunca perdió de vista el hecho de que el candidato era su marido.

Sin embargo, apenas tenía tiempo para dedicárselo a sus proyectos, y Ayuda a los Niños tuvo que continuar sin ella durante la campaña. Seguía haciendo turnos en los teléfonos siempre que podía, pero sobre todo trabajaba para su marido, y lo que hacía le encantaba. Charles acudía a picnics, barbacoas y ferias locales, hablaba ante grupos políticos, granjeros y hombres de negocios. Todo el mundo le creía, les gustaba lo que representaba y también les gustaba Grace, ya que su trabajo era bien conocido y, sin embargo, se notaba que anteponía su marido y sus hijos a cualquier otra cosa.

En noviembre Charles obtuvo una victoria aplastante. Cedió su participación en el bufete en fideicomiso y sus colegas le ofrecieron una gran fiesta en Pierre como despedida. Luego él y Grace se fueron a Washington con los niños para buscar una casa a la que se mudarían después de Navidades. Los niños cambiarían de colegio y estaban un poco asustados, pero también excitados. Encontraron una casa encantadora en Georgetown, en R Street.

Grace inscribió a los niños en Sitwell Friends y en enero Abigail y Andrew iniciaron el tercer y cuarto curso respectivamente. También encontró una guardería para Matthew, que tenía dos años.

Volvían a Connecticut en los días de fiesta y las vacaciones, y siempre que no había sesiones en el Congreso y los niños no tenían colegio. Charles mantuvo el contacto con sus electores y con sus viejos amigos, y disfrutó de cada momento de su nueva vida. Los innumerables comités de los que formaba parte le parecían fascinantes y útiles. Durante su segundo año en Washington, Grace abrió una oficina de Ayuda a los Niños a imagen y semejanza de las que ya existían en Nueva York y Connecticut, y apareció varias veces en programas de radio y televisión. Como esposa de un congresista tenía más influencia que antes y se alegraba de poder usarla para una buena causa.

También dieron fiestas, asistieron a eventos políticos y fueron invitados a la Casa Blanca regularmente. Los días de tranquilidad quedaban atrás. Sin embargo, consiguieron que su vida privada quedara al margen. Eran personas discretas que trabajaban duramente en sus respectivos campos.

Llevaban casi tres períodos de sesiones en Washington, cinco años, cuando a Charles le hicieron una nueva e interesante oferta. Su experiencia como congresista había sido muy positiva, pero también había acabado por comprender que existían puestos con más poder e influencia sobre los destinos del país. Fuentes próximas a la presidencia le abordaron, ansiosas por saber si estaría dispuesto a presentarse a las elecciones para el Senado, que ejercía una gran atracción sobre él y donde tenía muchos amigos.

Charles lo discutió con Grace. Deseaba hacerlo, pero al mismo tiempo temía mayor presión, más exigencias y responsabilidades, además de mayor publicidad. Como congresista, aunque reconocido, respetado, era uno de tantos, pero como senador sería objeto de envidias y una amenaza para muchos. Todos los que aspiraban a la presidencia lo vigilarían, dispuestos a apartarlo de su camino a la menor oportunidad.

–Puede generar mucha inquina –explicó, preocupado también por su mujer. Hasta entonces la habían dejado tranquila. Era conocida por su belleza, su sólido matrimonio y su espíritu familiar, pero no solía ser motivo de noticia. Como mujer de un senador estaría más expuesta a la opinión pública, y quién sabía las consecuencias que eso podía acarrear–. No quiero hacer nada que pueda perjudicarte. –Grace y los niños eran siempre su primera preocupación y ella le amaba más por ello.

–No seas ridículo. No tengo miedo. No tengo nada que ocultar –afirmó sin pararse a pensar y él sonrió. Entonces Grace se dio cuenta–. Bueno, sí, pero nadie ha sacado a relucir mi pasado, y además, pagué mi deuda. ¿Qué podrían decir ahora? –Había pasado mucho tiempo y para Grace no era más que un sueño remoto.

–Lo más seguro es que mucha gente no se haya dado cuenta de quién eres, porque has madurado y has cambiado de apellido, pero como esposa de un senador podrían empezar a indagar en tu pasado, Grace. ¿Realmente no te importa?

–No. ¿Vas a dejar que eso te detenga? ¿Deseas hacerlo? –Estaban sentados en su dormitorio, hablando antes de dormir. Charles asintió despacio–. Entonces no permitas que nada te detenga. Estás en tu derecho. Eres bueno en lo que haces. No permitas que el miedo dirija nuestras vidas. No tenemos nada que temer –concluyó con convicción.

Dos semanas más tarde, Charles anunció que se presentaría a las elecciones para el Senado en noviembre.

Fue una campaña precipitada en la que tenía un duro adversario, pero se trataba de un hombre que llevaba largo tiempo en el Senado y la gente pensaba que había llegado el momento del cambio. Charles Mackenzie resultaba un candidato muy atractivo. Tenía una reputación impecable y muchos amigos, además de su encanto personal y una familia adorable, lo que siempre era bueno.

La campaña se inició con una conferencia de prensa y desde un principio Grace comprobó que existía una diferencia. Los periodistas lanzaban preguntas sobre la vida anterior de Charles, su trabajo en el bufete, sus ingresos e impuestos, sus empleados y sus hijos. Luego preguntaron por Grace y su trabajo para Ayuda a los Niños y en St. Andrew's. Inexplicablemente se habían enterado de los donativos que había hecho al centro. Sin embargo, parecía gustarles; las revistas querían entrevistarla y hacerle fotos. Al principio ella se negaba, pues quería mantenerse en segundo plano, como siempre, trabajando duramente para su marido. Pero los medios de comunicación tenían a un apuesto candidato al Senado de cincuenta y ocho años con una esposa muy guapa y veinte años más joven, y querían saberlo todo de ella.

—Yo no quiero que me hagan entrevistas —se quejó Grace a su marido una mañana, mientras desayunaban—. Tú eres el candidato, no yo. ¿Para qué quieren hablar conmigo, por amor de Dios? —exclamó, sirviendo a Charles una segunda taza de café.

Tenían un ama de llaves que trabajaba para ellos todo el día desde media mañana, pero Grace prefería hacer el desayuno personalmente y estar sola con su marido y los niños.

—Ya te dije que sería así —contestó Charles serenamente. Nada parecía perturbarle, ni siquiera las informaciones sobre él menos favorables, que aparecían a menudo. Sabía que era la naturaleza de la política; una vez metido en el ruedo, les pertenecía y podían hacer con él lo que quisieran. Lejos estaban los días en que sólo tenía que responder ante los electores a los que representaba y ante la prensa local. Como candidato al Senado era objetivo de la prensa nacional y de todas sus exigencias—. Además —añadió con una sonrisa—, si fueras fea no querrían saber nada de ti. A lo mejor deberías cambiar de aspecto —dijo, terminando su café e inclinándose para besarla.

Charles llevó a los niños al colegio como cada mañana. Matthew estaba ya en segundo curso y Andrew acababa de empezar en el instituto. Seguían en el mismo colegio y habían llegado a un punto en el que la mayoría de sus amigos estaba en Washington, pero se sentían en casa tanto allí como en Connecticut.

La campaña se desarrolló sin sobresaltos hasta junio. Estaban a punto de marcharse a Greenwich a pasar el verano, cuando una tarde Charles llegó inesperadamente con el semblante pálido. Grace, que había oído entrar a su marido, pensó que le había ocurrido algo a uno de los niños, y bajó corriendo la escalera hasta el vestíbulo.

–¿Qué ocurre? –preguntó sin aliento. ¿De quién se trataba, de Andy, Abby o Matt?

–Tengo malas noticias –dijo él mirándola con tristeza y acercándose a ella.

–Oh, Dios mío, ¿qué es? –Apretó fuertemente la mano de su marido.

–Acaban de llamarme de la Associated Press... Se han enterado de lo de tu padre y de que estuviste en Dwight. –Charles estaba desolado por haber puesto a su mujer en una posición en la que tanto daño podían hacerle. Comprendía demasiado tarde su error. Había sido un estúpido egoísta al creer que podrían salir indemnes de la campaña.

–Oh –fue todo lo que dijo Grace–. Bien. –Lo miró con preocupación–. ¿Cómo te va a afectar a ti?

–No lo sé. Ésa no es la cuestión. No quiero que tengas que pasar por esto. –Charles la rodeó con el brazo y la condujo lentamente hacia la sala de estar–. Van a hacer pública la historia a las seis, en las noticias, y quieren que antes demos una conferencia de prensa.

–¿Tengo que hacerlo?

–No. ¿Por qué no esperamos a ver qué dicen y nos ocupamos luego?

–¿Y los chicos? ¿Qué voy a decirles? –Grace hablaba con calma, pero estaba muy pálida y le temblaban las manos.

–Será mejor que se lo digamos nosotros.

Esa tarde fueron juntos a recogerlos al colegio, los llevaron a casa y les hicieron sentarse en torno a la mesa del comedor.

–Vuestra madre y yo tenemos algo que deciros –empezó Charles.

–¿Os vais a divorciar? –preguntó Matt. La mayoría de los padres de sus amigos se había divorciado.

–No, claro que no –respondió su padre, sonriéndole–, pero no es nada bueno. Es algo muy difícil para mamá y hemos pensado que debemos decíroslo. –Charles apretaba la mano de su mujer con fuerza.

–¿Tienes cáncer? –preguntó Andrew. La madre de su mejor amigo había muerto de esa enfermedad poco antes.

–No; estoy bien. –Grace respiró hondo, pues sentía la opresión en el pecho que había desaparecido largo tiempo atrás, y ni siquiera recordaba dónde había puesto el inhalador–. Se trata de algo que ocurrió hace mucho tiempo y que es difícil de explicar y comprender. –Grace se esforzaba por contener las lágrimas.

»Cuando tenía la edad de Matty, mi padre era muy malo con mi madre, la maltrataba –dijo con tristeza.

–¿Quieres decir que la atizaba? –preguntó Matt.

Grace asintió.

–Sí, la maltrataba y le hacía mucho daño. Luego ella enfermó gravemente.

–¿De tanto que la golpeaba? –volvió a interrumpir Matt.

–Seguramente no. Tenía cáncer, como la madre de Zack. –Toda la familia conocía la historia del amigo de Andrew–. Estuvo enferma mucho tiempo, cuatro años, y mientras ella estaba enferma, algunas veces mi padre me pegaba... y me hacía cosas terribles... y también pegaba a mi madre, pero yo pensaba que si le dejaba hacerme daño a mí... –Sus ojos se llenaron de lágrimas y los sollozos le impidieron proseguir. Charles le apretó la mano para infundirle valor–. Pensaba que si le dejaba hacerme daño a mí, no se lo haría a ella, así que le permitía hacer todo lo que quería... fue horrible... y luego mi madre murió. Yo tenía diecisiete años y la noche del funeral... –Cerró los ojos, pero volvió a abrirlos dispuesta a acabar la historia que no hubiera querido contar jamás a sus hijos–. La noche del funeral volvió a pegarme... me hizo mucho daño y yo estaba muy asustada. Recordé que mi madre guardaba una pistola junto a su cama y la cogí... creo que sólo quería asustarle. –Sollozó mientras sus hijos la miraban en medio de un silencio estupefacto–. No sé qué pensé... estaba muy asustada y no quería que me pegara más... luchamos y la pistola... se disparó accidentalmente y le hirió. Murió esa misma noche. –Grace respiró profundamente.

–¿Le disparaste a tu padre? ¿Lo mataste? –exclamó Andrew, mirándola fijamente, y ella asintió. Tenían derecho a saberlo todo, pero no quería hablarles de las violaciones si no era imprescindible.

–¿Fuiste a la cárcel? –preguntó Matthew, fascinado por la historia. Era como una película de policías y ladrones. Le parecía interesante salvo la parte en que pegaban a su madre.

–Sí –contestó ella en voz baja, mirando a su hija, que no había pronunciado una sola palabra–. Estuve en prisión dos años y luego pasé dos años en libertad condicional en Chicago. Cuando terminó todo, me fui a Nueva York y conocí a vuestro padre. Nos casamos y hemos sido felices desde entonces. –Después de quince años de tranquilidad volvían los problemas; era el precio que tenían que pagar por la carrera política de Charles.

–No puedo creerlo –exclamó Abigail, mirando a su madre–. ¿Has estado en la cárcel? ¿Por qué no nos lo habías dicho?

–No lo creí necesario, Abby. No era algo de lo que me sintiera orgullosa. Era muy doloroso para mí.

–Nos dijiste que tus padres habían muerto, no que los habías matado –le reprochó Abigail.

–No los maté a los dos, sólo a él.

–Tal como lo cuentas parece que lo hiciste para defenderte –señaló Abigail.

–Así es.

–¿Y eso no es defensa propia? ¿Cómo es que te metieron en la cárcel?

–Lo es, pero no me creyeron.

–No puedo creer que hayas estado en la cárcel –repitió Abigail. No pensaba más que en lo que dirían sus amigos.

–¿Mataste también a los padres de papá? –preguntó Matt.

–Claro que no. –Grace sonrió; Matt era demasiado pequeño para comprenderlo.

–¿Por qué nos lo cuentas ahora? –quiso saber Andrew, pensando también en la reacción de sus amigos.

–Porque la prensa lo ha descubierto –respondió Charles por ella. Había dejado que Grace contara la historia a su manera y creía que lo había hecho bien, pero no era fácil de asimilar para unos niños y menos aún tratándose de su propia madre–. Lo contarán en las noticias de las seis y queríamos decíroslo nosotros primero.

–Vaya, muchas gracias. Diez minutos antes. ¿Y esperáis que mañana vaya al colegio? Ni hablar –dijo Abigail, furiosa.

–Yo tampoco iré –anunció Matt, sólo por no ser menos, y luego se volvió hacia su madre con expresión de curiosidad–. ¿Sangró mucho tu papá?

Charles y Grace no pudieron contener la risa. Para Matt todo era como un telefilme.

–Eso no importa, Matt –le regañó su padre.

–¿Hizo mucho ruido?

–¡Matthew!

–No puedo creer lo que está pasando –dijo Abigail con lágrimas en los ojos–. No puedo creer que no nos lo dijeras y ahora vaya a salir todo en las noticias. Eres una asesina, una presidiaria.

–Abigail, no comprendes las circunstancias –dijo Charles–. No sabes lo que tuvo que sufrir tu madre. ¿Por qué crees que ha estado siempre tan interesada por los niños maltratados?

–Para presumir –replicó Abby airadamente–. Además, ¿qué sabes tú? Tú no estabas allí, ¿o sí? Y además, ¡todo es culpa tuya y de tu estúpida campaña! ¡Si no estuviéramos en Washington, nada de esto habría ocurrido!

Había algo de razón en sus recriminaciones y Charles se sentía ya muy culpable sin necesidad de que su hija se lo restregara por la cara, pero antes de que pudiera responderle, Abigail corrió escaleras arriba y se encerró en su habitación dando un portazo. Grace se levantó para ir en pos de ella, pero Charles la obligó a sentarse de nuevo.

–Deja que se calme –le dijo. Andrew miró a sus padres y luego al techo.

–Es una pequeña majadera, no sé por qué la aguantáis.

–Porque la queremos, os queremos a los tres –dijo Charles–. Esto no es fácil para ninguno de nosotros. Tendremos que asimilarlo cada uno a su manera y apoyarnos mutuamente. Las cosas se pondrán muy difíciles cuando la prensa empiece a meterse con tu madre.

–Te apoyaremos, mamá –dijo Andrew y se levantó para dar un abrazo a Grace.

Por su parte Matthew seguía pensando en lo que había contado su madre. La historia le había gustado.

–A lo mejor Abby te dispara a ti, papá –comentó esperanzado.

–Espero que no, Matt. Nadie va a disparar a nadie.

–A lo mejor mamá.

Grace sonrió al mirar a su hijo menor.

–Recuérdalo la próxima vez que te diga que ordenes tu habitación o que te acabes la cena.

–Sí –replicó él con una sonrisa de oreja a oreja, mostrando que le faltaban dos dientes delanteros.

Al cabo de un rato Grace subió a hablar con Abigail, pero ésta no quiso abrirle la puerta. Bajó a las seis, para ver la televisión con todos los demás en la sala, pero se sentó detrás sin decir nada a sus padres.

El teléfono había sonado ininterrumpidamente hasta que Grace había conectado el contestador automático. No querían hablar con nadie y Charles disponía de una línea privada para sus ayudantes que no figuraba en el listín. Le llamaron varias veces para advertirle que la información iba a ser bastante sórdida.

Se presentó en forma de boletín especial con una ampliación de la fotografía que habían tomado a Grace tras su detención. Lo que más sorprendió a todos fue el aspecto de Grace, que apenas tenía entonces tres años más que Andrew y, sin embargo, parecía más joven que Abigail.

–¡Jo, mamá! ¿Ésa eres tú?

–¡Shhh, Matthew! –dijeron todos al unísono.

Desde luego la noticia era repugnante. Se introducía explicando que Grace Mackenzie, esposa del congresista Charles Mackenzie, candidato al Senado, se había visto envuelta en un escándalo sexual con su propio padre, al que había pegado un tiro a los diecisiete años, y había sido condenada a dos años de prisión. Se mostraron fotografías de Grace llegando al tribunal esposada y de su padre. Afirmaron que su padre era un prohombre de la comunidad y que Grace le había acusado de violación, alegando defensa propia, pero el jurado no la había creído. Tal como lo exponían, Grace era poco menos que una prostituta.

Aparecieron nuevas fotos de Grace abandonando el tribunal, y encadenada luego al ser enviada al Centro Correccional de Dwight, de donde también mostraron una foto, y terminaron diciendo que al salir de la cárcel en 1973 había estado dos años en libertad condicional en Chicago. Posteriormente, al parecer no había tenido problemas con la ley, pero estaban investigando esa posibilidad.

—¿Investigando? ¿Qué demonios quieren decir? —exclamó Grace, pero Charles la silenció con un gesto; quería oírlo todo.

Continuaron diciendo que en la comunidad no se había dado crédito a la acusación de violación, y transmitieron una breve entrevista con el jefe de policía que había detenido a Grace. Allí estaba, veintiún años después, y afirmaba no haber olvidado un solo detalle de esa noche.

«El fiscal creía que ella intentó... —sonrió maliciosamente y Grace sintió náuseas mientras le escuchaba—, digamos que provocar a su padre, y se puso furiosa al ver que no picaba el anzuelo. En aquella época ya era una obsesa. No sé nada de ella ahora, claro, pero ya se sabe, genio y figura hasta la sepultura.»

Era inaudito, Grace no daba crédito a sus oídos.

A continuación volvieron a contar, por si alguien no se había enterado, que era una criminal convicta de homicidio voluntario y mostraron de nuevo la fotografía de su arresto, y luego otra en la que aparecía junto a Charles con aire de boba cuando su marido juró como miembro del Congreso. Cuando terminó y pasaron a otras noticias, Grace se reclinó en el asiento, abrumada por el asombro. Se sentía completamente vaciada de emociones. Todo había salido a la luz, incluso la actitud de la comunidad expresada por el jefe de policía.

—¡Prácticamente han dicho que lo violé! ¿Has oído lo que ha dicho ese cabrón? —Estaba escandalizada por las palabras del policía—. ¿Podemos demandarlos?

—Tal vez —respondió Charles, intentando conservar la calma por el bien de Grace y los chicos—. Primero tenemos que esperar la reacción. Se armará un buen alboroto. Tenemos que estar preparados.

–¿Es que puede ser peor aún? –exclamó Grace, indignada.

–Mucho peor –contestó Charles, que tenía experiencia con la prensa.

A las siete de la tarde había equipos de la televisión en la puerta de su casa. Uno de los canales llegó a utilizar un megáfono para dirigirse a Grace e instarla a salir y hacer declaraciones. Charles llamó a la policía, pero lo único que pudieron hacer fue obligar a los periodistas a que salieran de su propiedad y se situaran al otro lado de la calle. Dos cámaras treparon a sendos árboles para captar imágenes del dormitorio a través de las ventanas. Charles bajó las persianas.

–¿Cuánto va a durar todo esto? –preguntó Grace con voz lastimera una vez los niños se acostaron. Los periodistas seguían allí fuera.

–Una temporada, seguramente. Tal vez larga. –Estaban sentados en la cocina, mirándose con preocupación, agotados, y Charles le preguntó si querría hablar con ellos y contarles su versión de la historia.

–¿Crees que debo hacerlo? ¿No podríamos demandarlos por lo que han dicho?

–No lo sé. –Había llamado ya a dos importantes abogados especialistas en el tema, pero temía que sus teléfonos pudiesen estar pinchados por los periodistas. De momento la situación era catastrófica.

A la mañana siguiente los periodistas seguían allí y Charles recibió un nuevo soplo de que volvería a comentarse todo en televisiones locales y nacionales. Grace era un notición en todo el país.

Se entrevistó a dos guardianes de Dwight que afirmaban haberla conocido bien, pero ambos eran demasiado jóvenes.

–No los había visto jamás –aseguró Grace a Charles, que se había quedado en casa con ella para brindarle todo su apoyo.

Abby se había negado a salir de la cama y una amiga se había ofrecido para llevar a Andrew y Matt al colegio.

Los dos guardianes afirmaron que Grace había formado parte de una banda peligrosa en la cárcel y dieron a entender, sin decirlo claramente, que tomaba droga.

–¿Qué pretenden? –Grace estalló en sollozos y ocultó el rostro entre las manos. No comprendía por qué decían todas aquellas mentiras sobre ella.

–Grace, quieren ser parte de la acción, ansían un momento de gloria, eso es todo. Quieren salir en televisión, ser una estrella igual que tú.

–No soy una estrella. Soy un ama de casa –dijo ella ingenuamente.

–Para ellos eres una estrella.

En otro canal entrevistaban de nuevo al jefe de policía.

También apareció una mujer de Watseka que afirmaba ser la mejor amiga de Grace en el colegio, aunque ella no la había visto en su vida, diciendo que Grace siempre le había hablado de lo mucho que quería a su padre y de lo celosa que estaba de su madre.

–¿Es que esa gente está loca? Esa mujer parece doblarme la edad y ni siquiera sé quién es.

Entrevistaron también a uno de los agentes que arrestaron a Grace, un hombre ya mayor que admitió que aquella noche Grace parecía realmente asustada y que temblaba violentamente cuando la encontraron.

«–¿Daba la impresión de que hubiera sido violada? –preguntó el entrevistador.

»–Es difícil decirlo, yo no soy médico –contestó el policía–, pero no llevaba ropa.

»–¿Estaba desnuda? –El entrevistador miró a la cámara con expresión escandalizada, y el policía asintió.

»–Sí, pero no creo que los médicos del hospital dijeran que la habían violado. Sólo dijeron que había tenido relaciones sexuales con su novio o algo así. Quizá su padre la sorprendiera haciéndolo.

»–Gracias, sargento Johnson.»

Finalmente llegó el plato fuerte en otro canal, una entrevista con Frank Wills, que tenía un aspecto más desastrado si cabe que veinte años atrás. El antiguo socio del padre de Grace dijo secamente que Grace siempre había sido una chica rara que andaba tras el dinero de su padre.

–¿Qué? Pero si él se quedó con todo, y Dios sabe que era bien poco –exclamó Grace, y se dejó caer hacia atrás con desesperación.

–Grace, tienes que dejar de indignarte con todo lo que dicen. Sabes perfectamente que no van a decir la verdad.

¿Por qué había muerto Molly?, se preguntaba Grace. ¿Por qué había desaparecido David? ¿Por qué no había nadie que dijera algo decente de ella?

–No puedo soportarlo –dijo. No tenía lugar en el que esconderse ni había recompensa alguna por aquel dolor.

–Pues tendrás que hacerlo –le dijo Charles con firmeza–. No va a desaparecer de la noche a la mañana.

–¿Por qué? –Grace lloraba desconsoladamente.

–Porque a la gente le encanta este tipo de basura. La devoran. Cuando estaba casado con Michelle, la prensa amarilla la atosigaba constantemente, contando mentiras sobre ella e inventando historias. Tienes que aceptarlo. Así son las cosas.

–No puedo. Ella era una estrella de cine, quería ser famosa y tenía que aceptar lo que eso conlleva.

–Y se supone que yo también puesto que soy un político.

Grace siguió llorando más de una hora, sentada en el estudio con su marido. Luego subió a hablar con Abby, pero ésta no quiso escucharla. Había estado viendo la televisión en el dormitorio de su madre.

–¿Cómo pudiste hacer todas esas cosas espantosas? –le recriminó entre sollozos.

–No las hice –respondió Grace, llorando también–. Me sentía muy desdichada, estaba sola, asustada, tenía miedo de mi padre... él me pegaba y me violaba... y así durante cuatro años... y yo no pude evitarlo. Ni siquiera sé si pretendía matarlo, pero lo hice. Era como un animal herido que buscaba el modo de salvarse. No tuve alternativa, Abby. Pero todo lo demás que han dicho en la televisión no es cierto. Ni siquiera conozco a esa gente, excepto al que era socio de mi padre, y también él ha mentido. Él se quedó con todo el dinero de mi padre. Lo poco que yo recibí lo doné. Me he pasado la vida intentando ayudar a personas que han sufrido como yo, porque jamás he olvidado aquel infierno. Oh, Dios mío, Abby –Grace abrazó a su hija–, te quiero tanto. No quiero que sufras por mi culpa. Me destroza el corazón verte así. Abby, yo tuve una infancia desgraciada, pero tu padre me ha dado una nueva vida, su amor y a todos vosotros. Es uno de los pocos seres humanos que ha sido bueno conmigo... Abby –Grace lloraba desconsoladamente abrazada a su hija–. Lo siento. Te quiero tanto... por favor, perdóname...

–Siento haber sido tan cruel contigo... Lo siento, mamá...

–No te preocupes... te quiero.

Charles las observaba desde la puerta con el rostro anegado en lágrimas. Se alejó de puntillas para llamar de nuevo a los abogados.

Por la tarde fue a verle uno de ellos, pero no tenía buenas noticias. Las figuras públicas como los políticos y las estrellas de cine no tenían derecho a la intimidad. Se podía decir cualquier cosa de ellos sin tener que demostrar que fuera cierto, mientras que las celebridades que querían pleitear tenían que demostrar que lo que se decía era mentira, que como resultado habían sufrido una pérdida de ingresos o que se había perjudicado su capacidad profesional, y también debían demostrar que había existido intención dolosa. Lo mismo se aplicaba a las esposas de los políticos, sobre todo cuando aparecían en público con ellos durante una campaña electoral.

–Eso significa –prosiguió el abogado– que no podemos hacer nada. Si dijeran que mató usted a su padre y no fuera cierto, sería otra historia, aunque tendrían derecho a decir que la condenaron por ese delito, pero si dicen que perteneció a una banda en la cárcel, ¿cómo va a demostrar que no es cierto, señora Mackenzie? Tendrá que demostrar que esas cosas se han dicho con la intención de perjudicarla y que han afectado negativamente su vida.

–En otras palabras, pueden decir cuanto quieran de mí y a menos que yo demuestre que mienten, no puedo hacer nada absolutamente, ¿es eso?

–Exactamente. No es una situación muy afortunada, pero la sufren todos los personajes públicos. Desgraciadamente vivimos en la época de la prensa amarilla. La mayoría de medios de comunicación opinan que el público quiere sangre y ellos les proporcionan las víctimas. No es nada personal, es una mera cuestión económica. Son como buitres. Pagan ciento cincuenta mil dólares por una historia y luego la ofrecen como primicia. Y las fuentes poco fidedignas que aceptan ese tipo de dinero dicen cualquier cosa para llamar la atención y que les siga llegando el dinero. Serían capaces de asegurar que la vieron bailando desnuda sobre la tumba de su padre si con eso consiguen salir en la televisión. Es repugnante. Es el juego más perverso que existe y, sin embargo, la «intención dolosa» es lo más difícil de probar. Ni siquiera es ya perversidad, sino avaricia e indiferencia por la dignidad humana.

»Usted ya pagó su deuda con la sociedad. Ya ha sufrido bastante. No debería tener que pasar por todo esto, ni su marido ni sus hijos, pero es muy poco lo que puedo hacer por ayudarla. Nos mantendremos a la expectativa, y si surge algo contra lo que podamos pleitear, lo haremos, pero piense que los pleitos sólo sirven para alimentar aún más el frenesí de esos buitres.

—No nos da usted muchos ánimos, señor Goldsmith —dijo Charles.

—No; es cierto. —Charles le caía bien y sentía lástima por Grace, pero la ley no estaba hecha para proteger a personas como ellos.

El frenesí, como lo había llamado él, continuó durante semanas. Los niños fueron al colegio a regañadientes. Por suerte sólo faltaba una semana para las vacaciones y toda la familia se fue a Connecticut, pero allí les ocurrió lo mismo. Más prensa amarilla, más periodistas, más fotógrafos, más entrevistas en la televisión con gente que afirmaba ser amiga de Grace, pero a la que ella no conocía de nada. Una sola cosa buena salió de todo aquello: la reaparición de David Glass, que vivía en Van Nuys y tenía cuatro hijos. David la llamó para decirle cuánto lamentaba lo que estaba ocurriendo. Pero ya nadie podía detener a la prensa. David sabía tan bien como Grace que si salía en su defensa públicamente, todo lo que dijera sería malinterpretado. Le alegró saber, por otro lado, que estaba felizmente casada y que tenía hijos. Se disculpó por haber interrumpido toda relación con ella, le contó que era el socio principal del bufete de su difunto suegro y luego admitió, avergonzado, que Tracy, su mujer, estaba terriblemente celosa de Grace cuando se fueron a California y por eso él había dejado de escribirle. Grace se alegró mucho de su llamada. Ambos convinieron en que la prensa no quería la verdad, sino más escándalos. Querían que les contaran que Grace masturbaba a los guardianes o que se acostaba con otras presas. Tanto David como Charles eran de la opinión que lo mejor sería mantenerse al margen y dejar que el revuelo se extinguiera por sí solo.

Sin embargo, transcurrió todo un mes sin que se viera el final. A los de la televisión sólo les faltaba por entrevistar al portero de la prisión y Grace creyó llegado el momento de decir algo. Ella y su marido pasaron todo un día hablando con el director de campaña de Charles y finalmente decidieron que Grace haría una declaración pública con la esperanza de detener aquella locura.

—No servirá de nada, ya lo sabes —dijo Charles. No obstante, lo intentarían.

Se preparó la declaración para la semana anterior a su cumpleaños en un programa de gran audiencia de una importante cadena. Se hizo mucha publicidad del acontecimiento y la víspera aparecieron de nuevo las cámaras de televisión en la puerta de su casa. Para sus hijos fue una agonía. No querían ver a sus amigos ni ir a ninguna parte. Grace les comprendía perfectamente. Cada vez que iba a comprar se le acercaba alguien e iniciaba una conversación inocua que acababa indefectiblemente en un interrogatorio sobre su vida en prisión. Daba igual que empezaran hablando de coches o del tiempo, de alguna forma terminaban siempre por preguntar si era cierto que su padre la había violado, si había sido traumático para ella matarlo, y si realmente había tantas lesbianas en prisión como se comentaba.

—¿En serio? —exclamó Charles, incrédulo, al oír la última queja de las muchas con que le bombardeaba su mujer, porque siempre le ocurría cuando iba sola o con los niños. Ese día se le había acercado una mujer en la gasolinera gritando: «¡Bang! Te lo cargaste, ¿eh, Grace?»

—Me he sentido como Bonnie y Clyde. —Algunas veces era tan absurdo que hubiera reído por no llorar.

También a Charles se lo comentaban alguna que otra vez, pero no tanto ni con tanta crueldad. Parecían querer atormentarla a ella exclusivamente. Incluso había recibido una irritada carta de Cheryl Swanson desde Chicago. En ella le contaba que estaba jubilada y que se había divorciado de Bob, cosa que no sorprendió a Grace, pero también que no comprendía por qué no le había dicho que había estado en la cárcel.

—Porque no me hubiera contratado –dijo Grace a Charles, entregándole la carta para que la leyera. Recibía muchas cartas parecidas, y llamadas de chiflados, e incluso un anónimo con la palabra «asesina» escrita con sangre, que entregaron a la policía. En cambio, recibió una amable carta de Winnie desde Filadelfia en la que le ofrecía su amistad y su apoyo, y otra del padre Tim, que se hallaba entonces en Florida como capellán de una comunidad religiosa. El sacerdote le enviaba sus cariñosos saludos y sus plegarias y le recordaba que era una hija de Dios y que Él la amaba.

Grace tuvo que recordárselo a sí misma a menudo el día de la entrevista en televisión, que había sido cuidadosamente preparada. Los encargados de relaciones públicas de la campaña de Charles habían revisado las preguntas, o eso creían, porque las preguntas que ellos aprobaron desaparecieron misteriosamente y Grace se encontró con que el entrevistador le preguntaba, nada más empezar, qué había significado para ella mantener relaciones sexuales con su padre.

—¿Significado? –Grace lo miró estupefacta–. ¿Ha trabajado alguna vez con víctimas de abusos infantiles? ¿Ha visto lo que les hacen? Les violan, los mutilan... los matan, les queman los brazos y la cara con cigarrillos... les queman con radiadores y otras muchas cosas horribles. ¿Les ha preguntado alguna vez lo que significaba para ellos que les echaran agua hirviendo en la cara o que les arrancaran prácticamente un brazo? Significa mucho para ellos que les hagan esa clase de atrocidades. Significa que nadie les quiere, que viven en peligro constante... significa vivir aterrorizado cada momento del día. Eso es lo que significa... y lo que significó para mí. –Con esta vehemente declaración dejó boquiabierto al entrevistador.

—Bueno, en realidad yo... nosotros... estoy seguro de que todas las personas que la apoyan se han preguntado qué sintió cuando se hizo pública su estancia en prisión.

—Mucha tristeza... Fui víctima de crímenes terribles cometidos dentro de la santidad de la familia. Y yo, a mi vez, hice algo terrible al matar a mi padre, pero había pagado por ello antes y pagué después. Creo que revelar la historia de esta manera, convirtiéndola en un escándalo, dándole un tinte sensacionalista a los sufrimientos de mi familia y atormentando a mi marido y a mis hijos, es malsano y perverso. Se ha hecho con la intención de avergonzarnos y no para informar al público. –Habló entonces de la gente que afirmaba falsamente conocerla y contaba mentiras para cobrar una notoriedad efímera. No lo mencionó por su nombre, pero dijo que un periódico había escrito increíbles mentiras en grandes titulares.

–No esperará que la gente se crea lo que publican los periódicos sensacionalistas, señora Mackenzie –señaló el entrevistador con una sonrisa.

–Entonces, ¿por qué lo publican? –repuso Grace.

El entrevistador continuó haciéndole preguntas desafortunadas, pero finalmente acabó pidiéndole que hablara sobre Ayuda a los Niños. Grace les habló de la organización y también de St. Mary's y de St. Andrew's. Pidió que no se permitiese que los niños tuvieran que pasar por el mismo calvario que ella. En definitiva, Grace consiguió que, lo que había empezado como una entrevista hostil, acabara convirtiéndose en un testimonio profundo y emotivo, y todos la felicitaron después. Charles se sintió muy orgulloso de ella.

Pasaron el cumpleaños de Grace y Abby en casa. Abigail invitó a sus amigos, pero sólo porque sus padres insistieron. Grace pasó la velada muy silenciosa, sentada con Charles junto a la piscina. Fue un verano tranquilo, pese a la campaña, porque Grace detestaba salir de casa, aun con Charles, viéndose acosada en todas partes.

Durante el mes de agosto pareció que todo volvía a la normalidad. Ya no había fotógrafos acampados frente a su casa y Grace no salió en la portada de los diarios sensacionalistas durante varias semanas.

–Creo que ya no eres popular –bromeó Charles. Había hecho un alto de una semana para estar con su mujer, afortunadamente, porque Grace volvía a padecer asma y, además, se encontraba mal.

Charles estaba convencido de que era consecuencia del estrés, pero esta vez Grace sospechó la verdad antes que él. Estaba embarazada.

–¿En medio de todo este alboroto? ¿Cómo lo has hecho? –Fue una gran sorpresa para Charles, pero también se sintió muy feliz.

Los hijos eran la mayor alegría de su matrimonio. Sin embargo, le preocupaba que Grace tuviera que hacer campaña con él durante los primeros meses de embarazo. Quería que se tomara las cosas con calma y no se preocupara demasiado por la prensa cuando volvieran a Washington. Luego protestó un poco.

–Tendré cincuenta y nueve años cuando nazca el bebé, y ochenta cuando él o ella se licencie en la universidad. Dios mío, Grace –dijo sonriendo alegremente.

–Oh, cállate. Empiezo a ser la mujer más vieja de tu vida, así que no me vengas con quejas. Tienes aspecto de treintañero. –Realmente Charles hubiera podido pasar por cuarentón, pero tampoco Grace se conservaba nada mal a sus treinta y nueve años.

En septiembre volvieron a Washington. Abigail empezaba el instituto ese año. Andrew iniciaba su segundo año y tenía novia nueva, la hija del embajador francés, y Matt empezaba el tercer curso de primaria con la habitual excitación del nuevo material escolar, y de decidir si comería en el colegio o se llevaría la comida hecha. Para Matt cada día seguía siendo una aventura.

Los niños no sabían nada del embarazo, porque Grace pensaba que era demasiado pronto. Decidieron esperar al cumpleaños de Matt en septiembre. Poco a poco, Grace empezó a salir de nuevo a hacer campaña con Charles. Resultaba duro saber que su pesadillesco pasado se había convertido en la comidilla de todo el mundo, pero hacía semanas que no se decía nada sobre ella y, por otro lado, se sentía culpable por no ayudar a su marido.

Una calurosa tarde de domingo, en septiembre, la víspera del cumpleaños de Matt, Grace se hallaba en Sutton Place Gourmet comprando helado, refrescos y cubiertos de plástico. Mientras esperaba en la cola de caja para pagar, estuvo a punto de desmayarse. Acababa de salir la última edición del periódico sensacionalista *Thrill*. En la portada había una fotografía de Grace desnuda con la cabeza inclinada hacia atrás y los ojos cerrados. Esta vez nadie había avisado a Charles. Los pechos y el pubis estaban cubiertos por dos rayas negras, pero de lo demás no se dejaba nada a la imaginación. Tenía las piernas abiertas y parecía arrebatada por la pasión. El titular rezaba: «Esposa de senador hizo porno en Chicago.» Desesperada, Grace cogió todos los ejemplares de la tienda y tendió un billete de cien dólares al dependiente con mano temblorosa, sin saber muy bien lo que hacía.

–¿Las quiere todas? –preguntó el joven sorprendido.

Grace asintió casi sin aliento. El inhalador volvía a ser su compañero inseparable.

–¿Tiene más? –preguntó con voz ronca.

–Claro, en el almacén. ¿Las quiere también?

–Sí. –Compró cincuenta ejemplares de *Thrill* y corrió hacia el coche como si acabara de adquirir los únicos ejemplares existentes y fuera a ocultarlos, pero de camino a casa, llorando, comprendió que había sido una estupidez.

Aparcó el coche y entró en casa corriendo. Encontró a Charles sentado en la cocina y contemplando con estupefacción un ejemplar del periódico. Su ayudante acababa de entregárselo. El ayudante vio la expresión de Grace y se marchó de inmediato. Charles miró a su mujer con expresión trastornada. Se sentía traicionado y cansado y Grace se derrumbó.

–¿Qué significa esto, Grace?

–No lo sé. –Grace lloraba cuando se sentó al lado de su marido temblando–. No lo sé...

–No puedes ser tú –dijo Charles, pero Grace era perfectamente reconocible, pese a tener los ojos cerrados.

De repente Grace lo comprendió todo. Aquel cabrón la había desnudado y le había puesto una cinta negra en el cuello para darle mayor erotismo, mientras ella estaba dormida. En el periódico ponía que el fotógrafo era Marcus Anders. Grace palideció y Charles intuyó que había algo más.

–¿Sabes quién te la hizo?

Grace asintió, deseando morir, deseando, por el bien de Charles, que no se hubieran conocido nunca.

–¿Qué significa esto, Grace? –Por primera vez en dieciséis años su tono era glacial–. ¿Cuándo te hiciste estas fotos?

–No estoy segura de que las hiciera –respondió ella, respirando con dificultad–. Sa... salí unas cuantas veces con un fotógrafo en

Chicago. Ya te hablé de él. Quería hacerme unas fotos y en la agencia me animaban a ello.

–¿Querían que hicieras porno? –preguntó Charles, escandalizado–. ¿Qué clase de agencia era ésa?

–Era una agencia de modelos –explicó Grace, pero le faltaba el aire. No podía seguir luchando, no podía continuar defendiéndose toda la vida. Se separaría de Charles si él se lo pedía. Haría todo lo que él quisiera–. Esperaban que fuera modelo y él dijo que me haría unas cuantas fotos para probar. Éramos amigos. Confiaba en él y me gustaba. Era el primer hombre con el que salía. Yo tenía veintiún años, pero ninguna experiencia. Mis compañeras de casa me odiaban, eran mucho más listas que yo. Él me llevó a su estudio, puso música, me sirvió vino y me drogó. Te lo conté hace mucho tiempo. –Charles ya no lo recordaba–. Creo que me desmayé y él me hizo fotos mientras estaba inconsciente, pero llevaba una camisa de hombre. Nunca me desnudé.

–¿Cómo puedes estar segura?

Grace lo miró a los ojos. Jamás le había mentido y no pretendía hacerlo ahora.

–No lo estoy. No estoy segura de nada. Pensé que me había violado, pero una de mis compañeras me llevó a su ginecóloga y ella confirmó que no había ocurrido nada. Intenté que me devolviera los negativos, pero él no quiso entregármelos. Al final mis compañeras me dijeron que lo dejara correr, que necesitaba una autorización firmada por mí para usarlas si era reconocible en las fotos y, si no, a quién le importaba. A mí me hubiera gustado recuperarlas, pero no lo conseguí. Él llegó a insinuar que yo había firmado la autorización, pero luego me dio la impresión de que no lo había hecho, y no creo que pudiera, porque lo que me dio me dejó tan mal que apenas veía cuando me marché.

»Luego le enseñó las fotos al propietario de la agencia y él intentó seducirme. Me dijo que las fotos eran muy eróticas, pero que llevaba una camisa puesta, así que imaginé que no había ocurrido nada grave. No llegué a ver las fotos ni volví a encontrarme con el fotógrafo. Nunca imaginé que me casaría con alguien importante y que seríamos vulnerables.

Grace calló, esperando la reacción de Charles. Mirando las fotografías comprobó que parecía drogada, pero no estaría tan claro para un extraño dispuesto a ver algo lascivo. Con una sola fotografía, Marcus había arruinado su vida. Grace permaneció sentada mirando a Charles, hundida al ver el dolor en los ojos de su marido. Matar al padre en defensa propia ya era bastante malo, pero ¿cómo iba a explicar aquellas fotos a sus electores, a los medios de comunicación y a sus hijos?

–No sé qué decir. No puedo creer que hicieras una cosa así. –Estaba abrumado y le temblaba el mentón por unas lágrimas no derramadas. Incapaz de sostener la mirada de su mujer, volvió el rostro y lloró. No podía haber hecho nada peor. Grace hubiera preferido que la golpeara.

–No lo hice voluntariamente, Charles –protestó débilmente, llorando también, convencida de que las fotografías habían dado al traste con su matrimonio–. Estaba drogada.

–Qué estúpida fuiste... qué estúpida. Y qué cabrón debía de ser él para hacer algo semejante.

Grace asintió sin poder hablar.

Instantes después, Charles cogió el periódico y subió a su dormitorio solo. Grace no le siguió. Sabía que el lunes, el día después del cumpleaños de Matt, tendría que abandonarlos a todos. No podía permitir que siguieran sufriendo por su culpa.

La fotografía apareció en las noticias de la noche. Fue un bombazo. Las cadenas de radio y televisión del país bloquearon los teléfonos. Los ayudantes de Charles trabajaron a ritmo frenético para explicar que seguramente era todo un error, que la chica se parecía a la señora Mackenzie pero no era ella, y que la señora Mackenzie no haría ninguna declaración. Sin embargo, lo peor estaba por llegar. Al día siguiente el propio Marcus era entrevistado en la televisión. Con el pelo canoso y aspecto desaseado, confirmó con una sonrisa irónica que las fotografías eran de Grace Mackenzie y mostró una autorización firmada por ella. Explicó que Grace había posado para él en Chicago dieciocho años atrás. «Era un auténtico volcán», dijo, y por las fotografías desde luego lo parecía.

«–¿Se hallaba entonces sin recursos? –preguntó el entrevistador, fingiendo que buscaba una razón comprensible para las fotos.

»—En absoluto. Le encantaba hacerlo –dijo él, sonriente–. Algunas mujeres son así.

»—¿Firmó ella la autorización para usar las fotos comercialmente?

»—Por supuesto que sí», contestó Marcus con aire ofendido.

Volvieron a poner la fotografía y pasaron a otro tema. Grace miraba la pantalla de la televisión con odio. Cuando Goldsmith telefoneó a mediodía, le dijo categóricamente que no había firmado ninguna autorización.

—Veremos qué se puede hacer, Grace, pero si posó para la fotografía y firmó la autorización, estamos perdidos.

—No firmé ninguna autorización. No firmé nada.

—Tal vez sea falsificada. Haré cuanto esté en mi mano, pero no se puede borrar lo que ya han visto, Grace. Si posó para las fotos hace dieciocho años, había de saber que estaban ahí y algún día aparecerían para atormentarla. ¿Hay más? –preguntó luego con preocupación–. ¿Sabe cuántas le hizo?

—No tengo la menor idea –contestó Grace casi con un gemido.

—Si el periódico se las ha comprado de buena fe y él les ha presentado una autorización firmada, están a cubierto.

—¿Por qué todo el mundo está a cubierto menos yo? ¿Por qué soy siempre la culpable?

Grace se sentía de nuevo como una víctima. No era diferente a ser violada noche tras noche por su padre. No era justo que el mero hecho de que Charles fuera un político les diera derecho a destruir su familia después de dieciséis maravillosos años. Era como volver a cerrar el círculo. Estaba indefensa ante las mentiras, la verdad no significaba nada. Todo lo que había hecho, vivido y construido se había ido al garete.

Por la tarde tuvo ocasión de ver una copia de la autorización y no pudo negar que la firma, aunque temblorosa, era suya. No podía creerlo. Evidentemente el muy canalla la había hecho firmar mientras estaba casi inconsciente.

La fiesta de cumpleaños de Matthew resultó muy apagada. Todo el mundo había visto el periódico o había oído hablar de la fotografía. Todos los padres que acompañaron a sus hijos para la fiesta dedicaron miradas extrañas a Grace, o al menos eso le pareció a ella. Charles estuvo a su lado para saludarlos, pero ellos dos apenas si habían cruzado palabra desde la víspera y Charles había dormido en la habitación de invitados. Necesitaba tiempo para pensar.

Por la mañana habían hablado de la fotografía con sus hijos. Matthew no comprendía nada, pero los dos mayores sí. Andrew estaba deshecho y Abigail rompió a llorar.

–¿Cómo puedes darnos sermones sobre conducta y moralidad? –dijo–. ¿Cómo puedes decirme que no me acueste con chicos después de lo que hiciste tú? Supongo que te obligaron, igual que te obligó tu padre, ¿no? ¿Quién fue esta vez, mamá?

Grace perdió los nervios y abofeteó a su hija. Luego le pidió disculpas, pero ya no podía soportarlo más. Estaba harta de tantas mentiras.

–No hice nada, Abigail. Al menos conscientemente. Un fotógrafo de Chicago me drogó y me engañó cuando yo era joven y estúpida. Pero, que yo sepa, jamás posé para esa foto.

–Ya, claro.

Grace no tenía fuerzas para más discusiones. Media hora más tarde Abigail se marchaba a pasar la tarde con una amiga y Andrew salía con su novia.

Matthew disfrutó con su fiesta de todas maneras. Después Abby llamó para decir que pasaría la noche con su amiga y Grace no se opuso. Andrew volvió a las nueve y se fue directamente a la cama.

Charles estaba en la biblioteca trabajando, momento que aprovechó Grace para llevar a cabo lo que tenía pensado. Cuando su marido entró en el dormitorio en busca de unos documentos, la encontró haciendo la maleta.

–¿Qué significa esto? –preguntó, intentando no parecer demasiado interesado.

–Creo que ya habéis sufrido bastante –respondió ella de espaldas a él.

De repente Charles empezó a preocuparse. Sin duda había sido muy duro con ella, pero cualquiera se hubiera puesto nervioso. Sin embargo, estaba dispuesto a dejar que el pasado de Grace se fuera extinguiendo lentamente. Aún no se lo había dicho a ella, pero poco a poco empezaba a asimilarlo todo. Tan sólo necesitaba un tiempo de reflexión. Creía que ella lo había comprendido, pero al parecer no era así.

–¿Adónde vas? –preguntó en voz baja.

–No lo sé. A Nueva York, creo.

–¿A buscar trabajo? –Sonrió, pero ella no lo vio.

–Sí, como reina del porno. Ahora tengo buenas referencias.

–Venga, Grace –dijo Charles, acercándose a su mujer–, no seas tonta.

–¿Tonta? –Grace se volvió–. ¿Crees que soy tonta? ¿Crees que es una tontería destruir la carrera de tu marido y hacer que tus hijos te odien?

–No te odian. Lo que pasa es que no lo comprenden. Es difícil comprender por qué alguien quiere hacerte daño.

–Sencillamente porque sí. Me han hecho daño durante toda mi vida. Debería estar acostumbrada. Y no te preocupes, sin mí ganarás las elecciones. –En su voz se notaba que estaba dolida, furiosa, derrotada.

–Eso no es tan importante para mí como tú –dijo Charles suavemente.

–Tonterías –repuso ella con acritud, pero en ese mismo momento se odiaba a sí misma por todo el dolor que le había causado, por creer que podría unirse a él y dejar atrás su pasado, porque el pasado iba siempre con ella, como latas tintineantes atadas a su espalda oliendo a podrido.

Charles volvió abajo pensando que su mujer necesitaba estar sola, y ambos pasaron una angustiosa noche por separado.

A la mañana siguiente Grace preparó el desayuno para Charles y los chicos. Charles le pidió que no se fuera, pero ella fingió no comprenderle delante de sus hijos. Después se marcharon todos menos ella. Charles tenía unas reuniones importantes y no pudo llamarla hasta el mediodía, pero no obtuvo respuesta.

Hacía rato que Grace se había marchado. Había pasado la noche sentada en la cama escribiendo una carta para cada uno, llorando hasta que las lágrimas la cegaban y tenía que volver a empezar. Les decía lo mucho que los quería y lo mucho que lamentaba haberles causado tanto sufrimiento. La carta más difícil de escribir fue la de Matt. Era demasiado pequeño y seguramente no entendería por qué lo abandonaba su madre. Lo hacía por ellos. Grace se consideraba a sí misma el cebo que había atraído a los buitres y creía que marchándose los dejarían en paz. Dejó las cartas a Charles para que él las repartiera.

Pensaba marcharse a Nueva York y, después de descansar unos días, tal vez se fuera a Los Ángeles. Buscaría trabajo hasta que diera a luz. Le entregaría el bebé a Charles... o quizá él le permitiera quedárselo. Estaba nerviosa y confusa cuando se marchó, y sollozaba. El ama de llaves la vio marcharse y oyó sus sollozos en el garaje, pero no se atrevió a entrometerse. Sabía por qué lloraba Grace. Ella misma había llorado al leer los periódicos sensacionalistas.

Grace no se llevó el coche. Aguardó junto al garaje el taxi que había pedido por teléfono. El ama de llaves vio alejarse el taxi, pero no supo quién iba dentro. Creía que Grace se había ido en su coche a hacer algún recado antes de ir a buscar a Matthew. Lo cierto era que Grace había pedido a una amiga que recogiera a su hijo del colegio.

El taxista llevó a Grace al aeropuerto Dulles y no dejó de hablar durante todo el trayecto. Era iraní y le contó lo feliz que se sentía viviendo en Estados Unidos y que su mujer estaba encinta. Grace ni siquiera le escuchaba. Sintió una punzada en el vientre cuando vio que el taxista tenía el ejemplar del *Thrill* con su foto sobre el asiento de delante. El taxista no dejaba de mirar por encima del hombro para hablar con ella, hasta que acabó topando al coche de delante, y luego otros dos coches le golpearon por detrás. El taxi quedó atrapado y tardaron más de media hora en desengancharse. Llegó la patrulla de la autopista, pero no había ningún herido, por lo que se limitaron a hacer un simple parte de accidente. Grace aguardó con impaciencia, pero no tenía adónde ir. De todas formas podía coger el siguiente vuelo.

–¿Se encuentra bien? –El taxista estaba preocupado. Temía que alguien se quejara a su jefe, pero ella le prometió que no lo haría–. ¡Oiga! –exclamó, señalando el periódico, y Grace notó que el pánico le subía a la garganta–, ¡se parece a ella! –Lo decía como un cumplido, pero a Grace no le hizo gracia–. Es una chica muy guapa, ¿eh? –Miró con admiración la fotografía que se suponía de

Grace, pero cuando ella la miraba veía algo que no acababa de encajar–. Está casada con un congresista –añadió el taxista–. ¡Un tipo con suerte!

¿Eso era lo que pensaban los demás, que era un tipo con suerte? Era una pena que Charles no lo viera así, pero ¿quién podía culparle?

Finalmente llegaron al aeropuerto y Grace llegó justo a tiempo de coger su avión. No se dio cuenta de que sangraba hasta que aterrizaron en Nueva York, pero tampoco se preocupó. Le había ocurrido lo mismo durante los embarazos de Andrew y Matt. El médico le había dicho que descansara y la hemorragia había cesado inmediatamente.

Tomó un taxi para ir al hotel Carlyle de la calle 76 Este con Madison. Había hecho una reserva desde el avión. Se hallaba sólo a una docena de manzanas de su apartamento de soltera y tenía gratos recuerdos del hotel, donde había estado en una ocasión con Charles.

Para la reserva había utilizado el nombre de Grace Adams. Le dieron una habitación pequeña y agradable. El botones depositó en ella las dos maletas y Grace le dio una propina. Nadie le había comentado que se parecía a la reina porno de *Thrill*.

Se tumbó en la cama preguntándose si Charles había llegado a casa y encontrado ya su carta. Era mejor así, porque si telefoneaba y hablaba con ellos, no sería capaz de dejarlos.

Se sentía agotada, le dolía el cuello y tenía pequeños calambres en el bajo vientre y la espalda. No le dio importancia. No tenía fuerzas para ir al cuarto de baño. La habitación empezó a darle vueltas y al final acabó perdiendo el conocimiento.

Se despertó a las cuatro de la madrugada con fuertes calambres. Gimiendo de dolor, se enroscó como un ovillo durante largo rato, y cuando miró las sábanas descubrió que estaban llenas de sangre. Grace sabía que tenía que hacer algo, pero el dolor era tan fuerte que estuvo a punto de caer cuando se puso en pie. Cogió su bolso y se dirigió tambaleándose hacia la puerta, ciñéndose el impermeable con que había llegado. Salió al pasillo y pulsó el botón del ascensor. Bajó doblada de dolor, pero los ascensoristas no hicieron ningún comentario.

Grace sabía que el hospital estaba sólo a media manzana de distancia, todo lo que debía hacer era llegar allí cuanto antes. Vio que el botones y el conserje la observaban, pero cuando salió al aire cálido de septiembre se sintió un poco mejor.

–¿Taxi, señorita? –le preguntó el portero. Grace negó con la cabeza e intentó erguirse, pero no lo consiguió. Una punzada le hizo emitir un gemido ahogado y un intenso calambre le hizo flaquear las piernas. El portero la sujetó a tiempo–. ¿Se encuentra bien?

–Sí... sólo tengo un pequeño problema...

El portero pensó que estaba borracha, pero cuando le vio la cara comprendió que estaba sufriendo. Y le pareció vagamente familiar, pero había tantos clientes habituales y estrellas de cine que a veces resultaba difícil saber a quién conocía y a quién no.

–Iba... al hospital...

–¿Por qué no coge un taxi? Hay uno aquí mismo. El taxista la llevará al otro lado de Park Avenue. La acompañaría yo mismo, pero no puedo abandonar la puerta del hotel.

Grace subió al taxi y el portero pidió al taxista que la llevara a Lenox Hill. Ella le entregó un billete de cinco dólares a cada uno.

–Gracias, estoy bien –afirmó, pero no lo parecía.

Cuando cruzaron Park Avenue y se detuvieron frente a urgencias, el taxista se volvió hacia el asiento trasero, pero no vio a Grace. Se había deslizado en el asiento y estaba tumbada en el suelo del taxi, inconsciente.

15

Grace vio luces girando sobre su cabeza y oyó ruidos cuando la ingresaron en la sala de urgencias en una camilla. Los sonidos eran metálicos y alguien repetía su nombre de pila una y otra vez. Y luego le hacían algo terrible y sentía un dolor espantoso. Intentó incorporarse y detenerlos. ¿Qué le estaban haciendo? Trataban de matarla... era terrible... ¿Por qué no paraban? No había sentido un dolor igual en toda su vida. Chilló y luego todo se volvió negro y se hizo el silencio.

El teléfono sonó en la casa de Washington. Eran las cinco y media de la madrugada pero Charles no dormía. Llevaba toda la noche despierto, esperando que Grace telefoneara. Había sido un estúpido, se había equivocado al reaccionar como lo había hecho, pero todos estaban agotados por el cruel asedio de la prensa amarilla, y el asunto de las fotos había sido un duro golpe. Sin embargo, lo último que deseaba en este mundo era perder a su mujer. Les dijo a los chicos que Grace se había ido a Nueva York a dar una conferencia para Ayuda a los Niños y que volvería al cabo de unos días. Eso le daba cierto tiempo para encontrarla. Estuvo llamando a la casa de Connecticut, pero nadie contestó. Llamó al Carlyle de Nueva York y le dijeron que no había nadie registrado con el nombre de Mackenzie. Charles se preguntó entonces si se habría quedado escondida en algún hotel de Washington, y cuando sonó el teléfono, lo descolgó con la esperanza de que fuera ella.

–¿El señor Mackenzie? –La voz femenina no le era familiar.

–¿Sí? –Por un momento pensó que podía tratarse de algún chiflado y lamentó haber contestado. Las fotografías habían provocado una nueva oleada de cartas y llamadas.

–Tenemos a una tal Grace Mackenzie aquí. –Habían encontrado un carnet de identidad en el bolso de Grace con el nombre de Charles Mackenzie, y el carnet de conducir a nombre de Grace Adams Mackenzie. La voz carecía de interés personal.

–¿Quién es usted? –¿Habían secuestrado a Grace? ¿Había ocurrido algo terrible?

–Le llamo desde el hospital Lenox Hill de Nueva York. La señora Mackenzie acaba de ser operada. La ha traído un taxista con una grave hemorragia.

Charles sintió un vuelco en el corazón al pensar en el bebé, pero rápidamente toda su preocupación se centró en Grace.

–¿Se encuentra bien? –preguntó con un hilo de voz.

–Ha perdido mucha sangre, pero hemos preferido no hacerle una transfusión. Se ha estabilizado y el diagnóstico es favorable –dijo la enfermera con tono más tranquilizador, y luego, por un instante, su voz pareció casi humana–. Ha perdido al bebé. Lo siento.

–Gracias. –Charles tenía que recobrarse y pensar en lo que debía hacer–. ¿Está despierta? ¿Puedo hablar con ella?

–Está en sala de recuperación. Creo que seguirá allí hasta las ocho y media o las nueve. Quieren subirle la presión antes de enviarla a una habitación, y aún la tiene muy baja.

–No podrá marcharse por sí sola, ¿verdad?

–No lo creo. –La enfermera pareció sorprendida por la pregunta–. No creo que tenga fuerzas para irse. En su bolso hay una llave del hotel Carlyle. Les he llamado, pero me han dicho que la señora se había registrado sola.

–Gracias. Muchas gracias por llamarme. Llegaré lo antes posible. –Charles saltó de la cama en cuanto colgó el teléfono y garabateó una nota para los chicos sobre una reunión imprevista. Se vistió en cinco minutos y se marchó sin afeitarse. Llegó al aeropuerto a las seis y media y cogió el avión de las siete. Algunos de los asistentes de vuelo lo reconocieron, pero nadie le dijo nada. Se limitaron a llevarle el periódico, zumo, un bollo de mantequilla y un café, como a los demás pasajeros, y él permaneció la mayor parte del vuelo mirando por la ventanilla.

Aterrizaron en Nueva York a las nueve menos diez y él llegó al Lenox Hill unos minutos después de las nueve. En ese mismo momento trasladaban a Grace a su habitación. Charles siguió a la camilla y su mujer, que aún estaba medio adormilada, se sorprendió de verle.

—¿Cómo has llegado hasta aquí? —preguntó. Los ojos se le cerraban a pesar de su esfuerzo por mantenerlos abiertos. La enfermera y el camillero abandonaron la habitación.

—Volando —respondió él con una sonrisa y le cogió una mano para apretarla suavemente. No sabía si le habían dicho a Grace lo del bebé.

—Creo que me he caído —dijo ella vagamente.

—¿Dónde?

—No lo recuerdo... Iba en taxi en Washington y tuvimos un pequeño accidente... —No estaba segura de si era un sueño o realidad—. Y luego sentí unos dolores horribles... —Alzó la mirada con súbita inquietud—. ¿Dónde estoy?

—En el Lenox Hill, en Nueva York —dijo Charles con tono tranquilizador, sentándose en una silla junto a la cama, sin soltar su mano. Estaba impaciente por hablar con el médico, a la vista del inquietante aspecto de su mujer.

—¿Cómo he llegado hasta aquí?

—Creo que te trajo un taxista. Perdiste el conocimiento en su taxi. Has vuelto a beber, supongo —bromeó, pero Grace se echó a llorar. Se había tocado el vientre y lo había notado plano. Recordó entonces los dolores y la sangre. No le habían dicho nada sobre el bebé, pero lo intuyó—. Grace... cariño, te amo... te amo más que a nada en el mundo. Quiero que lo sepas y no quiero perderte.

Grace lloró por él, por el bebé que habían perdido, por sus hijos. Todo era tan difícil y tan triste...

—He perdido al bebé, ¿verdad? —preguntó mirando a su marido, y éste asintió, llorando con ella, abrazándola.

—Lo siento mucho. Debería haber comprendido que pensabas irte en serio. Creí que sólo necesitabas estar sola anoche. Casi me da un ataque cuando leí tu carta.

–¿Les has entregado las cartas a los niños?

–No. Las he guardado. Quería encontrarte y llevarte de vuelta a casa. Pero si hubiera sido lo bastante listo para evitar que te fueras, no habrías tenido el accidente y...

–Quizá haya sido por el estrés... Además, supongo que no era el momento más adecuado con todo lo que está ocurriendo.

–Siempre es el momento adecuado... Quiero tener otro hijo contigo –dijo Charles. No le importaba ya la edad–. Quiero que volvamos a vivir como antes.

–Yo también –susurró Grace.

Siguieron hablando durante un rato, mientras él le acariciaba los cabellos y la besaba en la mejilla, hasta que se quedó dormida y Charles fue en busca del médico. Éste no se mostró demasiado alentador. Grace había perdido mucha sangre y tardaría bastante en recuperarse y, aunque afirmó que podía quedarse embarazada otra vez, no se lo aconsejaba. De hecho le sorprendía que hubiera podido concebir tantas veces dada la increíble cantidad de cicatrices que había observado en ella. Charles no intentó explicar las cicatrices y el médico no inquirió más. Sugirió a Charles que se llevara a su esposa al hotel, la dejara descansar un par de días y luego se fueran a Washington, donde debería guardar cama una semana más como mínimo. Un aborto a los tres meses de embarazo con una hemorragia tan importante no podía tomarse a la ligera.

Esa misma tarde se fueron al hotel. Grace estaba tan débil que apenas podía caminar, por lo que Charles tuvo que llevarla en brazos hasta la habitación. La metió en la cama y llamó al servicio de habitaciones. Grace estaba muy triste, pero también feliz de haberse reunido con su marido. Él llamó a sus ayudantes para comunicarles que no podría volver a Washington en un par de días, y al ama de llaves para que explicara a los chicos que sus padres estaban en Nueva York y volverían al cabo de dos días. El ama de llaves prometió quedarse con ellos hasta que volvieran y llevar a Matt al colegio.

–Bien. Ahora todo lo que tienes que hacer es recuperarte e intentar olvidarlo todo.

No sabían que, tras abandonar el hospital, la enfermera había comentado al médico:

–¿Sabe quiénes eran? –El médico no tenía la menor idea. El

nombre no significaba nada para él–. Pues el congresista Macken-zie y su mujer, la reina del porno. ¿Es que no lee los periódicos?

–No, los de ese tipo no –contestó él. Tanto si era la reina del porno como si no, aquella mujer había tenido mucha suerte de no desangrarse, y se preguntó si sus actividades «porno» tendrían algo que ver con las cicatrices, pero no tenía tiempo para preocuparse por eso; le aguardaban varias operaciones. Grace Mackenzie no era problema suyo.

En el hotel, Charles obligó a su mujer a dormir, y a la mañana siguiente Grace se sentía mejor. Desayunó sentada en una silla y quiso salir a dar un paseo, pero aún estaba demasiado débil. Charles llamó a su tocólogo de Nueva York y éste tuvo la amabilidad de ir a visitarla. Le recetó unas píldoras y vitaminas, y le dijo que era sólo cuestión de paciencia. Charles salió con él al pasillo para comentarle lo que había dicho el médico del Lenox Hill sobre las cicatrices. El tocólogo no se impresionó; Grace había tenido esas cicatrices durante años sin que le causaran molestias.

–Ahora lo que tiene que hacer es tomárselo con calma, Charles. Parece haber perdido mucha sangre y seguramente está anémica.

–Lo sé. Últimamente las cosas no han sido nada fáciles para ella.

–Lo sé. Lo he visto. Ninguno de los dos se merece todo esto. Lo siento.

Charles le dio las gracias y el médico se fue. Los Mackenzie pasaron la tarde acurrucados en el sofá de la habitación viendo películas antiguas. Al día siguiente, ambos fueron en una limusina al aeropuerto. Charles había pensado en llevarla a casa en coche, pero le pareció demasiado fatigoso y el avión era más rápido. Volaron en primera clase y cuando llegaron Charles consiguió una silla de ruedas para ella y la empujó por la terminal en dirección a la salida. Cuando pasaron junto a un quiosco, Grace le hizo señas de que se detuviera y los dos se quedaron mirando mudos de asombro.

Thrill había sacado una nueva edición con un titular ominoso: «Esposa de senador viaja a Nueva York en secreto para abortar.» Grace estalló en sollozos, y Charles no se molestó en comprar un ejemplar. En la portada aparecía una gran foto de Grace en una fiesta del Congreso celebrada meses atrás. Charles siguió empujando la silla de ruedas con celeridad para llegar hasta donde había dejado el coche dos días antes. Su mujer seguía llorando cuando él la ayudó a subir al vehículo. ¿Es que no pensaban dejarlos en paz?

Charles se instaló en el asiento del conductor y se volvió hacia Grace con una expresión que la conmovió profundamente.

–No puedes permitir que nos destruyan... Tenemos que superar todo esto.

–Lo sé –dijo Grace, pero no pudo dejar de llorar.

Al menos, por una vez, las noticias de las seis no dieron pábulo a la nueva historia; se trataba estrictamente de material para la prensa amarilla. A sus hijos les dijeron que Grace había ido a Nueva York y había tenido un accidente en un taxi, lo que era cierto, pero no les hablaron del aborto.

Al día siguiente Grace se sentía aún muy débil, pero los niños fueron muy buenos con ella, incluso Abby, que le llevó el desayuno a la cama. Bajó a la hora de comer para tomar un té y miró por la ventana. Fuera vio piquetes con pancartas en las que se leía: «¡Asesina de niños!» y «Abortista». También ostentaban fotografías de fetos abortados. Grace sufrió un incontenible ataque de asma.

Telefoneó a Charles y le explicó lo que ocurría, y éste le dijo que llamara a la policía sin más demora. Los agentes llegaron media hora más tarde, pero los piquetes se limitaron a cruzar la calle y continuar con su manifestación pacífica. Llegó entonces un equipo móvil de televisión y lo convirtió en un circo. Charles volvió a casa poco después. Se negó a hacer declaraciones para la televisión y dijo que su esposa había tenido un accidente de coche, que estaba enferma y que les agradecería se marchasen. Sus palabras fueron recibidas con abucheos.

Sin embargo, cuando los chicos volvieron a casa por la tarde, los piquetes ya se habían ido, sólo quedaba el equipo de televisión y Grace estaba preparando la cena, pálida como un cadáver.

Charles quiso obligarla a que se metiera en cama, pero ella se negó tajantemente.

–Ya basta. No voy a permitir que arruinen nuestras vidas. Volvemos a la normalidad. –Estaba resuelta, aunque temblaba visiblemente.

Charles no tuvo más remedio que admirarla, pero le acercó una silla y le sugirió que se sentara mientras él preparaba la cena.

—¿No podrías esperar una semana más para esta demostración de fuerza de voluntad? —dijo.

—No, no puedo —replicó ella con firmeza.

Sorprendentemente, la cena fue muy agradable. Abby parecía haberse calmado mientras su madre estaba fuera y se mostraba comprensiva y afectuosa. Tal vez había comprendido que en los momentos difíciles se necesitaban unos a otros. Andrew comparó a los periodistas que seguían delante de la casa con profanadores de tumbas, y afirmó que tenía ganas de enseñarles el trasero por la ventana de su dormitorio, lo que hizo reír a todos, incluso a Grace, aunque ésta le advirtió que no lo hiciera.

—Creo que no necesitamos ver más desnudos de los Mackenzie en los periódicos sensacionalistas —bromeó.

Luego Abby le preguntó quedamente.

—Lo del aborto no es cierto, ¿verdad, mamá?

—No, cariño, no lo es.

—Eso creía.

—Jamás hubiera abortado voluntariamente. Amo a tu padre y me encantaría tener otro hijo con él.

—¿Crees que lo tendrás?

—Quizá, no lo sé. Ahora mismo están sucediendo demasiadas cosas y el pobre papá soporta una fuerte presión.

—También tú —dijo Abby, demostrando su comprensión por primera vez—. He estado hablando con la madre de Nicole y me ha dicho que lo sentía mucho por ti, que esa gente suele contar mentiras y arruinar las vidas de otros. Me ha hecho comprender lo horrible que debe de ser para ti. Yo no quería empeorar las cosas —dijo con lágrimas en los ojos.

—No lo has hecho —le aseguró Grace, inclinándose para darle un beso.

—Lo siento, mamá.

Se dieron un prolongado abrazo y luego subieron a los dormitorios cogidas del brazo mientras Charles la contemplaba con una sonrisa.

En los días que siguieron la paz regresó a su hogar, con excepción de las cartas que recibía Grace, llenas de odio por su supuesto aborto. El fin de semana, sin embargo, trajo consigo una nueva foto de Marcus, en *Thrill*, en la que Grace aparecía de nuevo con la cinta negra al cuello como todo vestido. Era prácticamente igual que la anterior, salvo en una ligera variación de la postura, que era también algo más sugerente. Grace ya no se escandalizaba, sólo se ponía furiosa.

–¿A qué estamos esperando? ¿A que saque todo un álbum? –protestó con indignación, y Goldsmith tuvo que recordarle que no podían hacer nada, dado que Marcus disponía de una autorización supuestamente firmada por ella.

–¿Crees que deberíamos llamar a ese canalla e intentar comprarle el resto de las fotos? –propuso a Charles.

–No te lo aconsejo –respondió él–. Además, no te las vendería, o se guardaría algunas y no tendríamos modo de saberlo. Seguramente *Thrill* le ha pagado una suma astronómica. Fotos como ésas se pagan muy bien.

–Mejor para él, pero quizá deberíamos pedirle comisión.

La semana siguiente Grace asistió a algunos actos electorales con Charles. Era difícil saber cuánto daño habían causado las fotos. La gente seguía saludándola cordialmente, pero no dejaba de ser un motivo de inquietud para todos.

Dos semanas después se publicó una nueva fotografía y una tarde Matt volvió del colegio llorando. Al preguntarle Grace qué le sucedía, explicó que uno de sus amigos la había insultado. Grace se sintió como si acabaran de abofetearla.

–¿Qué insulto era? –preguntó, intentando conservar la calma.

–Ya sabes –contestó él lastimeramente–. El de la «h».

–No empieza con h –dijo ella con una sonrisa triste–. A menos que te refieras a hijo de...

–No era eso. –Pero no quiso decirle cuál era.

–Cariño, lo siento mucho. –Grace abrazó a su hijo y sintió de nuevo deseos de huir, pero tenía que quedarse y afrontar la situación con los suyos.

El incidente se repitió en el colegio al día siguiente y también al otro, y esa noche Charles y Grace tuvieron una pelea por su causa. Grace quería llevar a los chicos de vuelta a Connecticut y Charles le dijo que eso equivaldría a una huida, que tenían que quedarse y pelear, pero Grace replicó que se negaba a destruir su familia por su «maldita campaña». Sin embargo, ambos eran conscientes de que ésa no era la cuestión. Estaban frustrados por su impotencia y necesitaban gritarle a alguien, ya que no podían impedir lo que les sucedía.

Matthew era demasiado pequeño para comprenderlo. Cuando Grace fue a arroparlo, no lo encontró en su dormitorio. Preguntó a Abby, pero ésta se limitó a encogerse de hombros. Estaba hablando por teléfono con Nicole y no había visto a su hermano. Tampoco Andrew sabía dónde estaba. Grace bajó al estudio para preguntar a su marido si había visto al niño.

—¿No está arriba? —preguntó él.

Intercambiaron una mirada y de repente Charles se contagió de la preocupación de su mujer y se dispusieron a buscarlo en serio. No lo hallaron en ninguna parte.

—No puede haber salido —dijo Charles—. Lo habríamos visto.

—No necesariamente —repuso Grace y luego, bajando la voz, añadió—: ¿Crees que nos ha oído discutir?

—Quizá.

Charles parecía más nervioso que su esposa. Temía que pudieran secuestrar a Matt si andaba deambulando por las calles. Washington era una ciudad peligrosa de noche. Volvieron a subir a su habitación y encontraron una nota. «No os peléis más por mí. Me voy. Mamá, papá, os quiero. Decidle adiós a *Kisses* por mí. Matt.» *Kisses* era la perra labrador.

—¿Adónde crees que ha ido? —preguntó Grace, presa del pánico.

—No lo sé. Voy a llamar a la policía —dijo Charles con voz tensa.

—Esta historia acabará también en los periódicos sensacionalistas —dijo ella.

—No me importa. Tenemos que encontrarlo antes de que le ocurra algo malo.

Acudió un coche patrulla y los policías les aseguraron que lo encontrarían muy pronto. Les explicaron que muchos niños de su edad hacían lo mismo, pero no solían alejarse mucho de casa. Pidieron una lista de sus amigos y una foto y se dispusieron a buscarlo en el coche. Charles y Grace se quedaron esperando en casa por si regresaba. Media hora más tarde los policías volvían con el niño. Había estado comprando golosinas en una tienda a dos manzanas de casa. Los policías lo habían divisado inmediatamente y él no se había resistido, deseoso ya de volver.

–¿Por qué lo has hecho? –le preguntó Grace, transtornada aún por la huida de su hijo.

–No quería que papá y tú os pelearais por mí –dijo Matt con tristeza. Había pasado mucho miedo solo en la calle y se alegraba de haber vuelto.

–No nos peleábamos por ti, sólo estábamos hablando.

–No es verdad. Os peleabais.

–Todo el mundo se pelea de vez en cuando –explicó Charles, sentándose con el niño en sus rodillas.

Los policías acababan de marcharse después de prometer que no dirían nada a los periódicos. Algo habían de tener privado en sus vidas, aunque fuera que su hijo de ocho años se había escapado de casa durante media hora.

–Mamá y yo nos queremos mucho, ya lo sabes.

–Sí, lo sé, pero es que todo ha sido tan horrible últimamente... Me dicen cosas en el colegio y mamá no para de llorar.

Grace se sintió culpable. Era cierto que lloraba mucho, pero ¿y quién no en sus circunstancias?

–Recuerda lo que te dije el otro día –dijo Charles–. Tenemos que ser fuertes y ayudarnos mutuamente. No podemos huir ni rendirnos. Tenemos que estar juntos.

–De acuerdo –aceptó el niño con escasa convicción, pero feliz de estar de nuevo con sus padres.

Grace lo llevó arriba y lo acostó. Todos se fueron pronto a la cama esa noche. Grace y Charles estaban agotados y Matthew se durmió en cuanto su cabeza tocó la almohada. *Kisses* roncaba suavemente a los pies de su cama.

La semana siguiente se publicó una nueva fotografía en la que se veía el rostro de Grace mirando directamente a la cámara con ojos acuosos y expresión de sorpresa, como si alguien acabara de hacerle algo realmente pervertido y lujurioso. Aquellas fotografías estaban enloqueciendo a Grace poco a poco.

Preguntándose cómo no se le había ocurrido antes, llamó a información. Marcus no estaba en Chicago ni en Nueva York. Finalmente en *Thrill* le dijeron que estaba en Washington. Perfecto. Grace sabía que no tenía otra alternativa. No importaba lo que le ocurriera a ella después.

Abrió la caja fuerte para sacar la pistola de Charles, cogió su coche y se encaminó a la dirección que había anotado en un trozo de papel. Los niños estaban en el colegio y Charles trabajando. Nadie sabía adónde iba ni lo que pensaba hacer.

Llamó al timbre del estudio de Marcus en F Street y le sorprendió que le abrieran la puerta sin preguntar quién era. Fue tan fácil que Grace se preguntó por qué no lo había pensado antes. La puerta estaba abierta y no había nadie aparte de Marcus. Ni siquiera tenía ayudante. Estaba de espaldas cuando ella entró, haciendo fotos inclinado sobre una mesa en la que había un recipiente con frutas.

–Hola, Marcus. –Después de tantos años, él no reconoció la voz, que era lenta y sensual, y parecía alegrarse de verle.

–¿Quién está ahí? –Marcus se dio la vuelta y la miró con una leve sonrisa de sorpresa.

Al principio no reconoció a Grace, pero le gustó y... de repente comprendió quién era y se detuvo en seco. Grace le apuntaba con una pistola y sonreía.

–Hace tiempo que debería haber venido –dijo Grace–. No sé por qué no se me ocurrió antes. Ahora deja la cámara o te pego un tiro. Déjala. Ahora. –Su voz ya no era sensual sino amenazadora.

Marcus dejó la cámara cuidadosamente sobre la mesa.

–Vamos, Grace... no seas mala perdedora... No hago más que ganarme la vida.

–No me gusta la forma en que lo haces –repuso ella secamente.

–Tienes que reconocer que estás preciosa en las fotos.

–Y un cuerno. Eres un mierda. Me dijiste que no me habías quitado la ropa.

–Mentí.

–Y me hiciste firmar la autorización cuando prácticamente estaba inconsciente.

Grace estaba furiosa pero no había perdido el control. Esta vez sería un asesinato en primer grado. Iba a matarlo. Marcus la miró y lo leyó en su cara. A Grace no le importaba lo que pasara después, creía que valdría la pena.

–Vamos, Grace, sé buena. Son unas fotos estupendas. Mira, ¿qué importa ahora? Ya está hecho. Te daré el resto de los negativos.

–Me importa un carajo. Voy a volarte las pelotas. Y después te mataré. No necesito autorización para eso, sólo un arma.

–Por favor, Grace... Olvidémoslo. Sólo son unas fotos.

–Es mi vida lo que has jodido... mis hijos... mi marido... mi matrimonio...

–Pero si tiene pinta de imbécil. Tiene que serlo para aguantarte a ti... Joder, aún me acuerdo de todos esos remilgos. No valías para nada ni drogada. Eras un coñazo, Grace, un auténtico coñazo.

Grace se sentía demasiado furiosa para darse cuenta de que Marcus estaba drogado hasta las cejas. El dinero de *Thrill* le había servido para pagarse el vicio.

–Ni siquiera entonces te lo sabías montar –añadió.

–¿Y tú qué sabes si nunca nos acostamos juntos? –dijo Grace fríamente.

–Pues claro que sí. Tengo fotos que lo demuestran.

–Eres un maldito canalla.

Marcus empezó a gimotear y a quejarse. Decía que Grace no tenía derecho a meterse con él por su manera de ganarse la vida.

–No eres más que un desgraciado –dijo Grace, amartillando la pistola. El sonido los sobresaltó a ambos.

–No pensarás disparar, ¿verdad, Grace?

–Ya lo creo que sí. Te lo mereces.

–Volverás a la cárcel –dijo él con voz aguda. La nariz le goteaba patéticamente. Los años no le habían tratado bien. En aquellos diecinueve años se había metido en muchas cosas, la mayoría ilegales.

–Me da igual –dijo Grace fríamente–. Tú estarás muerto. Merece la pena.

–Vamos... –suplicó Marcus, cayendo de rodillas–, no lo hagas. Te daré todas las fotografías. Sólo van a publicar dos más... Tengo una en la que sales con un tío, es una preciosidad... te la daré gratis... –Se echó a llorar.

–¿Quién tiene las fotografías? ¿De qué tío hablas? –No había nadie en el estudio con ellos, ¿o sí lo había mientras ella estaba dormida? Le daba asco sólo de pensarlo.

–Las tengo en la caja fuerte. Las sacaré.

–Y una mierda. Seguramente guardas una pistola ahí. No las necesito.

–¿No quieres verlas? Son fantásticas.

–Todo lo que quiero es verte muerto, tirado en el suelo y sangrando –dijo Grace. Empezaba a temblarle la mano. Al mirar a Marcus, sin saber por qué, pensó de pronto en Charles y en Matthew. Si mataba a Marcus no podría volver a estar con ellos, salvo en la sala de visita de una prisión, seguramente para siempre... Se le puso carne de gallina y deseó más que nunca abrazarlos, sentirlos junto a ella... y a Abby y a Andrew–. ¡Levántate! –ordenó–. Y deja de lloriquear. No eres más que un asqueroso cabrón.

–Grace, por favor, no me mates...

Lentamente Grace retrocedió hacia la puerta. Convencido de que le iba a disparar desde allí, Marcus siguió llorando y suplicando que no le matara.

–¿Para qué quieres vivir? –preguntó ella. No valía la pena perder el tiempo con él, ni tampoco arruinar su vida–. ¿Para qué quiere vivir una basura miserable como tú? ¿Por dinero? ¿Para arruinar la vida de otras personas? Ni siquiera mereces que te mate.

Sin más, dio media vuelta y bajó corriendo las escaleras antes incluso de que él pudiera pensar en seguirla. En realidad, todo lo que hizo Marcus fue sentarse en el suelo y llorar, asombrado aún de estar vivo. Se había convencido de que Grace iba a matarlo, y así era, en efecto, hasta los últimos minutos, antes de que recobrara el juicio.

Grace regresó a casa, guardó la pistola y telefoneó a Charles.

–Tengo que verte –le dijo con tono apremiante. No quería hablar por teléfono por si estaba pinchado.

–¿Puedes esperar a la hora de comer?

–De acuerdo.

Grace aún temblaba, pensando en que podría estar detenida y de camino al calabozo. ¡Qué estúpida había sido! Y todo por culpa de las mentiras, de las humillaciones a las que estaba siendo sometida.

—¿Te encuentras bien? –preguntó Charles.

—Estoy bien, mejor de lo que he estado en mucho tiempo.

—¿Qué has hecho? –bromeó él–, ¿matar a alguien?

—No, lo cierto es que no lo he hecho. –Parecía divertida.

—Nos encontraremos en Le Rivage a la una.

—Allí estaré. Te quiero.

Hacía tiempo que no se citaban para comer juntos fuera de casa y Grace se alegró al ver llegar a su marido. Charles pidió un vaso de vino, ya que Grace no bebía con las comidas y rara vez con la cena. Después de escoger el menú, ella le contó lo que había hecho en voz baja. Charles se quedó estupefacto.

—A lo mejor Matt tiene razón. Será mejor que me porte bien si no quiero que me pegues un tiro –dijo en un susurro, provocando la risa de su mujer.

—Que no se te olvide –dijo. Había sido un momento de locura, pero ni siquiera cuando más furiosa estaba había llegado a cometer ese crimen, y se alegraba, porque Marcus Anders no lo merecía.

—Pues yo también iba a darte una noticia. –Charles no quería imaginar lo que podría haber ocurrido, aunque comprendía perfectamente a su esposa. Él mismo no estaba seguro de lo que hubiera hecho con Marcus de habérselo encontrado cara a cara. Gracias a Dios su mujer se había detenido a tiempo, pero el incidente no hacía más que reafirmar su decisión–. Me retiro de la campaña, Grace. No vale la pena. Ya hemos sufrido bastante. No necesitamos continuar. Ya te lo dije en Nueva York, quiero volver a vivir como antes. Lo he estado pensando desde entonces y creo que ya hemos pagado más que suficiente por nuestra parcela de gloria.

—¿Estás seguro? –Se sentía culpable de ser la causa de que su marido se retirara de la política, quizá para siempre–. ¿Y a qué te dedicarás?

—Ya encontraré algo –dijo él con una sonrisa–. Seis años en Washington es mucho tiempo. Creo que ya hemos tenido bastante.

—¿Volverás? –preguntó Grace tristemente–. ¿Vamos a volver?

—Quizá, pero lo dudo. El precio es demasiado alto. Algunas

personas consiguen vivir sin sobresaltos, pero nosotros no. Había demasiadas cosas en tu pasado y hay demasiada envidia en este mundo. No puede uno preocuparse por eso a cada momento, pero tampoco puedes estar luchando eternamente. Tengo cincuenta y nueve años y estoy cansado, Grace. Ha llegado la hora de hacer las maletas y volver a casa. –Mientras Grace amenazaba de muerte a Marcus, Charles había convocado una conferencia de prensa para el día siguiente; una asombrosa ironía del destino.

Se lo dijeron a los niños esa misma noche y los tres sufrieron una decepción. Se habían acostumbrado a tener a su padre metido en política y no querían volver a Connecticut para siempre. Afirmaban que era aburrido, excepto en verano.

–En realidad –admitió Charles por primera vez–, he estado pensando que nos iría bien un cambio de aires por una temporada. Quizá podríamos irnos a Europa un año o dos. A Londres, o a Francia, puede que incluso a Suiza.

Abby torció el gesto y Matthew recibió la propuesta con cautela.

–¿Qué hay en Suiza, papá?

–Vacas –contestó Abby con repugnancia–, y chocolate.

–Bien. Me gustan las vacas y el chocolate. ¿Podemos llevarnos a *Kisses*?

–Sí, excepto si vamos a Inglaterra.

–Entonces no podemos ir –dijo Matthew con toda naturalidad.

Todos sabían que Andrew votaría por Francia, ya que su novia volvía a París con su padre, al que habían reclamado para un nuevo puesto.

–Podría trabajar en la filial francesa de nuestro bufete, o en la de Londres. O también podríamos vivir como pobres, cultivando una granja en alguna parte. Tenemos muchas opciones –dijo Charles, sonriente.

Llamó a Roger Marshall para disculparse y éste le aseguró que lo comprendía perfectamente. Creía que tal vez hubiera otras oportunidades interesantes en un futuro cercano, pero de momento Charles no quería ni oír hablar de ellas.

A la mañana siguiente Charles se mostró digno y cortés en la rueda de prensa, y visiblemente aliviado al anunciar que se retiraba de la campaña electoral para el Senado por razones personales.

–¿Tiene eso algo que ver con las fotografías para las que posó su esposa hace años, congresista? ¿O es porque salió a la luz su historial delictivo el pasado junio?

Eran todos unos cabrones. La nueva era del periodismo no era demasiado prometedora. En otro tiempo no hubiera ocurrido algo semejante. Los periodistas no hacían más que escarbar en busca de escándalos y mentiras con auténtica malicia. Tenían la impresión equivocada de que era lo que querían sus lectores.

–Por lo que sé –dijo Charles, mirándoles a la cara–, mi mujer nunca posó para esas fotos.

–¿Qué hay del aborto? ¿Es cierto?... ¿Volverá al Congreso dentro de dos años?... ¿Tiene algún otro objetivo político en mente?... ¿Aspira a un puesto en el gabinete?... ¿Le ha dicho algo el presidente si sale reelegido?... ¿Es cierto que su esposa hizo películas pornográficas en Chicago?

–Gracias, damas y caballeros, por su amabilidad y cortesía durante los últimos seis años. Adiós.

Charles se fue como lo que siempre había sido, un perfecto caballero, y no volvió la cabeza para mirar atrás. Dos meses después, al término del período de sesiones del Congreso, todo habría terminado.

16

Thrill publicó la última fotografía dos semanas después de la retirada de Charles. Fue una especie de anticlímax, incluso para Grace. Marcus se la había vendido al periódico un mes antes y no podía retirarla. Sin embargo, tenía miedo de que Grace volviera y acabara matándolo. No se atrevía ni a salir de su estudio, así que decidió dejar la ciudad sin vender la foto de la que había hablado a Grace. En ella se la veía con un hombre y realmente parecía que estaban haciendo el amor, pero a *Thrill* ya no le interesaba. Mackenzie había renunciado a la campaña y había pasado a ser historia.

Tres días después de la publicación de la última foto, las agencias de noticias recibieron una llamada del dueño de un laboratorio fotográfico de Nueva York al que Marcus debía mucho dinero. Marcus había ganado medio millón de dólares gracias a él, pero le había engañado y se lo había gastado todo en droga.

Su nombre era José Cervantes y era el mejor trucador de fotos de Nueva York y probablemente de todo el país. Hacía hermosos retoques para fotógrafos respetables y algún que otro trabajito cuando le pagaban bien tipos como Marcus Anders. Podía coger la cabeza de Margaret Thatcher y ponérsela al cuerpo de Arnold Schwarzenegger. Lo único que necesitaba era un diminuto punto de unión. En el caso de las fotos de Grace, según explicó, el punto de unión era la cinta negra que le había añadido al cuello, con la que podía unir su cabeza a cualquier cuerpo. Había elegido cuerpos en posturas lujuriosas, persuadido por Marcus de que no era más que una broma. Sólo cuando vio las fotos en *Thrill* se dio cuenta de lo que había hecho. No quiso hablar entonces por temor a verse implicado. No había nada ilegal en trucar fotos; se hacía todos los días para anuncios, bromas, postales y folletos. Sólo en casos como el de Marcus era ilegal, pues tenía una intención dolosa.

Marcus Anders se había propuesto arruinar a Grace. En realidad había olvidado las fotos por completo hasta que un día leyó la historia de la muerte de su padre en *Thrill* y decidió desenterrarlas para que José las retocara. José ni siquiera había reconocido a Grace hasta después de leer el primer artículo de *Thrill*, y entonces ya había realizado el trabajo. Las fotos originales eran tal como creía Grace, con la camisa de Marcus e incluso con tejanos, pero la expresión de su rostro mientras yacía drogada y semiinconsciente había servido bien a los propósitos del fotógrafo.

La historia de José Cervantes se convirtió en una gran noticia. El abogado Goldsmith estuvo encantado de poder demandar a *Thrill* y a Marcus Anders por fraude e intención dolosa, pero Marcus había desaparecido y se rumoreaba que se hallaba en Europa.

Mientras, los Mackenzie se habían recuperado en cuerpo y espíritu de las experiencias pasadas y se fueron a pasar las Navidades a Connecticut. Tras las fiestas, volvieron a Washington para cerrar la casa de R Street, que fue comprada por un congresista de Alabama recién elegido.

–¿Echarás de menos Washington? –preguntó Grace en la cama, durante su última noche en Georgetown. Le preocupaba que a Charles le quedara para siempre el regusto de una tarea incompleta. Su marido le aseguró que no era así. En sus seis años como congresista había aprendido muchas cosas, pero la más importante era que su familia significaba mucho más para él que su trabajo. Sabía que había tomado la decisión correcta. El sufrimiento de los últimos meses había fortalecido a sus hijos y había estrechado los lazos familiares.

Charles tenía varias ofertas de diferentes corporaciones privadas, de una o dos fundaciones importantes y, por supuesto, de su antiguo bufete, pero aún no se había decidido. En todo caso pensaban pasar seis u ocho meses en Europa, en Suiza, Francia e Inglaterra. Ya habían buscado colegio para los niños en Ginebra y en París.

Kisses se quedaría con unos amigos de Greenwich hasta que volvieran a casa en verano. Para entonces, Charles habría tomado una decisión sobre su futuro y, con suerte, tal vez Grace se quedaba embarazada.

Al día siguiente, Grace y los chicos estaban ya en el coche cuando sonó el teléfono. Charles daba una última vuelta por la casa para comprobar que no se dejaban nada y había encontrado el balón de fútbol americano de Matt y un par de zapatillas de deporte bajo el porche de atrás.

Le llamaba un miembro del Departamento de Estado al que Charles conocía superficialmente, aunque sabía que era amigo de Roger Marshall y persona cercana a la presidencia.

–El presidente querría verle hoy, si dispone usted de tiempo –dijo.

Charles sonrió, meneando la cabeza. No fallaba nunca, pero quizá sólo quería despedirse y darle las gracias por un trabajo bien hecho.

–Estaba a punto de marcharme con mi familia a Connecticut. Los chicos ya están en el coche.

–¿Les gustaría traerlos con ustedes? Estoy seguro de que hallaremos el modo de entretenerlos. El presidente dispone de quince minutos a las diez cuarenta y cinco, si a usted le va bien.

Charles hubiera deseado preguntar para qué, pero sabía que eso no se hacía y, por otro lado, no quería cerrar puertas tras de sí, sobre todo la del Despacho Oval.

–Supongo que podríamos pasar un momento, si se consideran capaces de soportar a tres niños bulliciosos y un perro.

–Yo tengo cinco –comentó el otro–, y un caballo que me compró mi mujer por Navidad.

–Llegaremos enseguida.

Los chicos quedaron impresionados al saber que pasarían por la Casa Blanca para despedirse.

–Apuesto a que no lo hace con todo el mundo –dijo Matt orgullosamente, deseando poder contárselo a alguien.

–¿A qué viene esta invitación? –preguntó Grace cuando enfilaban Pennsylvania Avenue.

Su coche familiar era el vehículo menos distinguido que entraba en la Casa Blanca desde hacía mucho tiempo, y Charles explicó a su mujer que no tenía la menor idea del motivo.

–Seguro que quiere que te presentes a las elecciones presidenciales dentro de cuatro años –dijo Grace–. Dile que no tienes tiempo.

–Ya, claro. –Charles rió mientras bajaban del coche y seguían a un ayudante que se había acercado para acompañarles. Los chicos harían una pequeña visita por la Casa Blanca y un joven marine se ofreció a pasear a *Kisses*. Se respiraba allí la apacible y amistosa atmósfera que distingue a los actuales inquilinos de la Casa Blanca. Les gustaban los niños, los animales y las personas, y también Charles.

En el Despacho Oval, el presidente expresó su pesar por la retirada de Charles de las elecciones al Senado, pero afirmó que lo comprendía, que en ocasiones la vida privada debía anteponerse al servicio público. Charles agradeció su apoyo, afirmó que echaría de menos Washington y expresó el deseo de volver a ver al presidente.

–Yo también lo espero. –El presidente sonrió y le preguntó por sus proyectos.

Charles le explicó que iban a pasar dos semanas esquiando en Suiza.

–¿Qué me dice de Francia? –preguntó el presidente, y Charles comentó que pensaban visitar Normandía y Bretaña y que habían reservado plaza para sus hijos en un colegio de París–. ¿Cuándo piensan ir? –preguntó el mandatario con aire pensativo.

–En febrero o marzo, seguramente. Nos quedaremos hasta que acabe el curso escolar en junio. Luego viajaremos por Inglaterra durante un mes y volveremos a casa. Creo que para entonces tendré que decidirme a volver al trabajo.

–¿Qué le parecería en abril?

–¿Señor?

–Le preguntaba qué le parecería volver al trabajo en abril.

–Aún estaré en París –dijo Charles. No tenía la menor intención de volver a Washington en un par de años.

–Eso no es problema –dijo el presidente–. Al actual embajador de Estados Unidos en Francia le gustaría retirarse en abril y volver a casa. No anda bien de salud. ¿Le agradaría ser nuestro embajador en Francia durante dos o tres años? Luego podríamos hablar sobre las próximas elecciones. Necesitaremos hombres buenos dentro de cuatro años, Charles. Me gustaría que usted estuviera entre ellos.

—¿Embajador en Francia? —Charles no conseguía imaginárselo siquiera, pero desde luego le sonó como la oportunidad de su vida—. ¿Podría discutirlo con mi mujer?

—Por supuesto.

—Le llamaré, señor.

—Tómese su tiempo. Es un buen puesto, Charles. Creo que le gustará.

—Creo que nos gustará a todos. —Charles estaba anonadado.

Prometió al presidente llamarle al cabo de unos días, le estrechó la mano y bajó las escaleras muy excitado. Grace comprendió enseguida que había ocurrido algo importante y estaba impaciente por saberlo, pero primero tenían que subir al coche. Una vez dentro, todos preguntaron al unísono qué quería el presidente.

—No gran cosa —respondió Charles, haciéndose de rogar—. Lo de siempre, ya sabéis, que tenga un buen viaje y mándeme una postal.

—¡Papá! —se quejó Abby.

—¿Lo vas a decir de una vez? —preguntó Grace, dándole un empujón amistoso.

—Quizá. ¿Qué me dais a cambio?

—¡Te tiraré del coche en marcha si no lo cuentas ahora mismo! —amenazó Grace.

—Será mejor que le hagas caso, papá —le advirtió Matt y la perra empezó a ladrar como si también ella quisiera enterarse.

—Muy bien. Ha dicho que somos la gente más maleducada que ha conocido y que no quiere que volvamos nunca más —dijo, y los demás exclamaron que no tenía gracia—. Tan maleducados que quiere que nos quedemos en Europa —continuó.

Los chicos lamentaban haber dejado a sus mejores amigos en Washington, pero también hallaban motivo de excitación en su nueva aventura por el extranjero, y Andy estaba impaciente por ver a su novia.

—Me ha ofrecido el puesto de embajador en París –añadió Charles a su mujer en voz baja, mientras los chicos seguían alborotando en el asiento de atrás.

–¿En serio? –exclamó Grace–. ¿Ahora?

–En abril.

–¿Qué le has dicho?

–Que tenía que preguntároslo a vosotros y que le contestaría dentro de unos días. ¿Qué te parece?

–Creo que somos las personas más afortunadas del mundo –dijo ella–. ¿Y sabes otra cosa? –añadió, inclinándose hacia él y susurrando para que no la oyeran sus hijos.

–¿Qué?

–Creo que estoy embarazada.

Charles la miró con una sonrisa.

–Tendré ochenta y dos cuando éste se licencie en la universidad –susurró a su vez–. Quizá debería dejar de contar. Supongo que tendremos que ponerle François.

–Françoise –le corrigió Grace.

–Gemelos –dijo él–. ¿Quiere eso decir que aceptamos?

–Eso parece, ¿no? –Los niños cantaban canciones francesas a pleno pulmón y Andy sonreía de oreja a oreja.

–¿Te importa dar a luz allí? –preguntó Charles. A él le preocupaba un poco.

–En absoluto. No se me ocurre un lugar mejor que París.

–Entonces, ¿es que sí?

–Eso creo.

–El presidente me ha dicho que me quiere de vuelta en Washington dentro de dos o tres años para hablar de las próximas elecciones. Pero no estoy seguro de que quiera volver a pasar por todo esto.

–Quizá no sea igual. Quizá ya se hayan cansado de nosotros.

–Después del fraude que cometió aquel imbécil con las fotografías, quizá acabemos siendo los propietarios de *Thrill*. –Charles sonreía. Goldsmith iba a tener mucho trabajo.

–Podríamos quemarlo hasta los cimientos. Qué buena idea –dijo Grace, y sonrió.

–Me encantaría. –Charles se inclinó para besarla. Oyendo cantar y reír a sus hijos en el asiento de atrás y mirando a su mujer, hubiera jurado que la pesadilla de los meses anteriores no había existido.

–¡*Au revoir*, Washington! –gritaron los chicos cuando cruzaban el Potomac.

Charles contempló el lugar en que tantos sueños nacían y tantos acababan muriendo, y se encogió de hombros.

–Hasta la vista.

Grace se apretó contra él y sonrió mientras miraba por la ventanilla.

*Este libro se terminó de imprimir en el
mes de noviembre de 1996 en los talleres de
Mundo Color Gráfico S.A. de C.V.
Calle B No. 8 Fracc. Ind. Pue. 2000, Puebla, Pue.
Tels. (9122) 82-64-88, Fax 82-63-56*

*Se tiraron 20000 ejemplares
más sobrantes para reposición.*